換得好賢妻 2

風文創 450

暖和 著

目錄

第三十章

回家後，季歌停放好小攤車，該洗的洗、該收拾的收拾，麻利地忙完這些瑣碎活，便拎了個菜籃去後院，後院的四畦菜地，種了些蔥、香菜、韭菜等植物，待進了四月中旬就可以種蘿蔔、絲瓜、南瓜、辣椒、豆角等家常蔬菜，之後準備圍著牆角再種圈綠豆。

菜地不大，可家裡人精心侍弄著，日積月累下來也能省筆銀子。劉家兄弟想讓蔬菜長勢好些，頗費了些心思，平日裡沒活兒就拎了個小竹簍在城外晃悠，鄉間小道、山林裡、草坪裡等，有柴木就撿柴木，碰見風乾的牛糞撿起來擱竹簍裡，回家放後院裡曬曬，敲成粉末摻著草木灰均勻地撒菜地裡，效果還是很不錯的。

季歌掐了把蔥，香菜摘了一半，這畦菜地的邊角種了株薄荷，又掐了幾片薄荷葉，尋思著一會兒做醬用，進廚房後，把蘑菇乾找出來，抓了三把，才紮緊了袋子又放回原處，想了想沒旁的事，把二朵她們仨喊上，領著她們往小楊胡同走。

餘氏和柳氏回家後，快手快腳地把骨頭燉上，將買回來的蔬菜洗洗切切，邊忙著活邊說著話，都好奇著季歌說的火鍋是什麼。

「來了，過來看看蘿蔔切成這薄片成不成。」柳氏抬頭飛快地看了季歌一眼。

季歌走進廚房就看見了，笑著說：「就這樣剛剛好，柳嬸您刀功可真不錯。」

「練出來的，都這麼些年了，再沒點模樣可就丟死人了。」柳氏自我打趣著。

餘氏拿了個碗出來，把切好的蘿蔔片裝進碗裡。「大郎媳婦妳別藏著掖著了，先跟我們說說，今晚這飯到底要怎麼吃？」

「現在就說出來，等吃飯的時候就沒驚喜、沒樂趣了。」季歌笑得眉眼彎彎，故意不說。見三個孩子想要幫著打下手，她忙溫和吩咐著。「二朵妳領著三朵和阿桃去堂屋裡玩，廚房裡的事有我們三個張羅就成了，人多了也轉不開地。」

柳氏把蘿蔔都切好了，把蘿蔔片堆碗裡。「對，妳們一旁玩著去，別出這院子就行。餘家妹子把這碗蘿蔔擱櫥櫃裡，別被我一不留神撞地上了。」飯桌總共就這麼點大。

「好哩。」餘氏把剝了皮的土豆拿過來，將蘿蔔碗擱進了櫥櫃，緊接著又去洗青菜。

季歌拿著菜籃蹲在餘氏身旁，餘氏瞅了眼，納悶地問：「這薄荷做甚用？」一年到頭難得吃一回。

「一會兒做醬。」頓了頓，季歌又說：「不全放，一碗擱薄荷、一碗不擱。」她自己是挺喜歡薄荷這香味，做飯會時不時的放一點點，劉家人慢慢地也喜歡上了這味道。

別看柳氏咚咚咚切菜切得快，可耳力半點不受影響。「薄荷我也愛吃，家裡那父子倆就受不得這味，我倒覺得香得緊。」

都說三個女人一臺戲，尤其是性情相投的三個女人，話題東一個、西一個地扯著，嘴巴不停歇，卻沒有耽擱手裡的活，酉時初太陽落山時，便全拾掇妥當了。

「大郎媳婦接下來看妳的了。」柳氏擱了菜刀，端起杯子喝了兩口水，瞄了眼屋外的天色。「都上哪兒去了？這個點還不回家。」

季歌站在小灶前，拿著勺子試了試骨頭湯，裡頭擱了新鮮的蘑菇，以及大塊的嫩筍，別提有多鮮美，味醇香濃。「鍋底差不多要成了，等他們回來就可以吃飯。」說著，看向一旁的餘氏。「小爐子的炭火得燒起來，一會兒就把這鍋擱爐子上，把切好的蔬菜和肉片都擺桌邊。」

「好，我來。」餘氏往爐子裡添了些炭，又拿了火鉗從小灶裡移了些炭頭出來，等火候起來了，便把鍋底移到了爐子上。

季歌趕緊往小灶裡添柴，取了另一個炒菜用的小鍋，倒了些油在裡面，拿出兩個飯碗，往裡放辣椒粉和蝦皮磨成的粉末，又添了些鹽、剁好的蒜蓉，其中一個放了些薄荷蓉，這邊剛忙完，小灶上的油已經燒得滾燙正在冒煙，拿起小鍋分別往碗裡倒了些熱油，一瞬間沖起一股濃郁的香辣味。

季歌把小鍋擱地上，拿著筷子攪動著，柳嬸見狀忙拿了雙筷子攪著另一只碗，嘴裡直唸著。「可真香啊！」

這時，院門啪啪啪地響著，二朵忙跑了過去，打開了大門，一迭聲地喊著。「柳叔，阿瑋哥，阿安哥，秀秀姊，大哥，二哥，三郎。」

劉大郎三人見時辰差不多了就先去了小飯館找柳叔，然後接了三郎，特地再去錦繡閣接餘秀秀，最後路過鐵匠鋪喊了柳安。

「都回來了，正好可以開飯了。」餘氏站在門口眉開眼笑地說著，神情帶著激動。「今兒個的晚飯很特殊，大郎媳婦想了個新的吃法，你們得有點心理準備啊。」

柳氏也在旁邊接道：「就是就是，都做好心理準備啊。」

「老遠就聞著香味了。」柳叔樂呵呵地說著。

其餘人也紛紛插話，說說笑笑間就進了廚房，一見那架勢，個個都愣住了。不是說好要吃飯嗎？怎麼一桌全是生菜？旁邊一爐子是那麼大一鍋濃湯，這是怎麼個情況？

「都坐著，圍一圈，擠著點沒事。想吃什麼自己挾了菜擱鍋裡，爐子裡有火的，擱一會兒就能吃了，都注意點，別靠太近，這一鍋翻了可就鬧大發了。」說著，季歌又指了指兩個醬碗。「這是辣椒醬，這個是放了薄荷的，也可以往自己的碗裡扒一點醬，待鍋裡的菜熟了，就沾點醬吃，也能直接吃，我都試了，味道特別鮮美。」

二朵幾個聽著大嫂這麼詳細地解釋，雙眼大放光芒，興奮地直嚷嚷著。「光聽著就覺得好好玩啊，我還從來沒有這樣吃過飯，大嫂妳真是太棒了，這點子都能想出來，太好了！」

「都坐著吧，也煮了飯，一會兒想吃飯的，可以盛飯。」見孩子們都很開心，季歌也特別高興。「咱們開吃吧，想吃什麼自己放，年歲小些的，站遠點，讓一旁的大人幫著放菜。」

「我可以自己放，我要吃蘑菇，我要放蘑菇，還有豆芽。」二朵緊貼著大嫂站著，旁邊就是飯桌，她飛快地挾了點蘑菇和豆芽放鍋裡，臉紅撲撲、眼睛亮晶晶的，別提有多興奮激動了。

眾人緩了這麼會兒，都回過神來，紛紛站到了桌邊，拿著自己喜歡的菜擱鍋裡。

季歌提醒著。「不能擱太多了，先慢慢來，咱們可以邊吃邊說話。對了，還有酒呢。」

「對，酒，都快忘了。」餘氏忙擱了碗，把酒和酒盅都拿了過來。

柳叔挾了片薄薄的五花肉，在鍋裡擱了會兒，待熟了後挾起來沾了點醬，放嘴裡嚼，細細品嚐。「真好吃！這吃法夠新鮮，夠勁夠味！你們也吃這五花肉，一點都不膩，好吃得緊。」

「這魚肉好吃，薄薄的一片在鍋裡過一下就行了，都不用沾醬，嫩得在嘴裡稍稍一抿就化了，我頭一回吃到這麼嫩的魚啊！」劉二郎說著，拿起酒盅喝了口酒。「大嫂這法子想得好，妙！」

魚是柳氏拿過來的，還提了些五花肉，也虧得她刀功好，拾掇地妥妥當當，魚刺都剔乾淨了。

三朵吸了一下口水，邊扯著大嫂的衣袖邊細細聲地說：「大嫂，還要魚。」辣椒粉有些微辣，她額頭都冒了層細細的汗，卻覺得特別好吃，吃了還想吃。

「給妳。」阿桃往鍋裡挾了兩片魚，放三朵的碗裡。「快吃，剛出鍋時最好吃了，沾一點點醬就好，看妳臉都紅撲撲了。」

季歌把燙好的青菜，給三朵和阿桃挾了些。「吃點青菜。」又對著旁邊的三郎和二朵說：「青菜也好吃，都嚐嚐吧。」

「媳婦，給妳魚。」劉大郎也覺得魚特別好吃，特意給媳婦燙了兩片，遞到了她的碗裡。

「快吃，味道好著呢。」眼睛亮亮地看著媳婦，心裡特別地滿足，這是他的媳婦呢！

三家人湊一塊兒，把廚房都擠滿了，裡外站了兩圈，邊吃著火鍋邊喝著酒東拉西扯地說著話，熱騰騰的蒸氣飄在室內，嘴裡充滿著濃香，鼻子裡也充斥著香味，辣味刺激著身體，冒了層層的汗，連腦子都有些微微的犯暈，整個人格外地放鬆，情緒亢奮著如沸騰的開水般，這是從未有過的感覺，比大冬天的泡熱水澡還要舒坦百倍千倍，直教人沈迷。

直到暮色四合、天光模糊，這頓熱熱鬧鬧的飯才漸漸停歇。

「待靜下來了才走吧，這會兒一身汗，夜風一吹容易著涼。」季歌提醒了句，捲起袖子拾掇著鍋盆，柳氏和餘氏也麻利地在旁忙活著，三人都是手腳快的，一會兒工夫就拾掇妥當了。

又說說鬧鬧了一會兒，等著情緒平靜了，三家人才起身往大門走，一個勁地說著，尋了空檔再湊一塊兒熱熱鬧鬧，就這麼一回勾起了饞念，真真是意猶未盡，須得經常這麼幹才好，太盡興了，爽得沒法形容。

站在餘家的大門口說了會兒話，劉、柳兩家人才戀戀不捨地道了別，各回各家。

先不說劉、餘兩家，柳家三口吹著夜風，慢悠悠地走在巷子裡，偶有一、兩戶掛了燈籠，伴著月光倒也能看清路。他們一家都喝了酒，柳氏喝了四盅，柳安在劉家兄弟和餘瑋的攛掇下也喝了三盅，柳叔不消說，就他喝得最多，一路悠悠晃晃地回了家，打了水、擦了身、泡了腳，這麼一折騰躺床上時，腦子雖仍有些暈乎乎的，卻也清醒了不少。

「媳婦，在吃火鍋的時候我就想到了，這可是個發財的好路子！」柳叔做了這麼多年的小飯館，對這方面比較敏銳，火鍋才剛剛開始吃，他就隱約冒了個想法，待熱熱鬧鬧地吃完，就更堅定了這個想法，若真能辦起來，肯定能掙大錢！

柳嬸愣了下，慢半拍反應過來。「你說，想把咱們的小飯館改成火鍋模樣？」說著，她瞪圓了眼睛，迷迷糊糊的腦子立即就清醒了，吶吶地說：「這可是大郎媳婦想出來的點子。」

「我知道。我是說，這是個發財的好路子！只要咱們方方面面都理妥了，肯定可以掙大錢！」柳叔聲音都有些微微地發顫，挺著半個身子湊近妻子道：「媳婦，這事咱們一家是搞不定，既然是大郎媳婦想出來的法子，正好可以拉劉家合夥做這生意，這生意前景好歸好，就是投入的成本有點大。」

柳叔說著停了會兒，又道：「雖說投入的成本大，可我敢肯定絕對虧不了本。開了這麼多年的小飯館，咱們也養了不少老熟客，基本的客源有了，前期雖不能掙錢，卻也虧不了，等著慢慢有了名氣，後面咱們就坐等錢財滾進懷裡來，數錢數到手發軟都不是夢了。」說到最後他激動得聲音都有些嘶啞了。

白日裡要擺攤做買賣，季歌一般都是傍晚著家後捯飭自個兒，洗頭、洗澡一併來。清早有劉家兄弟幫襯著，她起晚些也無礙。

夜裡風涼不宜開窗，只得拿了乾的布巾慢慢地絞頭髮。屋裡點了盞油燈，立在櫃頭，昏暗的燈光籠著整個屋子，劉大郎路過窗子時，不經意瞥了眼，就這麼傻愣在了原地，如魔怔了般，怎麼也邁不動步伐。

透過薄薄的窗紙，昏暗的燈光，被暈染成暖黃色澤，映出一屋朦朧，媳婦坐在屋中央，身子側靠著椅子，面向窗戶歪著腦袋，拿著布巾一下一下細細地絞髮，他站在窗外，只能看清一個模糊的輪廓。也不知是暖黃的色澤迷了眼，還是被媳婦迷了心，這瞬間只覺得媳婦美得像幅畫，內心平靜猶如山間潺潺溪水，寧靜裡透著溫暖，竟是不忍打擾分毫。

「怎的不進屋？」季歌見窗戶映著人影，微微抬頭納悶地問了句。

劉大郎立即從呆怔中回過神來，訕訕地摸了摸鼻子，進了屋，走至媳婦身旁，接過她手裡的布巾。「這條濕透了，再換一條。」說著，拿了條乾的布巾，站在媳婦身後，細細地替她絞髮。「別歪著腦袋，小心脖子疼。」頓了頓又說：「往後白日裡洗頭吧，曬曬陽光，曾偶然聽人說過夜裡洗頭不好，容易犯頭疼。我也不是日日有活做，待我不做活時，我去看著攤子，左右也熟悉。」

「這是心疼我呢。」季歌伸手握住自家男人的手，回頭衝著他笑。

劉大郎如今不復青澀模樣，反手握住媳婦的手。「妳是我媳婦，自然得對妳好。妳的手有些冰，妳窩床上，我坐床邊給妳絞髮，莫凍著了。」

「待進了四月中旬就沒這股涼意了。」說著，季歌窩進了床裡，坐在床邊，說起傍晚貓兒胡同發生的事。「有聽到風聲沒？我推著攤子進胡同，遇著了兩個媳婦子，聽她們說了一嘴，原是那柴大娘被抓著了，真是解氣。」

有點耳熟，劉大郎手上動作一頓。「上回硬要給二郎說親、被妳給唬住的老婦？」

「就是她。」季歌點頭應著，經他這麼一說，又想起一樁事。「下午我們幾個在嘮嗑時，餘嬸隔壁攤的過來接了話，說有回她在河邊洗衣裳起得猛了，犯了頭暈，幸好二郎伸手幫了把，才不至於讓她摔河裡。又聽對面攤子的說，也見過二郎在河邊洗衣服，就這麼評論開了，說二郎是個會疼人的好後生，我琢磨著，就算是個男的，被這麼八卦著也不大好，你跟二郎說說吧，往後洗衣裳這事由我來就行。」

只怕是有那麼幾回，收攤回家時，瑣碎事多了些，二郎便拎了衣裳去河邊洗，以往在清岩洞時，也有過幾回。她得操心著柴米油鹽以及孩子們的日常瑣碎，還得顧著小攤子，樁樁件件的事情看著不顯，細細碎碎的卻著實費心。按說她滿打滿算也就十六，可能是操心過甚，想得有些多，有時候念叨著要說件什麼事轉眼就給忘了，得經人提起時才想起來，好在大事上從未出過紕漏。

「三朵和阿桃也不小了，妳別總慣著，讓她們幫襯著幹些活。」二朵明兒個得進錦繡閣，往後每三日才回一趟家，劉大郎是不想媳婦太累，老人常說想太多了容易傷身。

季歌拿手捏了捏髮絲，還有些微微的濕意。「我沒慣著，能做的活我都吩咐她們搭把手。」她也知，這般家境往後三個孩子嫁了人，倘若沒有大造化，還得圍著灶臺轉，裡外得拾掇整齊，若這手活不索利，婆婆定會不喜；倘若真有出息，這些都是後話了，太過遙遠不想也罷。

「大郎，我琢磨著啊，二郎又生桃花了。」季歌簡單地說了說白天攤位裡的瑣碎。「正好說起二郎親事時，那婦人便拎了凳子湊過來，心裡真感激二郎幫了她一把，就算沒有過來串門子，擺攤那地界抬頭不見低頭見的，也該順口說一聲，可她硬是沒什麼舉動，今兒個對面攤的說起二郎，她聽著顛顛地就湊過來了。」對於這樣的婦人，她不討厭卻也說不上多歡喜。

劉大郎皺了皺眉。「二弟年歲還差了些，怎的這麼多看上他的人家？」按說他們山溝裡出來的帶著一身土氣，不可能這麼討喜；還是以前初跟著佑哥幹活時，出入地主、員外等富貴人家，聽著小廝、丫鬟說過幾次，他便記在心裡，暗暗提醒著自己，不能東張西望露了土氣。

「你是真不知還是假不知？」季歌伸手不輕不重地擰了他一下，笑著說：「你們劉家根子好唄，長相都不錯，濃眉大眼的，順眼得緊，近兩年又吃好喝好，身量頗高、頗壯實，二郎自小便在村裡尋活飽肚，性情自不比一般人，後來又挑著擔子滿清岩洞的跑著以物易物，接著便是到鎮裡送貨；如今搬進松柏縣，都說相由心生，自是有著一股氣場，你道咱們周邊都是什麼人家，也就是個討生活的，都是半斤對八兩。」

說著，季歌笑得更樂呵了。「我想啊，等二朵和三朵大些了，不得被踩破門檻；還有個三郎呢，連餘嬸都說，才讀了幾日的書，就隱隱有股書生味，瞅著就有出息。且看吧，往後咱們家買了宅子、開了鋪子，這門庭只會更熱鬧，你可緊點心，咱們家的生活是一日好過一日，想法也得變一變呢。」

「二郎和三郎不消操心，他們主意正著，便是二朵也是個有主意的，只須替她相看相看；倒是三朵和阿桃……」說著，劉大郎停了下。「得找個知根知底的。這些事都遠著呢，妳也甭想太多。」摸了摸媳婦的頭髮，已經絞乾了，便擱了布巾。「往裡躺躺，我吹燈。」

說起阿桃，季歌積在心裡的心事就翻了出來，等大郎躺進了被窩，她往大郎懷裡一鑽。

「阿桃的事，得找個時間和爹娘說說，莫讓他們把阿桃給換了親，這事宜早不宜遲。」

「端午的時候咱們回柳兒屯一趟。」劉大郎也憂心著一朵，不知她想透了沒。

季歌聽著他這回答，心裡樂滋滋的，往他懷裡挨得更緊了些。「我想著，就這麼跟娘說，怕是不成的。娘一心想著用阿桃替二哥換門親事，阿桃的親事由咱們接手的話，那……說不定要替娘把二哥的親事給談著了眉目才好，咱們不好介紹人家，我尋思著，不如給些銀錢你看如何？二哥年歲漸大，有了足夠的錢今年就能說門親，娘自會萬般歡喜。」

「這樣妥，就這麼著，很全面，誰也不會落了怨。」劉大郎摸了摸媳婦的背，心裡甚是舒坦。他這媳婦做事向來周到，只要不落她的臉，她都會顧念著。就願一朵能想通，憑著兩家的關係，有心修復自然能撫平這嫌隙，就算不能回到以前，到底還是能親厚些地走動。

這心事有了章程，季歌心裡鬆快了不少，打了個哈欠，卻想著好像還有事沒說，渾渾噩噩地思索了會兒。「對了，大郎你要進清岩洞買米糧，記得雞蛋、麵粉、玉米等雜糧都備點；要是牛車還有空隙，就往山裡砍些樹木吧，砍旁邊長了小樹的大樹，正好給小樹騰出空間，把大塊頭運回縣城，耐燒。」

「媳婦我都記心裡了，妳莫操心這些，有我呢。」聽著媳婦模模糊糊的聲音，劉大郎忍不住露出一個笑，把她往懷裡摟緊了些，輕輕哄著。「睡吧睡吧，我會把事辦得妥妥的。」

季歌又打了個哈欠，已經是半醒半睡了，含糊嘀咕了句就睡著了。

第三十一章

次日一早，劉家兄弟和餘瑋待家裡出了攤才去小飯館，和柳叔幾人租了兩輛牛車往清岩洞趕。

柳家夫妻昨夜說了半宿的話，琢磨著待估摸出個章程來，再約兩家人到小飯館吃飯，把他們想的章程說一說。三家人湊湊錢，要做就把場子整好點，柳叔是鐵了心地相信著，這回肯定能發財！想著自己都這年歲了還能發大財，他一早都是笑醒的。

故一路上心裡雖激動，卻按捺住了情緒，硬是沒有露半點口風。返程時，兩輛牛車塞得滿滿當當，兩人護一輛牛車，比來時要慢了些，待歸家已經是暮色四合，家裡備好了熱飯、熱菜眼巴巴地等著。

著家的當晚，劉大郎和媳婦說起清岩洞的事，說大夥兒都念著她，那些個和她交好的，都送了些自家的吃物讓他帶回來；也是因為去的時候，季歌特意做了果脯蛋糕，仔細地包妥當了，讓劉大郎帶回去送人。

這回買了不少糙米和麥子回來，還有些別的雜糧、雜食，有些人家眼饞得緊，覥著臉地過來說話，都說以後有這好機會，能不能捎上他家。雖說掙得少了點，可不用他們運出清岩洞啊，清岩洞有牛車的人家就那麼幾戶，靠自個兒擔著出山買，一趟一趟的多費勁、費力？還不如少掙點呢圖個輕鬆。

走時里正和村長送著他們出清岩洞，把劉家兄弟帶到一邊，笑得慈眉善目，他們這一戶走出了深山溝，有了出息也不忘清岩洞，很好，很值得鼓勵，讓他們繼續努力，多多盡力改善清岩洞的生活水準，不說多富貴，家家戶戶都能吃飽穿暖就行。

里正還樂呵呵地說，戶口的事，讓他們別憂心，他啊，尋個好日子出山一趟，去鎮裡找關係把這事處理了，下回他們回清岩洞時，就能把戶籍本帶回去，在松柏縣要做個什麼事，也就不會束手束腳。他本就是掌管著戶口和納稅，有他出面是最好不過了。

季歌完全沒有想到，壓在心頭的一樁難事，就這麼意外地得到解決的法子，承了里正這麼個人情，若不出點力，倒還真是於心不安。她這人就是這性子，別人給一分好，她必當還兩分回去，別人不把她當回事，她自不會放心裡念著。「沒想到會變成這樣，不想出點法子來，還真不好見里正和村長呢。」

「這事不是一時半刻就能成的，妳別著急，咱們慢慢來啊。」劉大郎摟著季歌的肩膀安慰她。

戶籍的事有了著落，季歌勁頭特別好，興奮得都有些睡不著，黑暗中，往劉大郎的懷裡拱了拱，小聲地說：「咱們把燈點著，數數錢吧，看看這兩個多月攢了多少銀子，再估摸一下每月能攢多少銀子。先前是沒有戶籍不愛想這些，免得錢沒掙著一番努力跑沒影了。」

原先她琢磨著，找關係把戶口落定，不知道得花多少銀子呢，就怕碰著個心黑的，把他們當冤大頭宰，送的禮不如意，就跟扔水裡似的，隔遠了水聲都聽不見；倒不如先擱了這事，靜著心把小生意經營妥當，多攢些錢在兜裡，做好心理準備後，再難也要把戶口的事解決。沒承想，里正會出手幫襯，這一招掐得太準了！真是隻老狐狸。

「別動。」劉大郎緊繃著身體，嗓音帶了喑啞，他往後挪了挪和媳婦拉開了些距離。

「我去點燈。」

季歌僵了僵，緩過神後，窩在被窩裡癡癡地笑著，細細的笑聲透過被子模模糊糊傳進劉大郎的耳朵裡，好像有把軟軟的鈎子撓著他的心尖，整個人都酥麻在了原地。他深吸了口氣，麻利地把燈點著，回頭瞥了眼媳婦，見她雙頰飛紅，眼眸裡潤了層薄薄的水光，被燈光一襯，比白日裡要多了兩分說不出的嬌美，他忽地喉嚨一緊，話都說不上，便匆匆地出了屋。

「呆子。」見人走了，季歌笑著輕罵了聲，掀了被窩，也沒披外套，趿拉著布鞋，尋了鑰匙打開了木箱，舉著油燈從牆縫裡摸出把小鑰匙，又自木箱裡摸出一個巴掌大的木盒。

劉大郎洗了把冷水臉，整個人舒坦多了，進屋一看，媳婦連外套都沒披，忙隨手關緊了屋門，三步併成兩步走到她的身邊，接過她手裡的油燈，嘴裡催促著。「快躺被窩裡去。」

「欸。」季歌脆生生應著，映著昏黃的燈光，瞅了眼身旁的男人，起了些心思，踮起腳飛快地在他臉上香了口，小貓似地鑽進了被窩裡，衝著不遠處的男人笑盈盈地招手。「快來，咱們數錢。」

難得見媳婦這俏皮樣，劉大郎心裡跟灌了蜜似的甜滋滋，他把木箱合緊實，油燈擱在上面，窩進了暖暖的被子裡，靠躺著床頭，順手把媳婦摟在懷裡，又把被子裹緊了些。

「都沒怎麼注意每日的收益，你掂量看看，這木盒還挺有重量的。」男人的胸膛厚實溫暖，季歌懶洋洋地靠著，略有些涼意的身子瞬間就捂熱了，這股熱氣一直蔓延至心裡。

劉大郎接過木盒，撥了撥那小巧的鎖。「鑰匙呢？湊個整數，換成銀票藏嚴實些，只餘些零碎錢就好。」雖有兩重鎖卻也不安全，就算砸不壞鎖，這木盒卻是個不耐砸的。

「季掌櫃買方子的三十兩小面額銀票沒在這裡頭，我嚴嚴實實地包妥了藏地裡呢。」季歌邊說著邊拿出小鑰匙把鎖給開了，隔幾日就拎著銅錢去錢莊換成銀錠，不看不知道，一看嚇一跳，小小的木盒裡，一兩一兩的銀錠竟鋪滿了半個木盒。季歌輕輕地呼了口氣，有點反應不過來，吶吶地問：「怎的這麼多？」

「七兩銀子。」劉大郎很快就數清了。「三月下旬咱們攤子的日收入差不多有七百文左右，平均下來，整個三月的日收入是六百，成本算兩百五十文，每日瑣碎用度六十文，平常的生活花銷……」這裡他倒不是很清楚，看向懷裡的媳婦。「多少來著？每月供三郎讀書，零零碎碎算起來，家裡每日應該可以存兩百餘文。」

「生活花銷不好算，三月裡每人都置辦了一身衣裳，好像是二兩多銀子；阿桃的衣服裡外全部換了遍，就花了近二兩銀子，還給三個孩子買了點珠花頭繩等姑娘家的飾品，三月初買了兩盒香脂，算下來近五兩銀子。眼看天漸漸熱起來，四月裡得把夏衣理一理，少不得又得每人置辦一身換洗的，鞋襪都得備著，這裡不比山裡清涼，紗帳也得備著，別熱著了。」這一算下來，季歌就皺了眉。「又得好幾兩呢。」

主要是家裡的孩子正是長個的時候，去年日子才寬鬆些，家底薄了點，到了縣城自是不同，去年置辦的衣裳放一放還能穿，可以前的舊衣裳就不成了，穿著太寒酸了也是不行的；

還有那紗帳，清岩洞就算是酷熱時季，夜裡也是泛著涼意，帳子換不換無所謂，但是在縣城就不行，火氣旺著呢，睡不好白日裡就提不起勁，這點錢是怎麼也不能省的。

這麼一想，季歌又道：「還得備幾床蓆子，你們閒逛時記得好好地尋摸尋摸，出來的頭年是要艱難些，待時日久了就好了。」

「我和二郎用草鞋就行了，單布鞋不耐穿又燒錢，我從清岩洞拿了些麥秸回來，趁著沒活的時候，就編幾雙草鞋擱著。」劉大郎心裡有些沈甸甸，一大家子吃吃喝喝可真費錢。

季歌有些不贊同，她握住劉大郎的手，輕聲細語地說：「這麼著吧，幹活的時候就穿草鞋，衣著破舊些也沒事，出門走動時就穿布鞋，總得稍稍地捯飭一下自個兒。」頓了頓，又笑著說：「好在咱們的小攤子，只每季交些雜稅，不比那店鋪買賣。如今生意日漸紅火起來，又有你們的『用心經營』，說不定來年春上就能攢足錢了。

「對了，倘若戶籍的事真辦妥了，少不得要給里正和村長送點禮物，銀錢什麼的不好拿，便送些布疋和吃食吧？你看如何？」季歌看著木盒裡銀燦燦的錢錠，心裡有些犯嘀咕。這麼大個人情還起來不容易呢，得好好地想想，清岩洞難就難在地太偏僻。

劉大郎點點頭。「這個妳置辦就好，妳比我想得細緻周全，不如等端午時，咱倆先回一趟清岩洞，然後再去柳兒屯？」

「行。咱們提前一天回清岩洞，住上一宿，待端午節那日便出山去柳兒屯。」一個月的時間，里正應當能把戶籍的事辦好吧？季歌不大確定地想著。

劉大郎拿起一個小銀錠，在手裡把玩了會兒。「媳婦，我記得咱們日常花銷的錢袋裡，銅錢和碎銀加起來有三兩多吧？明天我去換三兩小銀錠，再把這十兩銀子換成銀票。」

「好，往後每攢十錠銀子就去換成銀票，四月裡的生意比三月裡還要好一點，加上『用心經營』的收入，應該有二十兩，成本和雜七雜八的用度一減，約能攢個四、五兩，碰著生活花銷少的月裡，興許能存著六、七兩。現在是四月，滿打滿算還有八個月呢，保守估計還能存個五、六十兩，說不定會更多，加上手裡存的四十兩，正好一百兩呢。」季歌說得都有些小激動了。

一雙眼睛亮晶晶的，季歌興頭十足地看著劉大郎。「一年整的時間，在東市也能積些熟客，到時候買房時不尋遠了，就在這周邊的街道尋摸著，這些客源不能丟。還有，須得找個有井的，總是買水也不是件事，這個應當不難尋。」

「嗯，都依妳。咱們慢慢地來尋摸，錢攢夠了，倒也不用著急，總能尋著滿意的，往後得住一輩子，不能湊合著來。」劉大郎摟著媳婦深深地呼了口氣，日子是越來越有盼頭了，他也不想著什麼大富大貴，就願著老天能隨了他們的心意，順順當當地過著。

夫妻倆又甜甜蜜蜜地說了會兒貼心話，見月上中天了，便把木盒放回了箱子裡，打著哈欠，摟成一團，一沾枕頭就睡著了。

第二日醒來時，精神特別好，面色紅潤透著光澤。心裡有了念想，甭管是幹活還是做買賣都格外地用心，季歌一整天都笑盈盈的，只要攤前站了人，她就笑著輕聲和氣地說著話，不管人家買不買，都是這般模樣，都沒怎麼和餘氏嘮嗑。餘氏笑著直打趣，看這滿面春風的，怕是遇著什麼喜事了，沒了聊天的夥伴，餘氏只得收了心思，學著季歌的樣，一腔心思全放在了攤子上。

累雖累了點，可到晚上夫妻倆窩床上數錢時，興奮得都想尖叫一聲。竟突破了日收入的七百文大關！太有意義了！七百文吶，七百文已攻陷，下個目標是七百五十文，一個不小心，做買賣就換成遊戲模式了，可這鬥志卻是一日高過一日，今日不成，明日繼續戰！

媳婦這麼努力，劉大郎這當丈夫的自然也要努力跟上，也不知是財運來了，還是夫妻的一腔信念感動了老天，用心經營初四接了個大單子。有戶人家買了個宅院，只有一個婆子出面談價，條條框框很是囉嗦，時間上不緊，一個月內完工就行，只有一項定要令主子滿意才行，主子不滿意就只給一半工錢，主子滿意了不僅給足工錢，會再獎賞一半工錢。

那婆子離開時，拿了十兩銀子給劉大郎，說每隔三天她會過來瞧瞧，哪裡不滿意了趕緊改過來，旁的她都不管，只給錢以及監工，每日三餐讓他們自己找飯館吃，限定一天三人伙食為一百五十文。這可是大手筆了，工錢暫時不算，等完工了一併結，至於給多少那婆子也沒明說，只說讓他們好好幹。

這生意是季歌攤上的熟客介紹的，那小宅子就是她家隔壁的屋，那婆子敲門過來詢問，她便立即推薦「用心經營」，還說了不少好話，怕婆子不相信，又領了她來小攤前。那婆子和季歌說了會兒話，雖沒有見著劉大郎三人，心裡卻挺滿意，當時就說讓他們仨下午尋了空過來宅子一趟。

季歌為了感謝那熟客，不僅做了果脯蛋糕，買了糖粉、黃油和粟粉做了兩盒小巧的雞蛋餅乾，又用粟粉、牛奶糖和玉米粉做了簡單的玉米布丁，可費了她不少錢呢，讓餘嬸幫著看會兒攤子，她拎著竹籃隨劉大郎三人去了那宅子裡，給那婆子送了份自己做的小吃食，和和氣氣地說了會兒話，又去敲了熟客家的門，把另一份小吃食送給了她。

本來只是普通交情，因這原故，兩人交情倒是深了些。更主要的是，季歌這三樣小吃食做得著實勾人吶！味道好得不行，一瞧就知道她費了不少心思，熟客看在眼裡自是歡喜的。兩人說了小半會兒的話，待那邊也談妥了，便道了別離開。

季歌的一番心思沒白費，費勁地做了新吃食，果然把熟客的心給饞住了，家裡來客也好，送人也好，有時自己嘴饞了，隔三差五地就會過來訂做。季歌初時便跟她說，這小吃食成本高，她也不好擺攤買賣，要做的話只能從店鋪裡買食材，花費就大了些，賣出的價格也會貴點；那熟客不在意這些，她家境還不錯，否則季歌也不會乘機來這麼一招。

到四月底的時候，這些成本高的小吃食已經有了些名聲，隱約成了她的隱藏版小吃買賣，季歌便有了明暗兩處的收入。就這二十來天，看著賺錢挺多的，有近五兩銀子，可把成本一減，堪堪才掙了不到二兩銀的純利，不過她沒有洩氣，等再穩定一個月，進六月時，她就可以到商行去進食材了，成本能稍稍地壓低一點。

四月二十六日，劉大郎他們三人總算把宅子給修葺完善，又花費了整整一天的時間把宅子裡拾掇妥當，打掃得乾淨整潔，待那婆子過來一看，滿意地點了點頭，讓他們二十八日下午申時左右過來領工錢。

修葺宅子時的各種花費，劉大郎特意讓三郎挪了時間一筆筆地記著，那日婆子過來時，他便把這單子遞了過去，又將餘下的錢一併送上，婆子前前後後給了四十兩，還剩下八兩多。那婆子沒想到這三人這麼憨實，八分滿意瞬間成了十二分，接過單子和錢袋說道：「待我主子過來了，你們就笑著領賞錢吧。」

二十八日的下午，劉大郎三人去了那宅子裡，裡頭已經煥然一新，小廝和丫鬟粗略一數竟有十來個，婆子領著他們到了花廳，裡頭立了個特別漂亮的屏風，兩旁立了四個低眉順眼、穿著得體的丫鬟，待那婆子進了屏風後頭，不消一會兒就傳出說話聲，聲音如黃鶯般悅耳。

每人的工錢算五兩銀子，額外獎賞每人二兩銀子，另有一個紅包，又每人送了一疋青色粗布。那婆子送著他們三人出宅子，末了還笑著說：「主子很滿意你們，下回還有活仍找你們。」言罷就進了宅子關上了大門。

餘瑋拆了紅包，瞪圓了眼睛，狠狠地吸了口氣。「竟是金子！我頭一回摸著金子啊！我說呢，怎麼這紅包拿在手裡有點硌手，摸著小小巧巧的。」回頭看了看宅子，咂著嘴巴說：「這到底是個什麼人家啊，我一年都沒掙過這麼多錢，聽著那聲音嬌嬌俏俏，怕是年……」

劉二郎猛地捂住餘瑋的嘴巴，低聲說著。「把錢收妥當了，別說胡話，莫壞了人家主人家的名聲。」

「二郎說得對，阿瑋你莫亂說話，教人聽著了不妥。」劉大郎摸著三個金錁子，這玩意兒特別精緻，一個約一錢重，三個便是三錢，能換三兩銀呢！可他不想換成銀子，他……他想用這三個錁子給媳婦打個頭飾，五月薔薇開得正好香氣撲鼻，不知能不能打個薔薇花樣的頭飾給媳婦戴。他見那花廳裡的四個丫鬟，都戴著金頭飾，模樣很是好看，媳婦那般好，怎能沒件金頭飾？

餘瑋掙開了劉二郎的手。「我知道了，剛剛嚇我一大跳。嘿嘿嘿，可真高興，我得趕緊回家跟我娘說說，讓她也高興高興。」

「你們先回，我去逛逛。」劉大郎打定了主意，倘若金子不夠，他再用銀子換，怎麼著也得在媳婦十六歲生辰時送她件金頭飾，晚間他便給她戴上，然後再洞房，光想想他心裡就酥麻了。

劉二郎看了眼大哥，將他的神態盡收眼底，略一思索對著餘瑋道：「你先回去吧，我和大哥去逛逛，注意點神情，別讓地痞盯上了。」

「啊，你們都不回家啊？還要逛個甚？那我與你們一道逛好了，咱一塊兒回去。」餘瑋一個人不想著家，說著，看向劉大郎。「劉大哥你想逛個甚？」

劉大郎想了想，說道：「我想去趟金銀鋪子，給她打件頭飾，待她生辰時送她。」

「也對，咱們這會兒掙了大錢，是該孝敬，呸，是該給自家媳婦整點好的。」餘瑋笑嘻嘻地說著。「那成，咱們一塊兒去，我也給老娘選件東西，讓她高興高興。」

三人晃晃悠悠地進了一家靠譜的金銀店，店鋪不大，可名聲不錯，周邊的人家都愛上這店鋪來。

劉大郎將自己的想法仔細地說與老闆聽，餘瑋在旁邊聽著，瞪圓了眼睛，驚呆得都緩不過神來了。

三錢金子果然不夠，老闆提議可以熔個金丁香模樣的，五月也開丁香花，樣子小小巧巧，戴著也好看，老闆說著，還從櫃檯裡拿出成品，分成好幾種樣子。

劉二郎在旁邊問：「再加三個金錁子夠不夠？」

好不容易緩過神來的餘瑋，看著這倆兄弟，直嘆，真是傻！

「六錢也不夠，那花大著呢，倒是可以熔個實心精緻的丁香花，就是手工費得貴些，得出五百文，倘若買的話，像這種簡潔些的就是五兩銀一個。」

「熔一個，模樣做精緻細巧些。」劉大郎還是想給媳婦好一點的，等他掙了更多的錢，就給再好一點的。

老闆樂呵呵地應著，連連說著讓他們放心，待三日後就可以來拿貨，到時候再付手工費，倘若不滿意可以再說，免費重做。又寫了一份契約，各自按了手印，各存一份，才送著他們出店鋪。

「你們可真行！」餘瑋已經不知道說什麼好了。六個金錁子啊，說花就花了，太敗家了！

劉二郎瞥了他一眼。「你不是說想給你娘買件銀飾嗎？」

「給忘了！」餘瑋一拍腦袋，催促著說：「走走走，咱們往回走，給我老娘看支釵子。」

等回家時已經是酉時初，劉大郎原本想去東市接媳婦，又想著那金錁子的事，便和二弟回了貓兒胡同，待歸家後，他拿出三兩銀子遞給二弟。「你收著。」

劉二郎掙的錢，季歌和劉大郎曾商量過，他這年歲，掙的錢可以自己收起來，往後成了家用錢的地方多著。

「不用。」劉二郎推開了大哥的手，邊往裡走邊說：「大嫂生辰我便不送旁物了，莫跟大嫂說吧。」

媳婦的性情劉大郎自是懂得，他堅持著說：「二弟你收了這銀子吧，我是不願瞞她任何事。」對幾個小的弟妹還好，二弟與她年歲太近，平日裡她多有顧及，二弟若不收這銀子，她定會沒那麼歡喜。

劉二郎看著大哥，目光幽幽沈沈，抿緊著嘴角，沈默了會兒，到底是接過了三兩銀子，一聲不吭地進了屋。

「二郎你別想太多，我也不是說非得分這麼清楚，是……」劉大郎站在門口，撓了撓頭，憨憨地笑。「這是我送她的生辰禮，你且找別的生辰禮送你大嫂吧。」他是曉得，不能把媳婦拿出來說事，不妥當。

「是我偷懶了，沒想細緻。」劉二郎自屋裡走了出來，笑著應了聲，指著天色道：「大哥不去接大嫂？」

劉大郎忙往屋裡跑。「得去，得去。」把錢擱箱子裡後，匆匆忙忙地出了家門。

不說餘氏接到兒子送的銀釵子有多歡喜，單說柳家這邊。柳家夫妻琢磨著選了個好日子，四月初八喊著另兩家過來說話，不料，用心經營接了個大單，那三人忙得腳不沾地，連大郎媳婦都忙得沒個停歇，只得按著心思等著他們把事忙完再來細說；卻沒想到，四月十三日接到村裡來的信，說她大兒媳挺著大肚子在家裡摔了一跤，讓他倆趕緊回村看看。

柳家夫妻聽了這消息，又驚又怕，慌慌亂亂中，把柳安托給了劉家，讓他先和劉家二郎住著，過幾日他們就會回來。等他們兩人真回村時，大兒媳有驚無險地生了個兒子，謝天謝地，總算能抱大胖孫子了，大兒媳先前生了兩個閨女，柳氏面上不顯，心裡卻暗暗焦急，這回可算如了願。

雖說有驚無險，柳家大兒媳卻傷了身子，就算日後精心調理著，也難再有身孕。柳大兒媳的娘家聽了這消息，難過的同時又慶幸，好在這回生了個兒子，日子再難也難不到哪裡去。

柳叔在家裡等著孫子過了洗三，便返回了縣城，至於柳嬸得照看著大兒媳出月子，如此這般，夫妻倆想的那遭事，少說也得等到五月底才能開口，畢竟這法子是大郎媳婦想出來的，雖說他可以和劉家兄弟商量，再由劉大郎和媳婦說，卻是拐彎了些，不如等媳婦歸家，三家人湊一塊兒熱熱鬧鬧的說這事，衝著那氣氛必能把事說成。

是夜，明天就是五月了，劉大郎和季歌窩床上，拿著木盒笑得跟個守財奴似的，兩夫妻樂滋滋地數著這個月攢的銀錢。

日收七百五十文的關卡，死活衝不過去，四月十九日那天，一數銅錢就差了一文啊！季歌當時的心情就恨不得分分鐘做一個蛋糕出來賤賣，好在也只是想想，很快她就冷靜下來了。整個四月裡也就只有幾天的營業額是七百文，其餘都是六百多文，加上大郎掙的錢，以及私下做的那些吃食的純收入，這個月竟超額攢了十五兩整的銀子！

季歌把走高檔路線、因成本高而沒有擺攤買賣的糕點生意，統稱為暗處的生意，是為了能和明面擺攤的糕點買賣區分出來。

抱著這銀燦燦的錢盒，這一刻，再多的苦和累季歌都覺得相當地值。太值了！整整十五兩銀子，離宅子和店鋪又近了一大步，再過兩、三個月，便是觸手可及了。哎呀！跟作夢似的，有種中了五百萬彩券的暈乎感，太激動、太意外了。

「相公咱們搬來松柏縣是對的！」季歌衝動之下，緊緊地摟住劉大郎的脖子，在他的臉上香了個響亮的吻，樂哈哈地大笑著。

劉大郎一手摟著她，一手兜著錢盒子，笑著說：「錢要掉了，當心點。明天咱們去換成小面額銀票藏起來。」心裡想，不知五月的生意如何，他不奢望會有像四月裡的大單子，就想著能一直有活幹，早點買宅子，就能早點和媳婦生娃娃，他虛歲都二十三了，別人家的娃娃滿地跑著喊爹喊娘，他的娃娃還沒影。

「定要藏的，藏得嚴嚴實實。」季歌鬆開了劉大郎的脖子，抱起錢盒子，高興地說著。「等咱們有了店鋪也不愁沒客源了，我那暗處的生意圈子正在一點點的擴大，我啊，特意做的小吃食，就是引她們上鈎的。」

劉大郎親了親媳婦的額頭，沈聲安撫著。「不著急，妳的小吃食味道好又新奇，總會發展起來的，只是，到時候妳會累得夠嗆。」他捨不得媳婦這般累，他有活的時候就不能幫襯太多。

「沒事，阿桃和三朵都會些，她們學得認真，再學段時日就能自己做了。」季歌是存了心思的，若生意好，往後阿桃和三朵嫁人了，也可以用這個手藝開店掙錢，她向來覺得，女子有掙錢的能力才能挺直腰桿，活得要舒坦些。至於二朵那邊，到時候再看她是如何想的，她會把碗端平了。

「嗯，妳心裡有數就好，妳自己常跟我說，不能為了掙錢就不顧身子，這話我也跟妳說。」劉大郎烏溜溜的眼眸定定地看著媳婦的眼睛。

季歌眨了眨眼睛，忽地露出一個明媚的笑容。「相公我知道了。」

劉大郎聽著她的俏皮話，笑著起床把錢盒子放回原處，媳婦和他的相處越發活潑了，他心裡是歡喜的。媳婦很能幹，想得周到細緻又體貼，萬般都好，就是太好了，不大像一個十幾歲的姑娘，他心底隱隱積了些說不清、道不明的壓力，覺得自己無能，比媳婦大那麼多，反倒讓她來照看自己。他喜歡媳婦現在的模樣，讓他很放鬆、很自在。

第三十二章

剛進五月，清晨略略透著涼爽，沁人心脾的舒坦。劉大郎幫媳婦擺攤，三朵和阿桃待在家裡，拾掇些瑣碎家務，幫忙做些糕點，然後溫習學的字以及二朵教的基礎繡技。

生意勢頭很好，季歌琢磨著，光識字不會寫也不妥當，便多買了些筆紙放在家裡，原還想買兩本描紅字帖，三郎不聲不響地拿回薄薄的一疊紙，約有十來張，是他特意向元小夫子討來的字帖，還細心地畫了格子，早先他就是這麼學寫字的；現在他的字有了些許模樣，便可以不用描紅字帖，讓阿桃和三朵看著字帖一筆一畫慢慢練習就行。

隔日天邊剛剛泛青，季歌早早地起床，做了雞蛋餅乾、玉米布丁和馬蹄涼糕，涼糕是以糖水拌和馬蹄粉蒸製而成，色茶黃，呈半透明狀，口感軟、滑、爽、韌，味極香甜。皆用小巧的木盒裝著，再放進小竹籃裡，這木盒是她特意尋了木匠訂製的，暗處的生意走的是高檔路線，這包裝的格調自然得高檔些，味道好、賣相好、包裝也好，價格稍貴些買主心裡也不會存疙瘩。

等忙妥當，天色已經大亮，果脯蛋糕和玉米發糕，只來得及做上午的分，爆米花倒是足夠，吃過早飯，匆匆忙忙地擺攤，由三郎提著小竹籃去葫蘆巷，算是感謝元小夫子送的字帖。沒想到，送去的糕點得了元夫人的歡喜，偶爾會讓小丫鬟過來買些糕點。八成是元小夫子見糕點新奇，便送給了其母嚐鮮。

整個劉家忙得跟個陀螺似的，手裡都有一堆活，一天到晚都沒個停歇，雖累精神卻好，個個容光煥發。

劉大郎幫媳婦擺攤，隔壁餘瑋也幫著餘氏擺攤，攤位才剛剛擺好，劉二郎大步就走了過來，臉上帶著喜色。「大哥、阿瑋，走，普濟堂來了好多貨。」五月的頭一天就有活幹，這個月生意定會不錯。

平日沒活時，他們仨常在外面閒逛，並不是真的閒逛，而是和某些人打好關係，有活的時候可以分個一二。

劉大郎和餘瑋沒多耽擱，跟著劉二郎匆匆地出了東市。本以為就是樁小活，沒承想，那管事的後來又吩咐他們仨，送兩車藥材往夏秋鎮，一來一回須得一天時間。這時辰出城送貨，傍晚肯定趕不回來，餘瑋和劉二郎幫著裝貨，劉大郎飛快地跑回了東市，和媳婦、餘嬸說了聲，氣都沒喘一口又返回了普濟堂。

下午季歌和餘氏擺攤，頭有些微微地暈眩，上午接了個暗處的訂單，中午沒休息，由阿桃和三朵幫著打下手，做了一份玉米布丁，一份兩個三十文。雞蛋餅二十五文一盒，巴掌大的盒子約六兩的分，馬蹄涼糕買主加了點要求，想往裡面擱些玫瑰醬，季歌想了想，一份賣四十五文，小小巧巧的五個，秀秀氣氣地吃，一個能吃上兩口。

除了這三樣，買主又買了果脯蛋糕，要求切成四方小豆腐的樣子，還有兩份爆米花，聽她自個兒說，是家裡來客人了，她定要好好地招待，那說話的神情和語氣，明顯地寫著顯擺兩個字，季歌笑呵呵地聽著她念叨，淺淺地接了幾句。買主心情很好，走時還給了十文賞錢，說這般囉嗦怪不好意思。

暗處的生意偶爾能接到些賞錢，季歌倒也沒扭捏，大大方方地接著，一個月下來，光賞錢都能攢好幾十文，這是她完全沒有想到的美好意外。本來她只會些粗糙的糕點手藝，見勢頭這麼好，不僅讓她充滿了鬥志，還特別有成就感，拿到錢的喜悅，滋味真是妙不可言，便一頭沈浸其中，倒是把這份手藝精進了不少。

「妳啊妳，做甚這麼拚命？」餘氏瞅著季歌眉宇間的倦色，又是心疼又是氣。「年紀小小就不愛惜身子骨，往後懷娃了可怎麼辦？」

季歌搬了個凳子靠著牆坐，對著餘氏笑。「就是睡習慣了，冷不丁的沒午睡，有點犯睏。」

「妳家看著人多，足有七個，妳卻沒個幫手，幹個活都要自己來，再這麼下去，早晚得吃苦頭。」餘氏說歸說，神情裡透著憂心，她遲疑著說：「要不妳靠著瞇會兒，我幫妳看會兒攤子。」

「那我瞇會兒。」季歌握著餘嬸的手，安心地閉上了眼睛。她也不是非得睡多久，就是多少得瞇會兒，便是一刻也好。

餘氏看著身側睡著的季歌，心裡直嘆氣，這孩子太實心眼了，家裡的幾個弟妹往後可千萬莫負了她，不說別的，莫給她添堵就成，誰人不是先顧好自己的小家，才能想到其他，這麼些年，她是看得透透了。

瞇了會兒再醒時，季歌覺得舒坦多了，衝著餘氏直笑，嬌嬌憨憨的。餘氏忍不住伸手摸了摸她的頭髮，眼底流露出絲絲縷縷的慈愛。「往後可不許這樣了。」

「知道了，餘嬸。」季歌親暱地挽住餘氏的胳膊，眉開眼笑地應著。

在兩人說話的時候，柳叔走了過來，步伐很急，額頭有層薄汗，一靠近便說：「大郎他們在哪兒？佑哥在我店裡，他特意過來的，說接了個急活，人手不夠，看大郎他們願不願意跟著一起幹。」

「他們上午接了普濟堂的活，送藥材去春秋鎮，明天上午才能回，佑哥那邊著急嗎？」季歌問著。

柳叔擦了把汗。「還來得及，他們明天上午開工，到時候讓大郎去我店裡就行，妳柳嬸還在鄉下沒回來，這會兒是佑哥幫著看店，我得趕緊回去。」說罷就大步走了。

「真好！」餘氏笑容滿面地說了句。「這條路還真走對了，往後這小子啊，就用不著我多操心了。」說著，她伸手摸了摸頭上的銀釵，笑得更歡喜了。「到底是長大了，知事了，我的苦心啊沒白費。」

季歌也特別開心。「餘嬸這才剛剛開始，更大的福澤還在後頭呢。」頓了頓，打趣著道：「比如貼心媳婦、大胖孫子，哈哈哈哈。」

「還打趣起我來了，比起我啊，妳的大胖兒子不得更快。」餘嬸還故意瞄了瞄她的肚子。

兩人樂哈哈地笑作一團。

次日辰時初，劉大郎三人踏著露水歸家，雖說已吃過早飯，可看著那香噴噴的筍乾肉末包子，還是忍不住吃了兩個，待聽了季歌的話，三人沒多耽擱，稍稍地收拾了番，就往柳叔的小飯館趕去。

這趟活至初四上午才忙完，佑哥給了他們八百文，加上普濟堂那趟活，五月用心經營有了一兩零四百文錢的收入，按四、三、三分成，還是很不錯的，這個月才剛開始呢。

早就說好了，初四至初五這兩天不能接活，一則要進清岩洞買糧，二則季歌夫妻得回趟柳兒屯。因山路艱難，三家人一趟只能運一個月的糧，還要再買些雜七雜八的物件。柳氏不在，柳安初四和師傅說了聲不能過去鋪裡，初五是休息日，湊齊了兩天，由他跟著劉家兄弟、季歌和餘瑋前往清岩洞。

離開清岩洞時，里正將戶籍拿給了劉大郎，渾濁的眼睛裡含著亮光望著他們夫妻倆，季歌很認真地承諾，她會想個周全法子出來，就是時間上可能有些慢；且她也不能說大話，說自己真有辦法讓清岩洞家家戶戶都吃飽穿暖，她還沒有這麼大的能耐，只能說會盡著自己的努力，改善清岩洞的現狀。她說得誠懇，里正和村長聽著，連連點頭，情緒很是激動，直說有她這話就夠了。

出山時，臨近中午，劉二郎和餘瑋、柳安三人先送著牛車回松柏縣，劉大郎和季歌在附近的村裡租了輛牛車，先去了趟景河鎮，給糕點鋪的季掌櫃和酒樓的秦師傅送上了端午節禮，又在酒樓吃了午飯，買了兩斤五花肉、一條大肥魚、一塊葛布尺頭，和自家做的兩樣糕點，拎著去了柳兒屯。

季家是佃戶，家裡就靠著季父和季大、季二耕田，季三、季四年歲小調皮搗蛋，不到飯點不著家，好在父子三人勞力尚足，佃了八畝田，年頭年尾都在田裡蹲著，精心侍弄著莊稼。租稅分兩種，一種是自家出農具收三成租，一種是主家出農具收四成租。另季家也有兩畝貧地，種了些粗糧，家裡人口多，賦稅一交就只夠勉強餬口，餘不了幾個錢。

季歌和劉大郎到季家時，家裡就只有季母一人，她正坐在屋簷下編著草鞋，地上鋪著張破草蓆，妞妞身上綁著布巾，一頭繫在季母坐的椅子上，妞妞就在破草蓆上爬來爬去，追著身上的布巾玩，格格格地直笑著，正是出牙的時候，嘴裡口水直流，草蓆、衣裳上皆沾了口水。

季歌和劉大郎進了院子，季母仍在低頭麻利地編著草鞋，並沒有發現兩人，倒是妞妞烏溜溜的大眼睛望著他倆，然後，骨碌一個翻身坐在草蓆上，咧嘴衝著兩人笑啊笑，嘴裡咿咿啞啞地嚷嚷著。

「娘。」季歌走近了些，張嘴喊了句。

季母猛地抬頭，愣了會兒。「咋回來了？一來一回多耽擱。」她是細細問過大兒媳婦的，又見連接阿桃進縣城時，大女兒都沒有露臉，想來是小攤子走不開。

「今兒個端午呢，回來看看。」季歌笑著說話，劉大郎把手裡的節禮送到了季母的跟前。

「就不能讓旁個捎回來？」季母並沒有急著接節禮，一腳踩著椅子站起身，同時把草鞋擱到了椅子上，這才伸手接過女婿手裡的節禮。「你看著點這小蠻牛，她力氣大著呢，哧溜哧溜地直亂爬亂撞，沒得把椅子給拖動了，砸著了她。」真有個什麼，還得費錢買藥。

季歌蹲著直接把妞妞抱了起來，隔了兩個月沒見，小傢伙沒那麼胖了，瞅著卻是更清秀了些，精神也很好，就是身上有點髒兮兮。「娘，裡頭有糕點呢，給妞妞吃口唄。」

季母將女婿送的五花肉和魚都掛在屋樑下，拎著油紙包和尺頭進了屋，心裡琢磨著，這塊葛布給哪個兒子做夏衣好；說來老伴也有近四年沒有添衣了呢，二兒眼瞅著正是說親的年歲，得穿精神點才好；但若不給三兒和四兒做衣，這兩小子准會又哭又鬧，尺頭就這麼點真愁人。

將葛布妥當地收進木箱，季母隔著油紙包聞了聞，記得大兒媳說玉米發糕要便宜些，果脯蛋糕賣得貴點，她聞著了濃濃的玉米香，便拆開了油紙包，雙手在衣服上擦了擦，捏了一小塊發糕，自己嚐了口，舔了舔唇往屋外走，將剩下的一口餵給了妞妞，接著進屋三兩下將發糕重新包好。

說一口還真只餵一口。季歌默默地噎了下。

季母端了兩杯茶出來，這是自家做的煙茶，味濃泛苦，老伴就愛這口，特意在山腰種了十株茶樹。「來，喝茶，妳爹他們在地裡忙著，妳大嫂撿柴木、割豬草去了。」說著，她問：「過來這邊是有事吧？有甚事？」一點彎都沒有拐，跟個明鏡似的敞亮。

「是有點事。」季歌把妞妞放到了草蓆上，進屋搬了把椅子坐著。

季母對著劉大郎笑。「忘記拿椅子出來了，你自個兒進屋搬吧，我就不起身了。」

劉大郎進屋搬了個椅子坐在媳婦的身旁。

「有甚事說吧，不要磨磨蹭蹭的，又不是別人。」季母催了句，指了指天色。「看見沒，一會兒你們想趕回松柏縣可就難了。」

季歌又默默地噎了下，穩了穩情緒，開門見山地說：「娘，這趟過來，是想跟您商量商量，阿桃的婚事就由我作主，二哥的婚事，我拿些銀兩給您，您張羅著。」

就知道大女兒回來九成是為了小女兒，這兩人感情倒好，也罷，反正這個家裡她是沒有餘力顧著兩個女兒，她倆能有些出息也是她們命好。「行，就這麼辦吧。」季母沒猶豫就應了，又說：「妳二哥的婚事給三兩銀子就行，湊合湊合也就能張羅妥當了。」

三兩？季歌略有些驚訝，她以為季母會獅子大開口呢，她咬咬牙帶了十兩銀子出來，想著無論如何也得把這事說妥了。

「很意外？」季母看著大女兒的神情，扯了扯嘴角。「放心吧，就算妳成地主了，我也不會上門打秋風，妳是嫁出去的女兒潑出去的水，這點臉面我還是要的。」她沒把兩個女兒當回事，就想用她們給兒子換門親，自然也不會奢想在兩個女兒心裡她能有多重要。

自己的心思被娘這麼直白地戳穿，季歌尷尬地笑了笑，嚅了嚅嘴，不知道接什麼好。

「還有別的事沒？」季母邊編著草鞋邊問，頓了頓說：「阿桃的婚事，你們有了主意就過來說一聲，旁的妳這個出嫁的大姊都能管，有些事卻還是得由我來。」又說：「妳別跟天生勞碌命似的，這也要管、那也要管，管好妳自己的事就成了。」語氣裡全是不滿。

季歌一頭霧水，她有點跟不上娘的思路。這都指的是哪樁啊？阿桃的事不大像，就這會兒的工夫也沒說旁的事吧。

「行了行了，把錢給我，趕緊回去吧。」見大女兒一臉迷糊，季母看著心煩，傻不啦嘰的，成天就知道圍著劉家打轉，不知道多替自個兒的小家想，到了現在連個娃都沒有生。她是不大滿意這劉大郎，阿杏就是個憨心眼，被他哄住了，在她看來，劉大郎這算盤打得好，先讓阿杏顧好劉家的幾個弟弟、妹妹，女人吶，一旦有了自己的孩子，哪顧得上旁的，看那她大兒媳就知道。

偏偏阿杏這個死丫頭，還真以為劉大郎把她放心坎裡了，滿心滿眼地歡喜著，她也懶得多說，本來母女情分就不大深，沒的被當成仇人看待，平白添了堵，反正日子是自己過出來的，隨了她去。

「喔。」季歌拿出錢袋子，想了想，從裡面掏出五兩銀子。

季母看了眼，也沒說什麼，接過銀子起了身。「看著點這頭蠻牛，我去幫你們問問牛車的事。」

「好。」季歌蹲下身子，牽著妞妞站了起來逗著她玩。

妞妞很喜歡站著，就是骨頭有些軟，平日裡沒人扶她自個兒很難站起來，這會兒見有人扶著，笑得可開心了，眼睛亮亮的，口水順著嘴角往下流。

「大郎你來看著點妞妞，我去找條圍兜。」妞妞戴的圍兜都看不出原來的顏色了，季歌愛乾淨，有些受不住。進屋看了圈，找來了條乾淨的圍兜，立即給妞妞換上。

這時，季母快步走了過來，瞧見了順口說了句。「換了有什麼用，一會兒就濕了，成天地換，哪來那麼多時間洗。」說著看向劉大郎。「就在隔壁，你去幫著套一下牛車。」明顯地在支開他。

劉大郎聽著點了點頭走了。

「妳個傻孩子。」等人走出了視線，季母伸手恨恨地點了點季歌的額頭，壓低著聲音，恨鐵不成鋼地說：「就妳爛好心，顧了這個還想顧那個，怎麼不多想想妳自己？妳不對自己好點，還指望誰對妳好？把身子骨養好點，往後懷娃生娃都容易些。」本來是不想說，接了她那五兩銀子，實在是忍不住，就這脾性也不知道隨了哪個。

這是關心她呢？季歌後知後覺地嘀咕著。「我沒事，過得挺好的，重活、累活都有大郎幫著。」

「不開竅！」見她三句不離劉大郎，季母洩了氣，更煩躁了，揮了揮手。「走吧走吧，別擱我這裡礙眼，中秋就別回來了，節禮讓人捎回來，沒人捎回來，就一併擱著過年的時候來一趟也行。」

看來是她想多了。季歌見季母一臉嫌棄，只得起身。「娘我走了。」乾巴巴地不知道說什麼好。

「趕緊走、趕緊走，路上麻利點，沒的被攔在城外。」說著，季母拿起草鞋繼續編著。

等牛車走遠了，把一只草鞋編完，季母猛地想起忘記給回禮了，連拍了兩下腦袋，都給氣糊塗了，琢磨著回頭瞅著了機會再補上吧。

柳兒屯離松柏縣有段距離，駛著牛車得兩個多時辰，到縣城時堪堪要關城門，劉大郎付了錢給那老叔，問他要不要到家裡住一宿，這時間要回去是趕不及的。

「沒事，能趕得及，這天色還行，今晚月色也好。」老叔樂呵呵地念叨著，揚了一鞭子，駕著牛車離開。

等他倆回家時，阿桃和三朵兩人已經把晚飯張羅好了，吃過飯後，季歌特意把阿桃帶到了後院，跟她細細說起今天的事。「往後啊，妳就安心地在劉家住著，旁的事有姊姊替妳操心。」

季桃撲在姊姊的懷裡，悶聲哭著，眼淚止都止不住，說不清是個什麼感覺，就是想哭。

季歌也沒說別的安慰話，只一下下，緩緩地順著阿桃的背和頭髮，心裡想，真正的季杏該放心了吧？

第三十三章

五月的天色漸漸變得晝長夜短，趁著天光還亮堂時，眾人抓緊時間識字寫字、做繡活、做鞋子等，等天色完全暗淡，星星一閃一閃地出現在天空，眾人便把手裡的事都收起來，一家人坐在竹榻上，這時候，還不是特別熱，用不著打扇子，便這麼看著頭頂四四方方的天空，吹著晚風，嘻嘻鬧鬧地說話玩耍。

戌時正更聲響起，說話聲忽的一停，阿桃仰著臉看著滿天的星星，拖著長長的音。「要睡覺了啊。」

「要睡覺了，明天二姊會回家。」三朵笑嘻嘻地說著。

季歌柔聲道：「都睡覺去吧，睡得好新的一天才會精神抖擻。」

「晚安。」都站了起來，笑容滿面地道著晚安，也不知是什麼時候養成的這習慣，不知不覺中就變這樣了，每天晚上說這兩個字時，躺在床上總會覺得特別美滿幸福，很快就能入睡。

劉大郎和劉二郎各搬了張竹榻放進了堂屋裡。

等躺到了床上，兩夫妻還得睡前聊兩句。

「我給了娘五兩銀子。」季歌窩在劉大郎的懷裡輕聲說著，腦海裡突然響起季母說的那些話，那句「嫁出去的女兒潑出去的水，就算妳當了地主，也不會上門打秋風」，莫名地有些無法言語的酸澀惆悵，她想，倘若她生了個女兒，定不會讓母女關係壞到這個地步。

劉大郎拍了拍媳婦的肩膀。「我知道，妳想給便給，不用顧及我，妳的想法就是我的想法，自是全依妳的。」媳婦在他面前日漸活潑俏皮，有了十幾歲的樣兒，以往他說要對媳婦好，得護著她、莫委屈她；可如今他漸漸有了不一樣的心態，就想讓媳婦能在他跟前更嬌氣些，想對她好，是那種想把她捧在手心裡的好，想做天空、也想做大山，完完全全地護著她。

「全依我啊？」季歌笑得眉眼彎彎，抱著大郎的脖子，湊到了他的面前，對著他的臉吹了口氣，沒羞沒臊地說：「那我說要洞房你咋不依我？」

劉大郎擰了眉。「別使壞。」滿臉的無奈。「說好了得等妳滿十六歲生辰那天。」說著，把媳婦拽進了懷裡，啞著嗓子。「睡吧睡吧，快睡。」

季歌窩在他的懷裡樂呵呵地直笑著，笑聲竄進了劉大郎的耳朵裡，勾得他全身癢得不行，他把媳婦往懷裡摟緊了些，粗聲粗氣地說：「再不睡，我撓妳癢癢了。」

「睡，就睡，睡著了。」

初六傍晚二朵和秀秀都回家了，劉、餘兩家想著湊一起吃個熱鬧晚飯，算是遲來的端午節，想了想又把柳家父子喊了過來，這回在劉家吃火鍋。

吃過一回，大夥兒都愛極了這個味道，以及吃火鍋時的氛圍。恰好前兩天從清岩洞帶回了些野生菌子和新鮮的小筍。季歌殺了隻雞，想燉個香菇煲雞火鍋，備了時下各種蔬菜，蘿蔔、土豆等必不可少，魚肉、五花肉各兩盤，還有一盤羊肉和一盤鴨肉，是柳叔不知從哪裡找來的，粉條、豆腐、百葉等等，香菜、香蔥、蒜頭、蒜葉等等，林林總總地備了不少，明顯是有備而來啊！

雖沒了初時的那股驚喜，卻比上回要盡興多了，氣氛熱鬧得彷彿有種會掀翻屋頂的錯覺，說話聲都比平常要高了好幾個音，尤其是喝了酒的幾人，亢奮得像嗑了藥似的，釋放出最真實的自己，而不是壓抑在生活裡的面具情緒裡。

餘瑋不知怎的，還吼了兩嗓子，跟狼嚎似的，把餘氏給嚇了一跳，卻見兒子衝著她直笑，傻乎乎的模樣。「娘，您兒子能掙錢了！能自己掙到大錢了，不用看別人的臉色，今兒個能給您買銀，明兒個就能給您買個金子。」說著打了個酒嗝，傻笑得更厲害了，伸手大力地拍著身旁劉二郎的肩膀，往他碗裡挾了塊肉。「兄弟咱們吃肉，往後咱們大口吃肉、大碗喝酒，這才叫爺們！」

「什麼爺們。」柳叔紅著臉粗聲粗氣地揮了把手。「你們啊，都沒見識，這叫什麼掙大錢，我啊，你們跟著我幹！」拍了兩下自己的胸膛。「那才叫掙大錢，躺在床上數錢都可以。」

柳安看著自家爹的醉樣，默默地低頭繼續燙魚片吃。他爹喝醉時就喜歡吹牛皮，總想著自己能掙大錢，現實呢，卻是只能守著一間破小飯館，一年到頭能餘二十兩銀就謝天謝地了。近幾年松柏縣發展太快，好像突然就繁華起來了，競爭大，鋪租一年高過一年，物價飛速往上漲，成本高利潤就低了，今年怕是只能餘個十兩銀，還不一定呢！

見半天沒人應他的話，柳叔忽地瞪圓了眼睛，赤紅著雙目說：「不相信！」往自己的大腿狠狠拍了一巴掌。「我跟你們說，就是這個，就靠這火鍋，咱們三家合力開個酒樓，肯定能掙大錢！」

「開火鍋酒樓？」劉二郎抬頭看著柳叔問了句，心跳得有些快。他隱隱有這個想法，只可惜對這行業不熟悉，而且成本太大，單靠他們一家很難撐起來，這念頭冒出來後，他就強制自己息了這想法，不讓自己往下想。

柳叔見有人重視他了，很是開心，直接走到了劉二郎的身旁，拍著他的肩膀。「就是這麼個意思，我細細思索很久了，心裡有個大致的章程，這事啊，一定能行的，就是前期資金投入有點大；但不必擔心虧本，我做了這麼多年的小飯館，基本客源還是有的，前三個月可能掙不了什麼錢，待時日一久名聲起來了，就能坐等錢財滾進懷裡了。」

「柳叔說說您想的章程唄，咱們每家要出多少銀子？」餘瑋一聽就覺得這事可行，迫不及待地問著。

餘氏想阻止已經來不及了，她看了眼興奮的兒子，心裡嘆了口氣。這做生意哪能說成就成的，就算成了，三家人合一塊兒，往後要怎麼算？萬一酒樓真成事了，這世間最易變的就是人心，尤其是在錢財面前，大多數可以共同承擔艱苦，卻無法一起享受富貴，別看現在三家人好得跟一家人似的，實則都是表象罷了。

想到此，餘氏看了看身旁的季歌，對於大郎媳婦她倒是有把握，其餘人她卻是不相信的。她不想自己辛辛苦苦攢的錢打了水漂，這是秀秀的嫁妝，也是兒子的媳婦本呢！也不知大郎媳婦是怎麼想的。

「柳叔。」季歌苦笑，也不知柳叔帶的酒是什麼度數，看著一個個的都跟瘋了似的。

「這會兒吃著飯呢，有什麼事，咱們吃過飯再來說怎麼樣？」用火鍋開酒樓，這可不是個小事啊，得訂製火鍋桌、爐子、小鐵鍋，單這三樣就能費不少錢，接著便是木炭，這也是一大消耗，總不能用柴木吧，煙熏火燎，誰會受得住？

然後是食材，得提前切好，對刀功有極高的要求，想要味道好，鍋底須慢慢熬製，柴木也是一大問題。其實這些都不算重點，最重要的是，他們沒錢只能小打小鬧，可這麼好的一個商機，定會被眼毒的商家看出來，到時候，人家有錢有勢，整出一個熱熱鬧鬧的大場面，有一就有二，他們的小打小鬧只會被擠到角落裡去。

除非有看家本領，外人學不到的本領，老實說，季歌沒這本事，她有的，也只是點皮毛。火鍋不比糕點，有點本事的師傅，見了這個模式，自己稍一琢磨就能懂；可糕點不一樣，能嚐出裡面放了什麼食材，也不一定能做出來，它靠的是分量和火候的拿捏，還有一些細節。

倘若真想開火鍋酒樓，方方面面都得想周全，想要讓鋪子在松柏縣占一席之地，就靠這麼個簡陋的火鍋那是不可能的。季歌手裡明暗兩處的糕點生意，合起來掙的錢不算少，她全部心思都在這上面，並不想費心神去琢磨什麼火鍋酒樓，因為那是三家人的共同產業，而糕點是她一個人的產業。

劉大郎聽著媳婦的話，開口勸道：「柳叔咱們先把這頓飯吃了，待醒了酒再來細細商談吧，一個個都紅著臉、紅著眼的，說了也是白說。」

「對，咱們尋個時間好好地討論這事。」劉二郎也開了腔，他不著痕跡地看了眼大嫂，心裡略有猜測，大嫂怕是不同意這事。

柳安往爹的碗裡挾了點燙熟的蘿蔔纓。「爹，吃點青菜。」

「好，一會兒再說、一會兒再說，咱們先吃火鍋。」柳叔酒量不錯，剛剛是一時情緒湧現，才會沒忍住，將唸了大半個月的心事嚷嚷了出來，現在看效果還不錯，他們都有些心思。很好，等吃過飯清醒些了，再說說他想的章程，希望能在這個五月裡把店鋪開起來。

一頓火鍋吃完，連鍋底都沒剩了，吃得很是乾淨，這會兒天色略有幾分模糊，劉家兄弟把竹榻搬了出來，大夥兒挨坐在屋前，女人則麻利地收拾著鍋盆碗筷，人多看著一大堆事，不消半刻就拾掇妥當了。

「今晚就不回家了，咱們嘮嘮嗑。」柳叔興致很好。

劉二郎聽著接道：「行，柳叔和小安睡我那屋正好，我和三郎睡一處。」

「柳叔歇也歇完了，說說您想的章程唄，咱們每家得出多少銀子？」餘瑋年歲要小些，憑的就是一腔熱血，還真沒想太多。

柳叔爽朗地笑著。「別著急，多少銀子我也沒細數，本來想著等你柳嬸回來了，再一併說這事，結果今兒個喝了酒就沒忍住給說溜了嘴，嘿嘿嘿嘿。」

「還要添些水嗎？」季歌提著銅壺走了過來溫溫和和地問著。吃過飯後，她便一人泡了杯茶。

「大郎媳婦給我添點。」柳叔端起杯子說著。

餘瑋也湊了過去。「大郎嫂嫂給我也來一杯。」

「柳叔您還沒有說章程呢。」餘瑋回到座位後催促了句。

餘氏看著自家兒子，覺得頭好疼。這個不知天高地厚的臭小子，就不能踏實點幹活掙錢？盡想些有的沒的，想掙大錢哪那麼容易。

「對。」見有人這麼給臉，柳叔很高興。「地址不換，就現在的小飯館，我做了這麼多年生意，積了些客源，換了地方反而不妥，我那店鋪可以擺六張桌子。首先得訂製幾口小鐵鍋和爐子，這個交給我兒子，讓他師傅給個實惠價格，做生意不像咱們自個兒吃這麼隨便，得有張桌子；我琢磨了下，這桌子得改改，把中間掏空，正好放爐子和鐵鍋，周邊放各種菜，就能圍坐一圈吃了。」

餘瑋聽著眼睛頓時就亮了起來。「這個好，這個想得妥當！柳叔做這行當的就是不一樣，繼續繼續。」

「能省就省點，店裡的桌子有些年頭了，卻還算乾淨，到時候多洗洗擦擦，咱們直接自己動手把中間掏空。」見眾人聽得認真，柳叔興致就更高了。「食材這方面，光靠我和你柳嬸可能不行，還得來個幫手。這火鍋不能放柴木得用灰炭，咱們一次多進些貨，就能便宜點，別讓它受潮就行，隨便放多久。」

季歌在一旁聽著，心想，她想到的柳叔也都想到了，是鐵了心要把這火鍋搗鼓起來吧？

「還得留個人在店裡支應著，時不時地端菜、添炭木，收錢、注意客人等。當然最重要的是那鍋底，還有醬，得下點功夫，不能讓別人一眼就瞧去了，否則咱們前腳剛開張，後腳就有人跟風了。」說得差不多了，柳叔擰著眉想了想。「我估摸著，每家出個十兩就差不多了，得留部分當周轉資金用。」

「柳叔我有個問題。」季歌見大夥兒都露出了認真的神情，便趕緊開口說話。「就算咱們能保住鍋底和醬的製作方法，可別的師傅能做出更美味的鍋底和醬，火鍋這吃法其實不在其味，它靠的是本身這種吃法，和吃火鍋時的氛圍。咱們三家合夥，到時候要怎麼分工？我得顧著我的小攤子，大郎和二郎得顧著『用心經營』，二朵在錦繡閣，餘下三個不說年歲小，也各有事情。」

都說到這裡了，季歌也就一併說出來。「如果說雇人，一個月的工錢少說也得三百文，可能雇一個人還少了，興許得雇兩個人，一年下來光是工錢就得七兩。」餘下的利潤再分到三家，能得多少？重要的是，他們這邊只出錢、沒出力，餘家應也差不多，單靠著柳家，時日久了總會出矛盾。當然這些話她是不會說的，也不合適說出來。

「大郎媳婦說得對，秀秀在錦繡閣，我得顧著小攤子，阿瑋得顧著『用心經營』，我們這兩家都抽不出人手呢。」餘氏想，就算她的小攤子利潤不大，可一年下來也能攢個好幾兩，她覺得挺滿足的；兒子那邊冷不丁的接個大單子，就今年來說，估摸著能攢滿十五兩呢，她不想改變現狀，萬一沒成怎麼辦？

聽著這兩人的話柳叔直接傻眼了，這幾個意思是？他愣了會兒，才找回聲音道：「都要開這火鍋店了，還顧什麼小攤子，就那點利潤根本不夠看，咱們的火鍋店做起來了，那銀子就能嘩嘩地滾懷裡來，到時候你們就知道掙大錢是什麼滋味了；等有了本，客源穩定了，就把店面擴大，把場子整大些，光守著這店就夠過快活日子了。你們啊，沒在這行裡，不知道這火鍋是個多好的寶貝，竟然揣著寶貝不當回事，嘖嘖嘖。」

「柳叔我看這事，得再商量商量。」劉大郎本來有點心動，這會兒是徹底息了心思。別人不知道，他們夫妻倆每天晚上睡覺前數錢，他是清清楚楚的，別看攤子小，可那利潤高著呢，一個月都能攢四、五兩銀子。

餘瑋頂著老娘的視線，硬著頭皮說：「我覺得可以試試，火鍋確實是個好東西啊！」他吃了還想吃，吃了還想吃，鐵定能掙錢。

「場面小，三家人合夥怕是不妥當。」劉二郎直話直說。

柳叔聽著這話直翻白眼，想要大場面也撐不起來啊！他倒是想自己攬了這事，把家底湊一湊還是能行的，只是媳婦說這是大郎媳婦想出來的法子，倘若只兩家合作，那餘家總得顧及點，他就說婦人之仁可真囉嗦！「那成，等你們柳嬸回來了，咱們再仔細說說這事。」不幹就不幹，他還不樂意了，正好自己來，這樣一來家裡那婆娘也不會在他耳邊亂嘀咕了。

熱鬧歡喜的氣氛忽地冷卻，變得有些尷尬和僵滯，沒有人說話，整個院子靜悄悄的，晚風輕輕拂，周邊住戶的低語呢喃隨著晚風飄進了院裡，襯得這院子越發地寂靜。

餘氏渾身不自在，便道：「都這時辰了，明兒個還得早起擺攤，我們仨就先回家了。」言罷，伸手扯了扯兒子的衣袖，回頭得好好地說說這臭小子！

「二朵明兒個我過來喊妳，咱們一塊兒去錦繡閣。」餘秀秀站起身，對著身旁的二朵小聲地說了句。

二朵連連點頭，伸手握了握她的手。「好。」起身想送她出院子。

季歌也站了起來，笑著道：「我送你們。」

坐著的人陸陸續續地站了起來，隨著一併出了院子，站在門口目送著餘家三人離開；唯有柳叔一臉氣悶地坐著沒有挪動分毫，當然這裡他年歲最大，也確實不需要起身。

等到看不見人影了，季歌緩緩地邊走邊說：「咱們也睡吧，明兒個還有一籮筐的事情要忙。」又伸手拍了拍二朵的肩膀，笑盈盈地看著身旁的三個孩子。「二朵可不許費燈油教她倆識字、繡技，都乖乖地睡覺，別調皮。」本來今晚二朵該教妹妹繡技，卻碰著了柳叔說起火鍋的事，心思都落柳叔身上了，哪還記得繡技不繡技。

「不調皮，就睡覺。」三朵搖著腦袋又點點腦袋，漂亮的杏仁眼裡堆滿了笑。

阿桃看著姊姊，露出一個淺淺的笑。「姊，我們睡覺去了。」

「看吧，她們都聽大嫂的，就是我想教也沒人願意學，大嫂妳便放心吧。」二朵說得油腔滑調，還做了個聳肩的動作，一臉的無可奈何。

季歌被她給逗樂了，食指點了一下她的額頭。「別作怪，快去睡吧。」

看著三人進了屋，季歌停在了柳叔的跟前。「柳叔都響更了，先睡著吧，別耽擱了明天的生意。」

「嗯，那就睡吧。」柳叔覺得沒勁，起了身大步進了劉二郎的屋，柳安緊跟著自家老爹也進了屋。

院子裡就餘下四人，大郎和二郎搬著竹榻進堂屋，季歌站在夜色裡，對著三郎溫和地笑，伸手揉揉他的頭頂，這孩子太懂事，一點都不用她操心，她反倒越發不放心了，卻又不知說什麼好。

「大嫂，回屋我就睡覺。」三郎的聲音緩緩的，說得很認真，有種經過深思熟慮才開口的錯覺。

季歌眼裡的笑意深了些許。「起風了，回屋吧。」往後長大了，這孩子不知道得招多少桃花。

「媳婦，睡覺了。」劉大郎關好了門窗，走到媳婦身旁牽起她的手，夫妻倆肩並肩地進了屋。

今夜的月光很美，星星布滿整個夜空閃閃發光，依稀可以聽見，自夜街飄來的各種嘈雜聲，和白日裡的喧囂不同；許是夜色的原故，平添了幾許無法言語的柔婉，靜靜地聽著這些遙遠而模糊的聲音，生不出煩躁感，反倒會覺得內心平靜、格外地放鬆，一天的疲累襲上心頭，很快便沈沈入睡。

劉大郎還以為媳婦會跟他說會兒悄悄話呢，結果她卻睡著了，月光透過紗窗灑落在屋內，他湊近了些，又湊近了些，瞧著媳婦睡著的臉龐，親了親她的眉心，有點兒心疼又覺得特別滿足。他的媳婦啊！把她摟在懷裡，他想，他須得更努力些。

第三十四章

早飯是香菇肉餡餃，昨兒個傍晚她們幾人特意包出來的，昨晚餘嬸走時忘記拿給她，季歌忙吩咐二朵，快去小楊胡同說一聲，讓他們三個直接過來吃早飯。

到了松柏縣柴木也得省著用，煮糙米真是太費柴了，有時候中午也啃饅頭，配的是湯湯水水的美味菜餚，或是烙餅做肉卷；時間夠的話，偶爾會磨點米蒸粉皮，這還是花大娘教她的，到縣城後，她一直注意著，卻沒有遇著花伯兩口子，回清岩洞也問過，仍沒得到消息，不知道他們到底住哪一區，就是想找也無從下手。

早飯過後，收拾好灶臺鍋碗，柳叔回了小飯館，柳安去了鐵匠鋪，三郎揹著藤箱往學館走，二朵和秀秀手牽手去錦繡閣，劉大郎三人幫著季歌和餘氏出了攤後就到處逛逛，看能不能尋著活計。三朵和阿桃待在家裡，識字、做繡活，還會打點簡單的絡子，阿桃跟著姊姊學做鞋，想替姊姊分擔這些活計，納鞋底需要手勁，三朵還小腕力不行，便打些絡子可以換點小錢。

見三人走遠了，餘氏忙搬了個凳子往季歌身旁湊，連生意都不想顧了，一臉的怨氣，擰著眉頭說道：「我家那臭小子，怎麼說都說不通，真是氣死我了，他真以為這錢是說掙就能掙到的？真要是這樣，全天下都成富貴之家了，他也不瞅瞅自個兒有幾斤幾兩，就聽著別人那麼一說，他就上心了，跟瘋魔了似的。」

「這事餘嬸不用擔心，怕是成不了什麼事。」季歌柔聲安撫著。「柳叔說不定會自己張羅這事，場面小，咱們兩家也不好插進去，省得把情分給壞了。」

餘氏如同找著了知音般，嘆著氣說：「我就是這麼想的，三家人合夥做生意，一聽就不靠譜，柳叔說得倒是輕巧，真辦起事來，還不得亂成一鍋粥？再說，就巴掌大的飯館，還不如自己整，搞什麼三家合夥，我看吶，是他心裡也沒底，琢磨著自個兒傾家蕩產還不如三家一塊兒來，敗了就敗了，也損失不了太多。」

越說就越氣憤。「阿瑋那臭小子，死活說不通啊，氣得我都想甩他兩巴掌，讓他醒醒神，上個月做了個大單，尾巴就翹起來了，成天地想著從哪兒撈點大單過來，再掙幾筆大錢，柳哥昨晚那話就說他到心坎上了，讓他激動得不行。說他小吧，二郎比他還要小，也出來近三年了，一點沈穩勁都沒學到，整天咋呼咋呼，唉！前陣子還以為他知事了，我這是白高興一場。」

「阿瑋還算不錯了，剛掙了錢，就知道給您買支銀釵，幫著您擺攤收攤，餘嬸您不能著急，得慢慢來，阿瑋正在一點點的改變呢，您仔細跟他說，把道理揉碎，一點點地跟他講。他這年歲，正是成長的時候，也別老在他跟前念叨，他會覺得煩躁，得尋適當的時機，說上兩句，他便能聽進耳裡了。」青春期的熊孩子最頭疼，季歌暗暗地想，還好家裡的幾個都是乖巧的。

餘氏揉了揉額角。「昨晚就差點吵起來了，他摔了門躺床上，今早喊他過來吃飯，他還彆彆扭扭，我那會兒也是心急了，把話說重了點，唉，都是債啊！碰了這麼個冤孽。」罵歸罵、說歸說，完了她自己又心疼、又心酸，也是萬分不捨，可又能怎麼著？哪能眼睜睜地看著他走岔路，養大他多不容易，說了吧，他又不聽，其實兒子還是很貼心懂事的，就是總長不大啊。

「餘嬸您別想太多，阿瑋也只是一時情緒，他會懂的，就是一時迷了眼。」季歌輕聲說著，又道：「餘嬸我給您揉揉額角吧，回去見著了，您也莫再說他；您心裡不捨，您就告訴他，您讓他知道您的心情，話說慢些、說輕點，阿瑋是個孝順的，您這麼跟他說，他會悔悟的。」

將心裡積的情緒說出來，餘嬸舒坦多了，對著季歌笑了笑，輕輕拍著她的手背。「還是妳看得透。」大郎媳婦怕也是吃了很多苦頭吧，小小年歲就看得這般通透，都是不容易啊，好在苦盡甘來了。

早晨生意會比較好，人來人往的，只是人家見她倆湊一塊兒說話，熟客還好，一般的買主就是有想買的念頭，也不會停住腳步，因此今天早晨生意不是特別好。好在進了巳時後，她倆沒怎麼嘮嗑，漸漸地生意就好了起來。

午時初，劉大郎三人過來了，幫著把攤位寄放，季歌說起接到的訂單，便不著急回家，還得去買些食材，餘氏心裡有事，和兒子先回了家。

餘氏母子剛回家，大門都沒來得及關上，便見吳氏笑著走了進來，看到餘瑋時，眼睛亮了兩分。「呀，阿瑋也在家呢，今天沒出門幹活？」

「沒找著活。」餘瑋蔫蔫地應著，提不起什麼勁，見家裡來客人了，索性就鑽回了自己的屋。

吳氏有些詫異地看著餘氏。「老妹子他這是咋了？咋蔫啦巴嘰的？」

「也沒什麼。」餘氏一肚子的怨氣和鬱火早就散了，自家的這點事，還是別往外倒得好，便看著吳氏道：「老姊姊這個點過來可是有事？」

吳氏樂呵呵地笑，笑啊笑，拉著餘氏的手，往牆角走了走，明顯地避開了餘瑋的屋子。「老妹子……」她聲音小小的，壓得低低的，臉上不知怎的有些紅了。「咱們處得也不錯，我就大膽地問妳一聲，妳說，妳家兒子和我家女兒湊一對如何？我瞅著兩個孩子也登對，若是同意，成了親後，兩口子過日子，還得他們自己來，就想著出錢租個鋪面給他們，讓他們自己搗鼓著。」

這般厚臉皮，她也是沒得辦法，閨女一顆心都落在那劉家小子身上，明知年歲不合，還是不死心，她是好說歹說，樁樁件件的揉碎說給她聽，總算是把這孩子給穩住了，再談親事她卻是一點都不上心，愁得她就差沒一夜白頭了，這哪是閨女啊，全是前生欠的債啊！

後來經老姊妹提醒，這才想到了餘家的小子，悄悄領著閨女去看了回，閨女雖沒說什麼話，可也沒見拒絕，便知她是心裡略有心動。她這一把老骨頭為了寶貝閨女的婚事，只好硬著頭皮上門來探探口風，萬一沒成，唉，萬一成不了她是真沒法子了。都進五月了，閨女的生辰在九月，過了九月滿了十七歲，就得喊十八的姑娘了，可怎的是好！她悔啊，當初就不該由著閨女的性子來，挑挑揀揀的到最後一場空了。

餘氏一點心理準備都沒有，初初聽到這話，頓時就愣住了，吶吶地看著吳氏，過了會兒才反應過來，笑著道：「老姊姊這事呀，一時半刻的我還真沒法給妳答覆。」

「沒事沒事。」吳氏聽著有戲，心裡頭高興，爽利地道：「老妹子妳好好琢磨琢磨著，畢竟是人生大事，哪能馬虎呢？我懂的、我懂的。」

餘氏笑笑地送走了吳氏，心撲通撲通跳得有點快。

阿桃和三朵張羅好午飯，見大嫂他們還沒回家，兩人便去了後院，三朵看蚯蚓坑，阿桃給菜地除草。

「阿桃，咱們給雞拌點食吧。」家裡的雞餵養得好，天天都下蛋，三朵最喜歡的就是餵雞了。

阿桃拍拍手上的泥。「我去拾點細枝過來。」因著要煮蚯蚓，便用了點泥土和兩塊青磚，直接在角落裡堆了個簡易的灶。阿桃握著一把燃燒的細柴快步蹲到了角落，往小灶裡一塞，理了理柴枝，又回廚房揀了些細柴擱一旁，看向不遠處道：「三朵可以煮了。」

「來了。」三朵拎著破罐子放到了小灶上。「水有點少，我再添點兒。」

阿桃往罐子裡瞅了眼，見灶裡的柴燒完了，又添了把，細柴不耐燒，眨眼就燒完了。

「三朵直接添點熱水。」

「我曉得。」三朵拿瓢舀了些熱水，離罐子口高高地往下倒了些。「阿桃妳拿木枝翻翻。」

等蚯蚓煮熟了，三朵拿了塊破木板和破刀，慢吞吞地剁著，這事她都做習慣了，閉著眼睛也能做得很好。「阿桃，大嫂他們怎麼還沒回來？」說話時，她是看著阿桃的。

「快了吧，應該是被生意絆住了。」阿桃拿著掃帚清掃著院子，完了，又將剛剛自菜地裡清出來的草扔進了雞圈裡，眼尖地瞧見雞窩裡有兩顆蛋。「三朵，妳快看，又有個雙黃蛋了。」其中有個蛋格外地大些。

三朵顧不得剁蚯蚓，興沖沖地站在雞圈外瞧了瞧。「真的呢，咱們家的雞吃得好，又下雙黃蛋了，正好給三郎吃，大嫂說三郎讀書燒腦，要多補補。」她其實不大明白燒腦是什麼意思。

「三郎上個月已經吃了個雙黃蛋，這個要給姊姊吃，姊姊這些天好累的。」阿桃都想好了，晚上就給姊姊蒸個蛋。

三朵扭頭看著阿桃，眨巴眨巴眼睛。「大嫂不吃要怎麼辦？」有好吃的大嫂總會留給他們幾個小的。

「會吃的，咱們讓她吃，她就會吃的。」阿桃堅定地說著。

「那好，咱們把三郎也拉上。」在三朵的心裡，雙胞胎的三郎好厲害的感覺，像個大人似的。

阿桃笑著點頭。「三朵快把雞食拌了，我去前面看著，大嫂他們喊門，咱們會聽不見。」

「去吧，我一會兒就拌好雞食了。」三朵蹲著繼續剁蚯蚓。

家裡的瑣碎活都拾掇妥當，大嫂他們還沒回來，三朵和阿桃便搬了個凳子坐在屋簷下，打絡子的打絡子，納鞋底的納鞋底。

五月的天，正午時分，金燦燦的陽光帶著灼熱，沒有起風，就算在蔭涼處，也略感躁意。

「阿桃妳都出層細汗了。」三朵打完一個絡子，側頭看著阿桃，立即跑進了屋裡，摸了把蒲扇出來。「我給妳搧搧。」

季桃拿出一方青色的帕子擦了把汗，對著三朵抿嘴笑了笑。「沒事。」她雖常做農活，有點兒手勁，可這納鞋底卻是個費力活，天一熱啊，用了會兒勁就容易出汗。

這時，門外響起了敲門聲，伴著熟悉的聲音。三朵揚著扇子顛顛地往大門跑，打開大門的瞬間露出個燦爛的笑容。「大哥、大嫂、二哥，你們回來了。」

「買食材耽擱了會兒工夫。」季歌牽起三朵的手，接過她手裡的扇子，輕輕搖著。

劉大郎拎著食材往廚房走，劉二郎順手關上屋門。阿桃早在三朵開門時，就擱了手裡的活，到廚房端菜、拿碗筷。

一家人有說有笑地吃過午飯後，便著手忙碌著接到的訂單，忙完手裡頭的事，季歌累得臉色都有些泛白。現在氣溫越來越高，外面熱騰騰的，屋裡也熱騰騰的，廚房簡直成了一個大蒸籠，一通忙活下來她隱隱有點受不住，這才五月，要進了六月該怎麼辦？掙個錢太不容易了。

「媳婦妳回屋裡歇會兒，我去看著小攤子。」劉大郎心疼媳婦，體貼地說了句。

季歌不想強撐，便笑著點了點頭，她已經累得連說話的力氣都沒有了。

劉二郎對著季歌道：「大嫂妳去睡，下午攤子上的貨我來做，我也會。」中午忙著訂單的事，回來得晚了，下午糕點攤的貨還沒來得及做，好在攤子裡餘了些，能撐一會兒。

「需要的糕點不多，一併做了，你送過去，我一會兒再睡吧。」季歌喝了口水，道：「你來打蛋清吧。」說著，往火塘旁蹲著，準備做普通的爆米花。

忙完時，都快未時過半，季歌覺得頭暈乎乎的，拖著身子就倒回了床上，一覺醒來，精神抖擻，整個人都舒坦多了。看了看天色，估摸著已是申時，她想了想，便和阿桃、三朵說了聲，拿了些錢出家門，難得的清閒時間，她去菜市裡看看，買隻豬蹄不燉湯，做道醬豬蹄，再買根筒子骨燉湯，拾掇頓豐盛的。

買完菜季歌去了隔壁的小販道，正好見劉大郎在做生意，別看他平時話不是很多，做生意時應對還是挺不錯的。

「聽大郎的話，我還以為妳下午不過來了。」餘氏心裡正亂著，想找季歌好好地聊聊，結果來的卻是大郎，這一下午她都有些靜不下來。

季歌對著餘氏笑笑，那買主是個熟客，她先和買主打了聲招呼，淺淺交談了兩句，待買主走後，把菜擱小攤下面，搬了個凳子坐餘氏身旁，輕聲問道：「怎麼了？」

「這事呢，我挺猶豫的，心裡亂糟糟的。」餘氏平日裡和季歌嘮嗑，成了個習慣，兩人有個屁大的事都會拿出來說兩嘴，也是兩人關係好，沒那麼多顧及。「我跟妳說吧，妳莫嚷嚷出去，我也是拿不定主意。就那吳氏，妳還記著吧？她中午過來跟我說，想讓阿瑋娶她女兒，兩人是同年，就相差了兩個月，我心裡有點犯疙瘩。」

吳氏？季歌立即想起那天晚上見到的姑娘，想起她那打量的眼光，心裡頓感奇怪，此時也沒多想，對著餘氏道：「那姑娘咱們見過吧？就那晚您回小楊胡同時，站在吳嬸身旁的姑娘，模樣是不錯，白白淨淨，五官清秀溫婉。」

餘氏點點頭，小聲地說：「那姑娘看著是好，但是我也聽到些風聲，原先啊，年歲小時，吳家眼光高，挑挑揀揀的，這不，一耽擱年歲就大了，挑剔的名聲傳了出去，就是有好的人家也不願意上門了，這不只能矮子裡挑將軍。因為這個我心裡也有點疙瘩，看著文文靜靜，誰知道是個什麼性子，旁的倒是都好，硬要說，我家阿瑋還高攀了。」

「您是怎麼想的？」這事季歌還真不好說什麼話，到底是個什麼情況她是半點都不清楚。

「我也不知道，這不心裡亂著呢。」餘氏擰緊了眉頭，一臉的愁容。這門親好是好，就是總有點不對勁，她還想著，阿瑋性子沒定下來，還不夠沈穩，再晚兩年來說親事，那時家底也厚了些，選擇多點；現在冷不丁地從天上掉了樁好姻緣來，想接吧，又不確定，放棄吧，又捨不得。

季歌思索了下，小聲地提醒。「餘嬸拿不定主意，可以讓阿瑋自個兒說說，看他歡不歡喜，這過日子是兩人的事，總得都滿意吧。」小門小戶的倒是沒那麼多的規矩，可以在姑娘外出時，偷偷地瞄上一眼。

「對！我怎麼把這給忘了？」餘氏一拍腦袋。「差點就鑽死胡同了。」

煩心事暫時得到解決，餘氏立即就笑開了顏，季歌和她話了會兒家常，便搬著凳子回到了自家攤前，低聲和大郎說著話，說了會兒，便拎著菜回了家。

三朵和阿桃沒想到，今晚是大嫂張羅晚飯，兩人在後院，看著手心裡的大雞蛋，相互看著，眨巴眨巴眼睛，有點愣住了。

「幹什麼呢？」季歌出來倒髒水，瞧見了，笑著問了句。

阿桃抿了抿嘴，握著雙黃蛋走了過來，伸直了手說：「姊姊，我們要給妳蒸個雙黃蛋，妳一定要吃喔。」

「對，大嫂妳得吃。」三朵睜著圓溜溜的大眼睛，說得可嚴肅了。

一下子就把季歌給逗笑了，只覺得心裡暖洋洋的。「行，阿桃和三朵給我蒸雙黃蛋，我肯定會吃，吃得乾乾淨淨。」

「好！」阿桃笑得特別開心，拉起三朵的手。「咱們給姊姊蒸蛋去。」

三朵樂滋滋地笑。「蒸蛋，蒸蛋，給大嫂吃蒸蛋！」

晚上吃飯的時候，季歌眉開眼笑地把這事說了，打趣著道：「哎呀，三朵和阿桃都長大了，知道心疼人了。」

面對家人的視線，三朵和阿桃都紅了臉，羞澀地捧著碗吃飯都不敢抬頭了，可心裡卻甜滋滋的，從來都是大嫂把她們顧得妥妥帖帖，現在她們也能顧好大嫂了。

第三十五章

想著劉家總喜歡在飯桌上嘮嗑，一家子和和氣氣，氛圍相當地美好，餘氏琢磨著，要不要也學一把？抬眼瞅了瞅對面的兒子，她默默地醞釀了下語氣，輕聲道：「阿瑋啊，昨兒個晚上，我話說得急了點，你別放心裡，娘也是憂心你，就怕你啊，一個沒注意被財富迷了眼，咱們小門小戶，禁不起折騰。」

見對面的兒子停了挾菜的動作，餘氏繼續緩緩地說：「我也不是想拘著你，倘若那事真靠譜，比如說和劉家兄弟出來單幹，你看娘二話不說就應了是吧；主要是火鍋這事啊，它不妥當，柳哥說的章程看似挺好，細細思量你就會發現到處都是漏洞。唉，你如今也大了，有自己的主意是好事，娘很高興，可凡事你得想周全了，你肩上扛著的是一個家，別怪娘膽小，是怕啊！萬一沒成呢？這日子要怎麼辦？」

說著說著，餘氏鼻子一酸，頓時就紅了眼眶，連聲音都哽咽了。「你的婚事還沒著落，眼看著秀秀也大了，沒兩年，你得娶媳婦，秀秀得嫁人，咱們家攢的那點錢，就是給你倆準備的，你說，拿著這些錢投進了火鍋店裡，這簡直就是在賭，完全是拚運氣，這讓我怎麼能不傷心、不生氣？這事成不了，耽擱的就是你們兄妹倆啊！

「阿瑋，眼看就要滿十七了，你要學著沈穩些，娘年紀大了，也不知能撐幾年，這個家早晚得落在你肩頭上，你得讓娘放心才行。要我說，就眼下這狀況已經很不錯了，『用心經營』的名聲再攢攢，日後生意會越來越好，你不要貪心，路是一步步走出來的，得踏實點來。」說完，餘氏伸手拍了拍兒子的手臂，低著頭端起飯碗繼續吃飯。

餘瑋低著頭，看著灰撲撲的桌面，甕聲甕氣地應道：「娘，我知道了。昨晚也是我太魯莽，沒忍住脾氣。娘您放心，我會好好地和劉家兄弟找活幹，咱們的日子會好起來的，等我成了親，您就別出來擺攤了，在家裡做些瑣碎事，帶帶孫子，我可以掙錢養家餬口。」

今天他和劉家兄弟說起了火鍋店的事，聽著他們的話，他才猛然發現，自己想得太簡單了些，也太天真了，很是氣餒的同時又覺得沮喪不已，有點不知道要怎麼面對娘，昨晚他還衝娘發那麼大的火，說了那麼重的話，當著她的面摔了門，想到這些，他就覺得臉上熱燙燙的，如同被甩了幾個巴掌般。

「你懂就好，你懂就好。」餘氏欣慰得眼淚直掉，忙用衣袖擦了擦眼角。只覺得還是大郎媳婦說得對，和兒子交談還得輕聲細語地來，別跟他起衝突，免得激起了情緒。「我是特別高興的，一直覺得我有個好兒子，小販道裡的那些攤主啊，很是羨慕我養了個好兒子，我心裡歡喜得緊，就怕你走了岔路，把自個兒給毀了。現在，你能明白娘的苦心就好，到了地下我也能面對你爹了。」

餘瑋往娘的碗裡挾了肉。

「娘，別說這些不吉利的話，日子還長著呢。」

「不說，不說。」餘氏臉上堆滿了笑，挾起碗裡的肉嚼著，只覺得這是她吃過最美味的肉，原先受的種種苦累，都值了！值了！「對了，阿瑋啊，還有件事要跟你說說，想聽聽你的意見，我這心亂著，沒個主意。」
聽著娘這話，餘瑋瞬間覺得自己高大起來了，正了正神色說：「娘，有什麼事您說。」
「有人到我跟前說，想給你說門親，那戶人家很不錯，說倘若成了親，會租個鋪面給你們兩口子，讓你倆自己做點買賣，好好經營著。」
讓餘氏心動的就是吳家說的這事，和那富足的家底。她也知道自己這心思有些不大好，可架不住人心就是這模樣，便沒有在大郎媳婦跟前說出口；可到底是自己的兒子，錢財一事，也僅僅只是讓她心動，若是姑娘本身不妥當，她也是不願意的，說起來，窮就窮點吧，只要能過得和美康順。
餘瑋聽著這話，立即就冷了臉。「娘，您去回了人家，我暫時不想說成親這事，我要想著怎麼掙錢，『用心經營』現在才剛剛起步，沒那麼多心思擱旁的事情上，您去回了人家。」說到最後，他話裡帶了些火氣。
「啊。」餘氏愣住了，吶吶地問：「不去瞅一眼嗎？那姑娘長得白淨清秀，很是端正柔婉。」
「那麼好的姑娘怎麼就輪著我這窮小子了？」餘瑋沒好氣地衝著娘說了聲。
餘氏不知道要怎麼接話了，總不能說人家之前太挑剔，現在沒有得挑了，只能矮子裡選將軍。她敢肯定這話一出口，兒子肯定得火冒三丈高，卻還是有些不死心地問：「阿瑋啊，真不去看一眼？興許就是你歡喜的呢？這錯過了，可就沒……」
話沒說完，餘瑋用力將筷子往桌上一放。「娘啊，還能不能好好吃飯了？我都說了不成就是不成，咋這麼囉嗦呢。」說著，端起碗筷繼續吃飯，大口大口地吃著，好像在洩憤似的。

「成成成，不說不說，咱們吃飯，是娘不好。」餘氏心裡嘆了口氣，她也不是特別滿意那吳家姑娘，既然阿瑋這麼不願意就推了吧。想著吳氏說的話，心裡還是落了點淡淡的遺憾和可惜。

只能說，都是命啊，命裡沒有就是沒有，強求不得。

次日一早，餘氏特意沒有擺攤，路過劉家時，進門和大郎媳婦說了會兒話，才往吳家走。

吳氏正準備出門呢，見著餘氏過來，心裡頓時一緊，臉上的笑都有些維持不住了，想著閨女還在屋裡，便道：「可真巧，我也準備出門呢，一道吧。」

「老姊姊我過來是想跟妳說一聲，我家阿瑋啊，他還沒開竅，壓根兒就沒往成親上面想，這事啊，我過來跟妳說一聲，也是不好意思。」餘氏挺不自在的，話說得乾巴巴，笑得也有些彆扭，聲音低低的。

吳氏沒有想到餘氏就這麼直接把話說出來了，她這一愣神的工夫，沒來得及阻止，緩過來時已經晚了，等餘氏話都說完了，她聽見屋裡響起的動靜，臉色一白，惱火地道：「走走走，說的都是些什麼話，大清早的上門胡說什麼？趕緊走。」三兩下就把人推到了門外，砰地狠狠關上大門。

「呸！」往地上狠狠地呸了口，吳氏疾步往閨女的屋裡走，暗暗罵著，上不了檯面的東西，一個賤貨，真以為自個兒多好，要不是實在沒別的人選，就這貨色她還看不上了！

一到閨女門前，見屋門緊閉，吳氏嚇著了，連連拍門。「婉柔，妳別嚇娘啊，妳開門，趕緊開門，咱們有事好好說，妳別嚇娘啊！」

餘氏站在大門外聽見裡面傳出的隱約聲響，擰緊了眉頭轉身離開，慶幸著，這吳家姑娘肯定有什麼隱疾，還好她拒絕了。還有那吳氏，一看就不是個好東西，這樣的親家不要也罷，沒得成了攪屎棒，屋裡隔三差五的鬧騰著，沒個清靜的時候。

吳氏在屋外勸了好久，總算讓閨女開了門，她麻利地閃進了屋裡，看著滿屋子的狼藉，倒是沒什麼感覺，只是快步走到閨女身邊，細細打量著她，見她沒事，一把將她抱在懷裡，哽咽著說：「婉柔啊，別慌，娘定會給妳找個合心合意的好夫君，那餘家小子一個鄉下來的哪裡配得上妳，給妳提鞋都不配！」

「娘，您為什麼不如了我的意？劉家二郎定會願意娶我的。」吳婉柔一雙眼睛空洞地看著雪白的牆面，眼淚順著臉頰緩緩流著。

他那麼好，就算年歲不相稱，也定會願意娶她的。

頭一回見著他的時候，他跟在他妹妹的身後，站在河邊護著妹妹洗衣裳，還幫著擰乾水。第二回見著他的時候，他拎了桶衣服自己洗，動作笨拙卻洗得認真。她恰好就在一旁，沒忍住，出聲指點了兩句，他對著她笑，跟她道謝，聲音低低沈沈的，很好聽。

她見過他伸手幫一名婦女，那婦女差點就摔河裡了，好在他及時伸手，她當時心裡就存了個小小的念頭，再一次遇見他時，故意讓衣服從手裡掉落，順著河水流到了他的面前，她急著喊，一臉的焦色。他果然伸手撿著了衣服，走到她面前還給了她，還細心提醒著，說洗衣服時要注意些。

他心裡也是有她的吧？定是有她的！

吳氏臉色一僵，到了嘴邊的重話，見著閨女的臉色，硬是給忍住了，深吸了口氣，壓著情緒道：「婉柔！妳怎麼還不清醒，你們兩個成不了事！」

「您沒去說，怎麼知道成不了事？他不知道，他若知道是我，他定會同意的！他心裡是有我的，娘，他那麼好，他心裡是有我的，娘……」吳婉柔哭成一團，哀求著道：「娘，您替我去說吧，去說說吧，他定會娶我的。」

年少時，靠在窗臺下做繡活，明媚的春光透過窗戶灑進了室內，繡活做累了，停下歇息時，她會撐著下巴，對著暖暖的陽光發呆，一些微妙的心事似浮光掠影，說不清在想什麼，抑或是在期待些什麼，入神時會癡癡地笑，回神後，繼續做著繡活，卻心不在焉地回味，剛剛的微妙心事。

許是想得太多，心裡落了連自己也不曾發覺的痕跡，待到了年歲，每每聽母親說起親事時，總會覺得心裡空落落的，有個聲音無端地響著，一遍又一遍——不是這樣的，不是這樣的……

直到遇見了他，忽然就明白了，一直以來就希望，能遇見這樣一個人。如今見著了，原本朦朧的念想竟成了真。那種無法言語的快活心情啊，只覺得能活著可真好，能遇著他，可真好。

可怎麼就不一樣了呢！怎麼就……不一樣了，哪裡出的錯？吳婉柔的哭聲裡盡顯迷茫和絕望。

吳氏看著跟前的寶貝閨女，心疼得都快不能呼吸了，心想，就隨著她吧，她要胡來，就再順她一回吧，這般癡傻也只得讓她自己看清，大不了，就養閨女一輩子，往後死了，在這之前也總能替她把後半輩子理妥當了再走。也就這時才恍然醒悟過來，卻是自己錯了，以為的疼她、愛她，不過都是害了她。

剛把糕點攤推進小販道，就見劉二郎和餘瑋疾步跑了過來，說剛接了樁活，得趕緊去雇主家，劉大郎和媳婦淺說了兩句，就與兩人匆匆忙忙離開。

季歌把果脯蛋糕、玉米發糕和爆米花妥當地擺在攤面上，一會兒的工夫就做了兩樁生意，得了十文錢，將錢放進木盒裡，這會兒木盒還是空蕩蕩的，想著待傍晚收攤時，木盒便會堆滿了銅錢，她眼裡浮現濃濃的笑意，心底覺得格外地滿足和愉悅，並非她多麼地愛錢，只是單純地喜歡這種感覺。

在攤前站了會兒，季歌拿出小凳子坐了下來，看了眼旁邊空空的攤位，也不知餘嬸那邊怎麼樣了。

花大娘按捺著激動的心情，進了東市的小販道，一個攤位、一個攤位地找著，她年歲大了，眼睛不大好使，得擱近些才看得清，一路看過來，卻都失望了，但她並不氣餒，這條小販道長著呢，三郎說大郎媳婦就在這邊擺攤，她總能找著的。

她今早特意過來東城，想去看看閨女和小外孫，沒承想，在半道上遇見了三郎，孩子的變化特別大，她還真沒有認出來，三郎卻認出她了，跑著追了上來喊她，這一下可把她給驚著了，接著就只有滿心的歡喜，大郎媳婦也搬來松柏縣了！

和三郎說了會兒話，該打聽的都打聽仔細，牢牢地記在心裡，她拎著籃子先去了趟女婿家，和閨女話了會兒家常，又逗了逗小外孫，然後，就急急地趕來了東市。她一直惦記著乾閨女，可惜路途太過遙遠，她一個老婆子也無力返回清岩洞，卻一直在想著，大郎媳婦說會搬來松柏縣，也不知什麼時候能搬過來。哎呀！念啊念，可算讓她給念著了，都搬來幾個月了，真是又驚喜、又意外。

「劉家媳婦給我來份爆米花。」熟客拎著一籃子菜邊掏著錢邊說。

季歌起了身，麻利地給買主包了份爆米花，餘光看見了她的菜籃子，笑著說：「今兒個家裡來客呢。」

「我兒子回來了。」熟客喜孜孜地說著，付了錢，拎起爆米花，朝著季歌笑了笑。「先走了啊。」

「好。」季歌笑著應道，把錢收進了木盒裡，正要坐下時，發現不遠處有個身影特別地熟悉，她愣了下，有些不敢相信地伸手揉了揉眼睛，再定睛一看，沒認錯！真是花大娘，激動之下她三步併成兩步跑了過去。

「大娘，大娘，大娘，可算遇著您了！」一把抱住了花大娘的胳膊，眼眶都有些泛紅了。

她是現代的一縷幽魂，嫁進了深遠偏僻的山溝裡，雖說她有三十五歲，可當時她心裡卻是極度茫然恐慌，這些負面情緒被她深深地壓在心底，不敢洩漏絲毫。她努力地做著心理建設，盡快讓自己接受這荒謬的事實，面對陌生的環境，她不允許自己軟弱，她必須堅強勇敢地面對。

因她實際年歲有三十五，面對劉家眾人時，她是以一個溫和長輩的身分對待他們的，想的是顧好他們，做好分內的事、盡好應盡的責任，維繫好這個家，於劉大郎亦是如此。花大娘的出現，她真心真意的慈祥和疼愛，溫暖的母愛情誼，讓季歌覺得特別心安踏實。

隨著時間的流逝，季歌也一點點地適應了這身體，和劉大郎的相處漸漸多了起來，她的心態也慢慢發生改變。尤其是搬到松柏縣後，劉大郎越漸顯露的沈穩，兩人的想法和處世之道很是合拍，她發現這個男人是個可以依靠的人，便放任自己依靠著他，因她十分地清楚，這裡不是現代，女強人不管用，小鳥依人更靠譜。

到現在她已經完全融進了劉家，也融進了這個時代，生活很美好，日子一天天地紅火著，可她心底還是有遺憾和惆悵，還不知花大娘在何處呢。

花大娘怔了會兒，才慢半拍地反應過來，含著淚，滿臉的笑容，細細打量著跟前的姑娘，連連點著頭。

「好，好！看著都高了些，顯白淨了，精神也好，就是瘦了點，累吧？縣城裡過日子壓力大，妳要顧好自己，不能太拚了，要多吃飯、要好好睡覺，正是長身子骨的時候呢！」

「我一直想找您，可不知道上哪兒去找，縣城又這麼大，也得顧著家裡，沒太多時間。

回過好幾趟清岩洞，一點大娘的消息都沒有，心裡空落落的，壓著股焦急，我想著，等日子穩定了，定要好好地在縣城裡尋摸，總能找著大娘的。」

季歌吸了吸鼻子，挽著花大娘往攤位走。「大娘您現在住哪兒啊？東城這邊都沒有找著您。」

花大娘拿著帕子擦了擦臉。

「我住西城杏花橋斜對面的天青巷子。今兒個過來看閨女，半道上碰著三郎，三郎變得可真徹底，我都沒有認出來，幸好這孩子眼尖，認出我來，才跑過來喊我的，差點就錯過了。」說著，聲音都透了絲哽咽，卻是歡喜的。「我細細地打聽到地址就過來尋妳了，現在可好了，知道住址了，往後咱們多走動走動。」

「大娘坐。」回到攤位上，季歌搬了個凳子擱身旁，拿出帕子擦著淚，眼睛還紅通通的，笑容燦爛得耀眼，等花大娘坐到了凳子上，她撒著嬌地撲進了大娘的懷裡，細細地說著。「大娘，我可想您了。」

花大娘止住的淚水立即又溢滿了眼眶。「想！大娘也想妳！」頓了頓，又說：「妳瑩姊也住東城，等有空我帶妳過去認認門，我常跟她提起妳，她一直想見妳。她啊，和妳一般的性子，都是溫溫和和的，妳倆定會有話說，她剛生了個娃娃，不好到外面走動。」

「好，大娘咱們下午就過去。」季歌琢磨著，得給瑩姊置辦些什麼禮品好，至於娃娃便送個長命鎖吧。

花大娘搖著頭。「不著急、不著急，知道妳在這邊啊，我就放心了，明天下午我過來帶妳去認認門。」小攤子哪能說不出就不出的，糕點沒賣完，不得全浪費了。

「也好。」有點時間緩衝，也能和大郎好好地商量準備什麼禮品。季歌想著又道：「大娘您直接把地址告訴我，我明天自己過去吧，省得您來回走。」

「算不得什麼，我這點腳力還是有的。」花大娘笑著應道。

隔了這麼久沒見面，乍見之下，兩人有好多籮筐的話要說，都顧不上旁的，恨不得一下子就把話都說個遍。

第三十六章

餘氏推著小攤子過來時，見到劉家攤位那邊的情況，愣了愣，心想看大郎媳婦這神情，這莫不是她親娘吧？待攤子擺好，都拾掇妥當後，她忍不住走了過去。「大郎媳婦。」

「餘嬸，您回來了。」季歌笑得眉眼彎彎，樂滋滋地介紹著。「這是我大娘，這是餘嬸，隔壁小楊胡同的，擺攤時我倆就湊一塊兒嘮嗑打發時間。」

這麼一說花大娘知曉了，這婦人和乾閨女關係好著呢！她笑著道：「餘家妹子坐啊，我這閨女多虧了有妳照顧著，才沒走冤枉路，麻利地在縣城扎了根。」

「嬸子客氣了，大郎媳婦是個好孩子，自她來了後，我就覺得這日子快活多了。」餘氏對季歌印象很好，連帶著對花大娘也很有好感。

三人就這麼湊一塊兒熱熱鬧鬧地話起了家常，說著說著，餘氏順口就把今天早晨受的氣給吐了出來。「瞧瞧這都什麼人啊，難怪閨女那麼大年歲都嫁不出去，幸好我沒有點頭，這真點了頭，不得給家裡招了個禍害來了，好端端的日子就給攪沒了。」

「這婦女確實不厚道，這回看清了，往後得遠著些。」花大娘是個極和氣的人，不大會說重話，一般是心裡不喜了就默默地遠離。

季歌也是這麼想的。「也就有過那麼兩回交集，咱們處的圈子和她們的圈子不一樣，倒也沒什麼事。」又安撫道：「餘嬸這事啊，就算是過去了，您也莫往心裡去，平白給自己添了堵，多不值當。」

「還是妳說得對，頭一回就看出來了，那股熱情勁原來不是衝著咱倆。」餘氏說著，突然想起什麼似的，壓低了聲音認真地說：「我看吶，妳得小心點了，說不定主意會打到二郎身上。」

花大娘忙道：「不會的，妳們兩家關係這麼好，就算再怎麼著急，也不至於昏了頭腦，這做法是極不恰當的，萬一被旁人知曉了，那閨女的名聲就徹底沒了。」

「哈哈哈，也是我想多了。」這麼一說，餘氏也覺得自己想多了，此時，她心裡積的鬱氣已散得差不多，就不想再扯這話題，便道：「大郎他們是不是接著活了？」

「對，大清早的就接了個活。」季歌點頭應著。

三人就順著這個話題說了起來。

約是巳時初，花大娘瞅著時辰差不多，樂呵呵地起身準備離開，說她明天下午再過來。季歌雖滿心不捨，知道原因也不好強求，讓餘嬸幫忙看會兒攤子，她笑著將大娘送出了小販道，又說了兩句窩心話，目送著大娘的身影消失在人群，這才返回了攤位。

「花嬸可真和氣。」餘氏一臉的笑意，心情很好，和花嬸說話時，會有種久違的母愛溫暖，特別舒服。

季歌拿了塊抹布擦著攤面，笑盈盈地道：「大娘是個極好的人，當初也多虧了有她在旁幫襯著。」頓了頓，又說：「大郎他們中午不歸家，一併吃點吧，別開伙了。」

「昨晚還剩了點飯菜，扔了怪可惜，正好阿瑋不在，我直接熱熱就行了。」說起兒子，餘氏笑著坐到了季歌身旁。「妳的話說得可真對，昨兒個我輕聲細語地和阿瑋說話，他還真聽進耳了。」

「阿瑋本就是個孝順的孩子，就是沒經事，性子衝了些，等開了竅就沈下來了。」原本要坐下來的季歌，見來生意了，對著買主笑了笑。「我家的糕點都是清早起來現做的，上午賣上午做，下午賣下午做。」

買主瞅了瞅那爆米花，看了兩眼，猶豫地道：「能試一試嗎？」頭一回見這吃食呢，怪模怪樣的。

「可以。」季歌拿了支竹籤遞給了買主。

餘氏在旁邊樂呵呵地說：「這位妹子妳放心買，她這糕點攤子是出了名的味道好，價格也實惠。」

「給我包半斤。」試吃了兩個，買主挺滿意的。

季歌麻利地稱了半斤爆米花妥當地包好。「八文錢。」

買主付了錢拎著油紙包走了。

今兒個生意還不錯，堪堪到午時，糕點全部賣完，回家時，阿桃正在生火，三朵在淘米，兩個小傢伙準備張羅午飯。

「姊姊。」阿桃側頭一看，抿著嘴露出個淺淺的笑。「都賣完了？」她抿嘴笑的時候，左臉頰會有個小小的酒窩，帶了些羞澀感，文文靜靜的模樣。

三朵歡喜地喊。「大嫂，妳回來啦。」

「對，今兒個中午就咱們三人吃飯，做肉卷吃好不好？我買了精瘦肉。」季歌揚了揚手裡的肉。

「好。」三朵和阿桃齊聲應著，顯得很是開心。

吃過午飯後，兩個小傢伙幫著季歌，三人合力把下午的糕點做了出來，才各自回屋午睡，因回來得早，時間上還挺寬鬆。

進屋後，三朵搬出針線笸籮，喜孜孜地看著裡面的絡子，邊數邊說：「阿桃，下午咱們去趟林氏繡坊。」

林氏繡坊是個小店鋪，離貓兒胡同就幾步遠，三朵和阿桃就是在裡面接的活計，放一半押金，可領取一定的繡活，她們領的是最簡單的絡子，手工費算一文錢一個。阿桃近來正在認真地給姊姊做鞋子，算是生辰禮，並沒有接這活計；三朵接了二十個，今天下午就能打完，她想用自己掙的錢，在繡坊買方素帕，然後自己繡朵花在上面。

「好。」阿桃點著頭，手裡的活沒有停。「今兒個是初八，還有幾天呢，應該能忙完。」

三朵拿著彩繩慢悠悠地打絡子。「就剩兩個沒打完，等打完了，去了趟繡坊，咱們再回來睡覺。」她就是這性子，火燒眉毛了也快不起來，好在心裡是個有成算的，做事前會先規劃好。

「我不睡了，一會兒妳累了就睡不用管我。」阿桃的手藝有些青澀，再者慢工才能出細活，時間上有點緊。

「我也不睏。」三朵嘀咕著。「下午我幫妳做鞋面，我也會點兒，這個輕省我能做。」

阿桃笑著點了點她的額頭。「妳還得繡帕子呢，鞋底我快納好了，剩下的事就不多了。」

「妳說我繡什麼花好？」三朵擰著小眉頭愁愁地問。

「林嬸都說了，回頭給妳描個花樣，妳照著繡就好，不用擔心。」

「也對。」三朵一聽，抿著嘴直樂。

季歌躺在床上小睡了會兒，起床後馬馬虎虎地洗了把臉，拎著糕點準備出門，走時，特別叮囑著。「記得做會兒活就歇會兒眼睛，不能太累了。」

「知道了。」三朵和阿桃擱了手裡的活，起身走到季歌的身旁，送著她出了家門，才關緊大門，回屋繼續忙著。

申時過半，劉大郎一身汗水地走了過來，身上灰撲撲的，熱氣騰騰，明顯是剛剛幹完重活。「媳婦，收工過來看看妳。」

「這活忙完了？」季歌拿出帕子遞給了他，又拿出水壺。「坐著歇會兒喝口水，二郎歸家了？」

「忙完了。他和阿瑋在跟別人嘮嗑，估計一會兒就會過來。」劉大郎瞅了眼攤子。「快賣完了，我在這裡等妳，咱們一起回家。」

季歌聽著笑著道：「正好，一會兒讓二郎推著攤子回家，咱倆去逛逛。花大娘今天過來了，她閨女生了個男娃，有三個多月了，明天下午她帶我過去認認門，就在東城的大康胡同，我尋思著該拎些什麼禮品上門好。」頓了頓，又道：「我一直想孝順大娘呢，在清岩洞時多虧有花伯和大娘幫襯著。」

「打個長命鎖？」劉大郎思索了番開口問著，又說：「四月份從楊大伯家買了四對小雞回來，去年養的雞正是肉嫩的時候，咱們再捉隻母雞，買些大紅棗等。」

季歌眼裡堆滿了笑意。「我也是這般想的，再添兩樣糕點也就差不多了。」

「糕點妳自己做還是去鋪子裡買？」

季歌琢磨了下，往大郎身旁靠了靠。「咱們這關係比較親密，我覺得，拎著自己做的糕點要好些吧？這又不是別的，外頭買的話好像刻意了點，倒沒那麼親近了。」

「妳手藝巧，做出來的糕點不比店鋪裡的差，中午的時候再做吧，我幫妳。」劉大郎想，明天應該沒有活吧？

眼看就要申時末，劉二郎和餘瑋高高興興地走了過來。

「劉大哥又有一樁活了。」餘瑋一臉的興奮，說完，顛顛地跑到了餘氏的跟前。「娘，今天掙了六十文錢，明天的工錢要高些，給八十文。」

餘氏看著兒子的笑臉，拿出帕子擦了擦他額頭的汗，眼裡滿滿的全是慈愛。「今兒個晚上給你做紅燒肉吃，累不累啊？先回家吧，沖個澡歇歇，賣完了攤子上的吃食我就回來了。」

「娘不用做紅燒肉，整點小炒肉就行了，今天中午伙食不錯，吃得很好。」說著，餘瑋又道：「娘我等您，咱們一起回家。」

那邊，糕點攤子的糕點全部賣完，劉大郎和二弟說了聲，又和餘家母子說了聲，拿了點錢夫妻倆去了最近的回興街。

回到家後，飯已經煮上了，三朵正在洗菜，阿桃忙著切菜，二郎蹲坐在火灶前，三郎坐在堂屋裡溫習著白天學的內容，飯後是一家人的識字時間，他也不想夜裡費燈油，便把能利用的時間都利用上，盡可能地既顧好了自己的學習又能教好家裡人識字，好在他年歲輕，現在學的都是基礎，還是比較輕鬆的。

吃飯時的氛圍很是其樂融融，飯後瑣碎活拾掇妥當，搬了桌子和竹榻一家人湊在屋前識字，待天色開始模糊時，學習時間結束，開始有一搭沒一搭地嘮嗑。

季歌想著孩子們年歲漸長，有些家長裡短的人情世故，便沒有避著他們，趁著這閒暇時光略略提起。「我想著尋個時間，請花伯和花大娘過來吃頓飯，那會兒他們搬離清岩洞時對咱們照顧頗多，比如那半畝山坳地、家禽以及石磨等零零碎碎的東西，直接給錢的話，花伯和大娘怕是不會收，我琢磨著不如送兩身衣服，往後日子還長著，逢年過節就當長輩孝順，隔得近平日裡就多走動、看望看望。」

「大嫂的生辰快到了，正好可以請花伯和大娘過來吃飯。」劉二郎立即就想到了這層。

劉大郎點著頭。「對，這說法正好。」

「往後能經常看見大娘嗎？」三朵眨巴著眼睛問。她可喜歡大娘了，像奶奶。

阿桃應道：「是的，咱們能經常見著大娘。」

三郎雖沒有應話，心裡卻是清楚的，覺得大嫂的做法很好，和夫子教的為人之道是一樣的。

夜色漸深，起了涼風，一家人才停了說鬧，各回屋裡睡覺。

劉大郎鬆鬆地摟著媳婦。「明早把一天的蛋糕都做出來吧。」他明天有活，中午不歸家。

「當天做當天賣也沒關係。」就隔了幾個時辰。

「也好。」可說到心坎裡了，季歌甜滋滋地應著。中午她就做兩樣送禮的糕點，這回只是去認認門，不會停留太久，讓餘嬸幫著顧會兒攤子，真不擺攤的話，一下午也有兩、三百文呢，怪可惜的。

夫妻倆又說了幾句貼心話才沈沈睡去。

第三十七章

天濛濛亮，熟睡中的劉大郎突然就醒了，在床上靜躺了一小會兒，整個人才徹底地清醒，輕手輕腳地放開了懷裡的媳婦。灰濛濛的天光，透過紗窗灑進屋內，他摸索著穿戴好衣裳出了屋。

漱了口、洗了把臉，熟門熟路地張羅起糕點，動靜很小，顯然是刻意為之。

天色漸白時，劉二郎也醒了，見在廚房裡忙碌的大哥，略有些意外，問道：「今天是不是有事？」

「嗯。中午那會兒花大娘會過來領你嫂子去大康胡同認認門，我把下午的糕點也一併做出來。」

劉二郎聽著，悶聲嘀咕。「昨晚該跟我說一聲的。」

「我也剛起沒多久。」劉大郎不在意地笑著。常聽媳婦說，足夠的睡眠很重要，尤其是正在長個頭的年歲，吃好睡好才能長得好。雖說二弟瞅著已經和他一般模樣，但他四月時才滿十五歲，還是個小夥子呢。

劉二郎默默拿出選好的玉米粒，往火塘旁蹲著，麻利地生了火準備做爆米花。

廚房裡飄出的陣陣香味，把仍在熟睡的人都給饞醒了，迷迷糊糊地看了看天色，一頭霧水地起床往廚房趕。

「醒了？」見到媳婦的身影，劉大郎笑著說話。

季歌走到他身旁，用手肘推了他一下，低聲嗔道：「怎麼不喊我？你今天要幹活，應當睡夠才行。」

「中午可以歇會兒，我沒事。」面對媳婦的關心，劉大郎總會覺得特別歡喜，這滋味著實惑人，誘引著他滿心滿眼的全是媳婦，就想著對她好一點，再好一點，恨不得事事都替她辦得妥當。

他是不知道，世間最難得的，便是喜歡的人恰好也喜歡自己。他是一個粗人，不知情情愛愛，只會順著本能、依著心意來說話行事，未曾說出口，那股情感卻是深深地融進了日常瑣碎裡。

季歌斜斜瞥了他一眼，劉大郎憨憨地笑，彷彿不知道她此時的情緒，心裡卻甜滋滋的，跟喝了蜂蜜似的。

早飯是蘑菇肉包子，吃過早飯後，便開始各忙各的事情。劉家兄弟出門做事，正好順路幫著擺攤，三人剛剛出門，大門還沒來得及關上，就見吳氏拎著滿滿當當的一籃子菜路過，笑盈盈地打著招呼。「劉家兄弟幫著擺攤呢？劉家媳婦妳命真好，找了個把妳捧在手心裡的男人。」

季歌抿著嘴淺淺地笑，並沒有回應這話，卻道：「吳嬸起得真早，那麼早就買好菜了。」

「人老了，不嗜睡。」吳氏的視線在劉家兄弟身上轉了圈，不經意地問：「劉家兄弟近來接活沒？都說你們是實誠人，雇你們幹活很是省心，我娘家大嫂想把後院整整，不知你們有沒空？」

「什麼時候？今天接了活。」劉大郎出聲應著。

吳氏樂呵呵地道：「咱們一條胡同的，也不急著那一時半刻，你們先忙著手裡的活，完了，我再領你們過去。」

「這怎麼好麻煩吳嬸，要不，吳嬸直接說個地址吧，等他們手裡的活忙完了，自個兒過去就行。」季歌冷不丁地想起餘嬸的話，心裡一緊，略略思索，便決定就當是她想多了，不怕一萬就怕萬一，還是注意些好。

「也好。」吳氏二話不說爽快地應了，給了個詳細地址，又道：「過去的時候記得報你們的名號『用心經營』，我跟我大嫂是這麼說的，她就記了這名號。」

劉二郎在旁邊道：「煩勞吳嬸惦念著，往後有需要幫襯的，儘管說便是。」

「哪裡哪裡，一條胡同的，總不能便宜了外人是不？」

可能是眼花，可能是心理原因，季歌總覺得吳嬸笑得也太燦爛了些。她穩住內心升起來的不安感，笑著道：「眼看時辰差不多了，得趕緊擺攤，咱們回頭再細聊。」

「好哩，我也得回家做早飯去。」目的已經達成，吳氏笑得跟朵花似地走開了。

卻說這吳氏啊，雖滿心滿眼的全是寶貝閨女，卻存了些理智，不至於真的完全昏了頭。劉、餘兩家的關係，她是清楚的，她上餘家說親的事，估摸著餘家婆娘已經跟劉家媳婦通了氣；再則前有柴婆娘上門，雖劉家不知道，可她自己是知道的，前腳剛出餘家、後腳又進劉家，閨女在這兩家人心裡不知道會被想成什麼模樣。

不能這麼做，萬一真成了事，閨女進了劉家也就沒了半點地位，這事就成了一個爛瘡，怎麼也抹不去的污點，往後閨女還有什麼好日子可言？如果可以，吳氏真想把這事緩緩，可這些日子折騰來折騰去，閨女的情緒已經到了崩潰邊緣，真真是再也禁不得絲毫風浪，說不定一個沒注意她就失去了寶貝閨女。吳氏心裡慌啊！又慌又怒又懼，她要立即把這事理順了，不管結果如何，總能拉閨女一把。

苦思苦想一宿，吳氏作了個大膽的決定。既然閨女說，那劉家小子是願意娶她的，便尋摸出個法子，讓閨女和劉家小子見上一面，劉家上無父母，只有個當家大嫂，只要劉家小子那邊成事了，這事就沒什麼阻礙了。劉家上門來提親，閨女嫁過去後，她和劉家小子感情好，分家出來單過，錢不夠她可以出，小倆口慢慢經營著，這日子自然也就好了。

越想越覺得這主意妥當，先前她還覺得劉家太差，如今看來還是很不錯的，單沒有父母這點，閨女嫁過去後就輕鬆多了，完全可以自己掌家，怎麼舒坦怎麼過；加上兩家離得近，閨女懷娃生子時，她也可以過去顧著，不用擔心街坊鄰居說閒話，妥！妥極了！

吳氏把主意理順後，就喜孜孜地出了門，早就摸清了劉家的擺攤時間，故意卡著點路過，先不著痕跡地打探一下，看劉家有沒有活，再拋出個餌來。她知那劉家媳婦是個警惕的，一點小動作她都能瞅出點蛛絲馬跡來，因此故意順著她的話來應。

眼下萬事已妥，回家後，吳氏立即進了閨女的屋裡，把事細細地跟她說了說，有了這麼個好消息，寶貝閨女的情緒總算平穩些了。待吃過早飯後，吳氏便去了娘家大嫂的家，跟她將這事以及自己的想法又細細地說說，大嫂心思細膩，這事交給她來佈置，想必就不成問題了。

季歌這邊，待劉家兄弟和餘瑋去幹活後，她越琢磨越覺得這事透著古怪。也不能怪她想太多，是這個時代太過束縛，真鬧出點什麼來，那可是要命的事情。又想，吳家也不至於做到這分上吧？這可不是簡單的損敵八千、自損一千，而是恰恰相反地損敵一千、自損八千，說不定是她心存了偏見，這時代的人把名聲看得比命還重，應該不會這麼大膽。

「皺著眉頭嘀咕什麼呢？」餘嬸看不過眼了，湊過來小聲問著。

季歌話到了嘴邊，還是嚥回了肚裡，萬一不是呢，她這不是在毀人家姑娘的名聲嗎？「沒，沒什麼。」見餘嬸一臉的不相信，不得不臨時找了個藉口，垂著眼道：「有點憂心大郎，他怕我中午太累，早早地起來把一天的糕點做好，想著他今天得幹累活，睡眠不夠，也不知吃不吃得消。」

這話餘嬸倒是信了，感嘆著道：「妳家大郎是個難得的漢子啊，真心實意地待著妳呢，這麼知冷知熱的好，難有嘍！」一般的男人誰有這麼細膩的心思。

季歌抿著嘴笑得一臉羞赧。若不是遇著了大郎，在這時代的日子，怕是不會有這麼舒心。

午時末，花大娘直接來了貓兒胡同，稍稍坐了會兒，她就領著季歌和兩個孩子去了大康胡同。

花瑩夫家姓白，她的相公名文和，白家人口簡單，白父、白母只有一兒一女，宅子很寬敞明亮，看得出家境殷實，生活過得著實不錯，雇了個婆子，平日裡幫著做飯拾掇瑣碎。

聽到動靜，花瑩抱著孩子走了出來，笑得很是和善，和花大娘一個模樣。「劉家妹子可算見著妳了，我娘啊，總跟我說起妳，我想像中的妹子就是妳這樣，可真是巧了，說明咱倆啊，真有姊妹緣呢！這是三朵和阿桃吧？長得可真好，快屋裡坐，咱們啊，好好地聊聊天，我都攢一籮筐了！」

進了堂屋，桌子上已經擺好了糕點果脯等小吃食。

「來，坐著，甭客氣啊，咱們可是一家人，別太拘著。我啊，是個隨意的人，我娘總說我長不大，大剌剌的沒個穩性。」花瑩把孩子放到了搖籃裡，眉開眼笑地道：「三朵、阿桃吃東西啊，就跟自家一樣。」

季歌心裡鬆了口氣，笑得眉眼彎彎地道：「姊姊，這是給亮亮的長命鎖，這雞啊是自家餵的，才剛長了一年呢，正嫩著好燉湯，這裡還有些紅棗、糕點等，糕點是我自己做的，給姊姊嚐個新鮮。」

「都叫我一聲姊了，我可就不客氣了。」花瑩笑嘻嘻地收了禮。

花大娘見兩人處得愉快，笑得都合不攏嘴了，別提有多高興。

也沒半點生疏，就這麼自然而然地話起了家常來，越說越合拍，氛圍很是熱鬧歡喜。

對於季歌送的糕點，花瑩是真的很喜歡，當即就拆了一包一口一口地邊吃邊聊，話題一個接一個，說來說去最後轉到了男人身上。「接活幹啊？這錢來得不容易呢，杏妹，妳讓妳家男人帶著妳小叔跟著商隊跑貨啊，這個來錢可快了，我弟就是跟著我男人幹這個，別看我家現在瞧著好，也就是這兩年才起來的，靠的就是跟著商隊跑貨。」

「這孩子說話就不過腦子。」花大娘略略皺眉，認真地對季歌道：「大郎媳婦啊，這事我也想著尋個時間跟妳好好說說，沒承想被這孩子一語就給點出來了。這個工作啊，確實來錢快，就是挺危險的，一走就是好幾個月，有時候是大半年。」

吃多了糕點，花瑩有些渴了，喝了兩口水，道：「對，就是挺危險的，有些山頭裡窩著土匪呢，得交足夠的銀錢才讓路；也有運氣不好的，惹毛了土匪就給滅隊了。不過這個很少啦，我弟他們跟的那個商隊，名氣挺大的，也很會做人，該捨就捨，這些錢，咱們也得出一份，碰上土匪頭子心情好，收的銀錢少咱們就掙得多點，收的銀錢多咱們就掙得少點。」

季歌看花瑩說話的神情，好像並沒有把這當回事，她目光落在花大娘身上，花大娘露出個苦笑。「瑩丫頭啊，就是個不著調的。這事啊，妳先回去和大郎說說，倘若有興趣了，我再尋個時間跟你們細說，真想跟著商隊跑貨，也不難，只要錢給足了，是不會拒絕的。」

「好，等晚間我和大郎說說。」季歌心裡其實不大贊同這事，聽著就不大靠譜，眼下這麼掙錢也挺好的，雖說辛苦了些，到底要踏實安心點。左右也得跟大郎提一提，看看他的想法。

瞅著時辰差不多，季歌領著兩個孩子起身。花瑩抱著亮亮，一臉的不捨，嘴裡直說著，兩家離得不遠，平日裡多多走動來往，千萬莫客套，隨意些就好。季歌連連點頭應著好，尋常有事沒事都會過來叨擾一番，讓她得了空也帶著亮亮去貓兒胡同坐坐，話話家常打發時間。

又側頭看向花大娘，說了幾句窩心話，走至大門口，季歌讓她們停了步伐，送到這裡就行了，又不是什麼外人。三朵和阿桃笑得一臉燦爛，甜甜地道了別。花瑩和花大娘摸著她倆的頭頂，樂呵呵地誇了兩句，耽擱了小一會兒，三人才離開白家。

季歌送著兩個孩子回了貓兒胡同，她則匆匆忙忙地去了東市。

「回來得挺快。」才未時過半呢，餘氏以為季歌還得有一會兒才會回來。

季歌對著餘氏笑笑，將手裡的油紙包遞了過去。「瑩姊給的，您也嚐嚐。」

「給我做甚？留著給孩子們吃。」餘氏笑著推了她一把。「妳啊，就是太注意了些，咱倆什麼關係，看會兒攤子有個甚事。」

「看吧，還說我呢。」季歌拆開了油紙包。「我這是念著您，才會給您吃，您吃不吃？不吃我吃了啊。」

餘氏一聲哎喲，笑嘻嘻地道：「可不能負了妳的一番心意。」說著，伸手去拿果脯。

「看樣子，這回見面很順暢啊。」

「可不。」季歌笑得眉眼彎彎。「瑩姊極好相處。」

兩人就這麼有一搭、沒一搭地邊吃邊說著話，關於跟著商隊跑貨這事，還是個未知數，便沒有扯這話題。

待堪堪要收攤時，劉大郎他們三個帶著一身熱汗走了過來，不知做了什麼苦力活，整個人灰撲撲的，精神勁頭倒是不錯，好在幹活時，穿的是破爛衣裳，實在是髒得不成樣，直接扔了也行。
「累吧？」待靠近些了，季歌輕聲唸了句，自心底泛起一股淡淡的心疼和酸澀。
劉大郎搖著頭。「不累。」又道：「今天下午怎麼樣？」問的是去認門的事。
「很好。」頓了頓，季歌笑著說：「咱回家再細談，正好有點事想跟你們說說。」
劉二郎在旁邊接了句。「我來推小攤車。」
「沒事。」劉大郎回了聲。
季歌對著劉二郎道：「你先回家吧，洗個澡，清爽清爽，靠著歇會兒，晚間早些睡。」
「行。」劉二郎點著頭大步離開。
回到家裡，阿桃和三朵已經張羅好晚飯，三郎在練字，二郎在旁邊默默看著。
低頭瞅了瞅自個兒這一身髒污，劉大郎說了句。「我先洗個澡吧。」
「欸，去吧，這裡我來收拾就好。」季歌也是這般想的。
劉二郎將飯桌搬到了屋前，傍晚有夜風徐徐吹拂，挾了些許涼意，比在堂屋裡吃飯要舒坦些。三朵和阿桃端菜盛飯，三郎也擱了筆幫著拿碗筷。
將小攤車的瑣碎收拾妥當，季歌淨了手，剛坐到桌邊，劉大郎就洗完澡出來，迎面撲來淡淡的皂香。
「天氣越發炎熱，得去藥鋪裡買些涼茶備著。」說著，季歌憂心忡忡地道：「進了六月，有些苦活、累活就不接了吧。」又看向斜對面的三郎，輕聲和氣地說：「你讀書也須得注意點，莫太逼著自個兒，得勞逸結合。你還小呢，把基礎打好就行，穩紮穩打地來，不能太過心急。」

三郎繃著小臉，認真地道：「大嫂放心吧，元小夫子教過的，我都知，不會適得其反。」

「晝長夜短，下午會不會覺得餓？往後帶些小巧的糕點放藤箱裡，歇息的時候，就吃點填填肚。」

「好。」三郎眼睛亮亮地應了。

見兩人說完話，二郎忙問：「大嫂收攤時，說有事想跟我們說說，是什麼事？」就怕大嫂又重提剛剛的話，眼下家裡情況看著很不錯，往後用錢的地方多著，用心經營才剛剛開始，又怎麼能嫌活太累就不接單。

「是什麼事？」劉大郎也問了句。他尋思著，以後接了重活，是不是先粗略地拶飭一下自個兒再歸家？省得媳婦擔憂。

提起這事，季歌嚼菜的動作微微一頓，沈默了會兒，方開口。「今兒個和瑩姊話家常，說到了一件事，瑩姊的丈夫和弟弟這兩年跟著商隊天南地北地跑貨，說是這個掙錢快，就是時間長，少則幾個月，多則大半年；而且比較危險，有些山頭裡窩著土匪，須得繳交足夠的錢財才允許過路，碰上土匪心情不好，又或許給的錢財不足，惹惱了這幫賊人，便會大開殺戒，通常會滅了整個商隊。」

劉二郎一聽，略略思索便問：「大嫂能說得詳細些嗎？」

「具體我也不甚明白，大娘說倘若你們兄弟有些興趣，她尋個時間過來細細說一番。」

對於二郎，季歌一點都不意外，多少也摸清了點他的性子。

劉大郎道：「正好妳生辰那日邀了大娘過來，還有瑩姊也是。」

「你們想進商隊跟著跑貨？」季歌看著劉大郎的眼底透著詫異。大郎怎麼也會心動？他們若真的走了，這個家就剩她一個人在撐著，三郎還那麼小。

劉二郎沒有急著回答，默默地埋頭吃飯。

「先聽大娘說說。」劉大郎憨憨地笑，挾了肉放到媳婦的碗裡。「先吃飯吧。」有些話還是夜裡躺床上說會比較妥當。

這頓飯，吃得不是特別歡喜，氣氛稍有些凝滯。

第三十八章

夜色襲來，也沒怎麼說話，季歌想著幹了一天的活也怪累的，便說各自回屋休息。

躺在床上劉大郎側著身，面朝著媳婦，伸手撫了撫她的眉宇。「妳莫皺眉。」聲音緩緩的，低低淺淺，落在心頭其滋味難以形容。

季歌只覺得鼻間泛酸，差點兒就落淚了，簡單的四個字掐著她的心尖呢！突然地，她便懂了大郎滿腹的心思，因為懂，才會覺得更加心疼，情緒如潮水翻湧，一時間竟不知怎麼言語。

曾在網路上看過一句話——「有愛，才會心疼」，原是這麼個意思。

「媳婦。」劉大郎沈浸在自己的心事裡，未能發覺媳婦的異樣，伸手把她摟進懷裡，就算熱，也不想放開。「跟著商隊跑貨這事，就算只有五成的把握，我也想去闖闖。妳莫想太多，等掙了些錢，跟著跑個兩、三回，我就收手，咱們守著鋪子穩穩當當地過著。」

他想讓媳婦輕鬆些，這些擔子本該由他來擔著，只怪他懂的太少，腦子也不活絡，眼下好不容易有了個機會，他不想錯過，既然他們可以闖，那麼他同樣也可以！他想對媳婦好一點，再好一點，苦於沒有門路，如今門路到了跟前，他必須要抓住！不能只是口頭上說說，他要拿出行動來，讓媳婦知道，嫁給他這麼個粗漢，他定不會委屈了她。

季歌沈默了半晌，才啞著嗓子柔聲道：「你有了決定就去做吧，我自是信你的，會把家裡顧得妥當，等著你回來。」

「等有了錢，咱們買個宅子前面帶著店鋪的，我也不出門尋活做了，咱們就守著這鋪子，好好地經營著，妳帶著孩子收拾著瑣碎活，我來看顧著前面的鋪子，咱們安安穩穩的，把兒女養大。我知道妳喜歡待在清岩洞，等老了咱們就搬回去。妳看，我想得這麼長遠，定會好好地活著，出不了什麼事情的。」劉大郎心裡極是不捨，可想了想往後啊，再怎麼不捨也得忍著。

季歌窩在劉大郎的懷裡狠狠地點著頭，穩了穩情緒道：「這事還沒個準呢，我先跟你說說旁的事吧。」

「好。」劉大郎麻利地應著，心想，媳婦已經有了心理準備，待真的要離開時，有了這段時間的緩衝，應會好受些。

季歌思索了下，才把餘嬸那天說的話提了提，又道：「今早見到吳嬸時，我心裡就有些不對勁，尤其是後面她說的話，我越想越覺得古怪，琢磨著不怕一萬就怕萬一，真沾上了點什麼，可就是百口莫辯了。明兒個一早出門時，你先和二郎粗淺地說一下，讓他注意些，然後，到了宅子裡，幹活時千萬莫讓二郎和你分開。」

「我知道了。」劉大郎眉頭深深地皺著。「不該接這活。」

「一條胡同的，已經接了這活，也不好再推託，許是我想多了，對姑娘家來說名聲比命還重要呢！」

劉大郎說道：「以後離吳家遠些，別再有牽扯了。」

「我也是這般想的，對了，跟二郎提起時，別說太清楚了，到底不妥當，就含糊些吧。」

「我曉得要怎麼說的。」

剩下又嘀咕了幾句日常瑣碎，忙碌一整天，剛剛情緒大起大落，放鬆後，夫妻倆立即就陷入了沈睡。

次日一早，劉大郎見二弟進廚房後，就擱了手裡的事，拉著他去了後院，略略跟他嘀咕了兩句，好讓他心裡有個底，完了，又進了廚房。

擺攤後，劉家兄弟和餘瑋去了吳氏娘家大嫂的住宅，說來也巧，竟是大康胡同，離白家卻是一頭一尾的距離。

吳氏原是姓孫，她這娘家大嫂便直呼她孫氏。

孫氏見三人過來，客客氣氣地迎進了堂屋，上了茶，將要求細細說了通，才領著人進了後院，務必在一天內完工，工錢算四百文，管兩頓飯。

活說多不多，說重不重，三個人熟門熟路的，一天內倒也能輕鬆完事。

劉大郎牢記著媳婦的叮囑，不著痕跡地打量著周邊，時刻盯著二弟，不讓他離了自己的身旁，就算是去茅房他也照樣跟著，當然，藉口是恰巧也要上茅房。餘瑋看著這兩兄弟就納悶了，當下也顛顛地湊熱鬧，於是便成了去個茅房也是三人行的景象。

孫氏在屋裡瞅著後院的動靜，暗想，大姑子說得不錯，那劉家媳婦真是個警惕的，把人看得可真牢固，但是再牢固又能如何？她勾著唇不在意地笑了笑。別說，婉柔的眼光真不錯，這劉家二郎確實好，看著就是個可靠人，真能嫁給他，也算是福氣了。

忙忙碌碌間就到了午時，孫家家境不錯，裡外都由婆子張羅著，午飯做好後，那婆子就到後院喊三人吃飯，飯桌直接擺在了廚房裡，飯菜還不錯，一葷兩素一湯。婆子的手藝老到，劉大郎三人吃得很開心，剛剛吃過午飯，突然覺得腦袋有些昏昏沈沈，還沒來得及想明白是怎麼回事，人就倒地上了。

見三人都倒下了，那婆子疾步進了堂屋通知孫氏，孫氏揮了揮手，讓婆子先回自個兒的家，緊接著，她去了側屋，將一個瓶子交給了吳婉柔，看著她的眼睛道：「去吧。」

吳婉柔握緊手裡的瓶子，很是猶豫掙扎，死死地咬著下唇，都出了血痕。

「去啊，都到了這會兒了才想著後悔，已經遲了，快去吧，說不定還有一線機會。」

孫氏最後的一句話，讓吳婉柔搖擺不定的心立即就堅定了，她深呼了口氣，大步邁出了屋，小跑著往廚房衝去，這股氣若是洩了，就什麼都沒有了，她必須要快點，再快點。

劉二郎睜開眼，看著眼前的姑娘，有大哥的提醒在前，昏厥時他便有了心理準備，眼下半點都不慌張，也沒有開口說話，只是看著那姑娘，覺得有點眼熟，仔細一想，才想起，她曾教他怎麼洗衣服，他也曾順手幫過她一把，有了這事，他垂眼沈聲道：「姑娘莫要自毀名聲。」

「你不記得我了？」吳婉柔把劉二郎臉上的神情看得真真切切，渾身的力氣瞬間被抽空，連瓶子都握不住，落到地上摔成了細碎。

半晌，吳婉柔恍恍惚惚地笑了，她的目光落在劉二郎的身上，又似是透過他，看向了窗外湛藍的天空，顯得有些飄忽、空洞。「我記得你。

「我記得你。你原就是我的心事，潛伏心底的影子。我沒有想過，真的會遇見你，我一點準備都沒有，就這麼遇見了你，你不知道我有多高興。我抬頭看到的，只是窄窄的一方天空，那麼小，我從未想過，會遇見你；本是一道模糊的浮光掠影，猝不及防的凝成了真，觸手可及，並非遙不可及。」

她眨了眨眼睛，目光清清亮亮，看著劉二郎，扯出一個悲哀的笑，又像是自我嘲諷。

「你道我願意這般？你不懂。」

連她自己都好害怕，明明只是一樁模糊的心事，一個奢想，怎麼成了真，它就變成了魔怔呢？多可怕啊。曾以為是她福運好，讓菩薩聽見了她的心聲，有心憐憫，才會讓她遇見了他；誰知卻是一場空想、一場惡夢，倒不如不曾遇見，她仍是她，心底壓了股癡念，待多年後，她已為人婦，孩子也到了那般年歲，偶爾想起自己的年少春暖花正好，還能笑著和老伴嘆一聲，癡傻，並無別的痕跡。

「妳走吧。」劉二郎抬頭看著吳婉柔，眼眸幽深，看不出情緒。

吳婉柔看著劉二郎，特別地專注，似是想一眼望進他的心裡般，又好像要將他的模樣印在自己的心裡，良久過後，也不知在想什麼，她又哭又笑跟個瘋子似的，轉身緩緩離開。

劉二郎望著她的背影，眼底飛快地閃過一絲極為隱晦的苦澀。他懂的，只是不能言說，更不能露出一絲端倪，倘若被人看出半分，於他、於劉家、於大哥、大嫂都是種傷害。

劉二郎將地上的細碎收拾妥當，又把大哥和阿瑋扶靠到了飯桌前，擺成他倆趴著睡覺的姿勢，過了會兒，他才推著兩人。「醒醒，別睡了，要幹活了，今天得把活幹完。」

「啊。」劉大郎猛地醒來，迷濛地看著二弟。「我怎麼睡著了？」腦袋昏昏沈沈很不舒服，他伸手拍了拍。

「欸，我怎麼睡著了？」隨後餘瑋也醒了，一頭霧水地嘀咕著。「我怎麼一點印象也沒有，怎麼就睡著了？真奇怪。」

劉二郎面不改色地道：「許是太累了，吃完飯就趴桌上睡著了。」

「你沒睡啊？」餘瑋側頭看著他隨口問。

劉大郎心裡一緊，整個人立即就清醒了。「你沒睡？」想起媳婦的叮囑，總覺得這裡頭有貓膩。

「我睡了，剛醒過來，特意瞅了瞅天色發現時辰差不多就喊醒你們。甭嘀咕了，趕緊幹活，說不定還得收晚工。」劉二郎催了兩句，大步去了後院。

幹活重要！劉大郎和餘瑋匆匆忙忙地去了後院，三人頂著烈日，熱火朝天地拾掇後院。

孫氏站在屋裡，視線落在劉二郎的身上，連連嘆息。這小夥子真不錯，不聲不響地就把爛攤子收拾了，可惜他和婉柔成不了事，太可惜了，這樣的性情，要發達只是早晚的事情。

天色將將黑，總算把活幹完了，拿了工錢和分紅，三人拎著工具急急地往貓兒胡同趕。

夜裡躺在床上，季歌問道：「今兒個沒出什麼事吧？」別說，她一整天都惶惶的。

「沒有。」劉大郎搖著頭。「明天沒活，我來擺攤，妳去趟天青巷和大康胡同，過兩天就是妳的生辰，請花伯老倆口和瑩姊過來，好好地整一桌。」

季歌聽著大郎的話，心裡鬆了口氣，沒事就好。「我領著三朵和阿桃去，也帶她們串串門子。」

「會喊餘嬸他們吧？」劉大郎猶豫地問，又道：「如果喊餘嬸他們，那柳叔那邊……」

「柳嬸還沒回來呢。」想著上回的不歡而散，季歌有些提不起勁。「到時候，咱們得說說跟著商隊跑貨這事，柳叔那性情有些不妥當吧。」

劉大郎想想也是。「那行，就喊花伯和大娘，還有瑩姊以及餘嬸他們。」

「滿滿當當的一大桌呢。」季歌想著忍不住就笑了。

次日清晨，早飯是三鮮餛飩，廚房裡瀰漫著濃濃的香味，勾得人口水直嚥，待餛飩出了鍋，一碗碗的端到飯桌上，一家人齊樂融融地邊吃邊說話。

「三朵、阿桃一會兒啊，我帶妳們去串門子，讓妳們大哥和二哥看著攤子，這可是難得的閒暇呢，回頭咱們再逛逛街。」季歌心情愉悅地說著。

三朵和阿桃的眼睛頓時就亮了，一臉的驚喜，都顧不得吃美味的餛飩，齊聲聲地問：「真的啊？」

搬來縣城都快半年了，別說逛街，連家門都很少出，每天聽著外面熱熱鬧鬧的嘈雜聲，別提有多心饞了。

「當然是真的。」季歌笑盈盈地應道。

劉大郎在旁邊接話道：「今天這攤子我們來看，妳們放心地逛街，帶些銀錢在身上，想買什麼就買什麼。」

「要不要二哥支援點銀錢給妳們？」劉二郎側頭對著三朵和阿桃打趣。

季歌樂呵呵地接了這話。「妳們二哥要散財了，愣著幹什麼？快去接錢，多難得的機會！」

三朵和阿桃還是內向了點，抿著嘴一個勁地笑，滿臉的羞赧；若是換成了二朵，準會大聲嚷嚷著，顛顛地去接錢。

吃過早飯後，大郎和二郎紛紛散財，給三個孩子每人五十文錢。

待家裡的瑣碎拾掇妥當，季歌領著三朵和阿桃去了西城，街道上人來人往，很是繁華擁擠，怕兩個孩子被擠散了，她一手牽一個，因不大熟悉路，只得順著大街道走，到天青巷時，三人均出了一身汗，已是辰時末。

花大娘見到她們仨，很是高興，樂不可支地迎著她們進了屋，邊走邊叨念著。「妳花伯啊，在隔壁看人下棋呢，倘若不是迷上了這樁事，他日日都坐立不安，在地裡刨了大半輩子，冷不丁的成了清閒人，怪不習慣的，成天地在院子裡折騰著，這下總算好了，省了不少事。」

「大娘這是給亮亮做衣裳呢。」進了堂屋，一看那架勢，季歌就明白了。

花大娘眉開眼笑地點頭。「對。瑩丫頭是指望不上了，親家母近來事多，正巧我閒得緊，慢慢來，打發時間最好不過。」

兩人很自然地說起了家常，三朵和阿桃在旁邊興致勃勃地看著花大娘做衣裳，室內氣氛相當的溫馨。

因著還要去趟大康胡同，坐了半個時辰，該說的都說完後，季歌領著兩個孩子起身離開，花大娘送著她們到了巷子口，細細地叮囑了幾句，又告訴她們抄什麼巷子最近，連說帶比劃地說了好幾遍，才放她們離開，待看不見人影了，她才慢悠悠地返回院子裡。

在大康胡同也坐了半個時辰，臨近午時才離開，花瑩特別想留她們吃飯，可季歌放不下大郎和二郎，笑著給推辭了，反正來日方長，有得是機會，如此這般，花瑩才不甘不願地放了她們離開。

下午季歌去守著攤位，讓大郎和二郎留在家裡歇著，或是外出逛逛也行。

「妳家那口子說妳下午不過來。」餘氏見季歌來了，攤子沒生意，就搬了個凳子湊了過去。「我跟妳說件事。」

有八卦？季歌愣了愣。「什麼事？」瞅著餘嬸好像挺高興又很惋惜。

「那吳家閨女總算說了門親事，男方條件還不錯，挺優厚的。」餘氏說著，聲音壓低了好多。「上午媒婆去了吳家提親，問了八字、測了吉凶，剛回定呢，也不知怎麼回事，那準新郎在酒樓和好友小酌了兩杯，步伐踉蹌地回了家，進自己的屋時，被門檻給絆著了，這麼一磕，就……就……去了。」最後的兩字，聲音低得幾乎聽不見。

什、什麼！季歌瞪圓了眼睛，莫不是她的耳朵聽錯了，這、這、這也太詭異了！

不對，昨兒個晚上大郎不是說昨天沒出什麼事嗎？倘若真的沒出什麼事，吳家這邊的動作會這麼麻利？也太反常了些。不過現在也沒必要揪著這事了，吳家姑娘出了這樁事，那名聲……唉。

餘氏摸了摸自己的衣袖，小聲地道：「這事貓兒胡同都傳遍了，都在說，難怪吳家姑娘老大的年歲還沒嫁人，原來是八字不好，那話說得怪刺耳，這姑娘後半輩子可就難了。」揹了個剋夫的名聲。

「這事……」季歌張了張嘴，也不知道要說什麼好，心裡挺不是滋味。「餘嬸我跟您說，十三是我的生辰，到時候你們過來吃飯，還有點別的事要說呢。」

餘氏一聽立即就明白了。「我說妳今兒個上午怎麼不在，原來是去了天青巷和大康胡同。」頓了頓，又說：「多少年歲了？」她還真估摸不出來，大郎媳婦看著面嫩卻沈沈穩穩的。

「滿十六呢。」想起大郎的話，季歌垂了眼，露出一個含蓄的笑，心裡甜滋滋的，足足兩年了才迎來洞房，真想知道大郎這會兒的心情呢。

「這麼小！」餘氏一臉的愕然。「太意外了，我還以為少說也有十八呢。」

季歌抿著嘴笑。

被這麼一打岔，那吳家的話題就這麼揭過去了。

貓兒胡同的吳家宅子，出了這麼遭事，崩潰的人換成了吳氏，她都快急瘋了，滿嘴起了泡，才這麼一會兒，就顯憔悴了好多，似乎一下子被抽走一半的生機般。

吳婉柔恰恰相反，平靜地安撫著母親，她心裡是鬆了口氣，情緒是從未有過的平靜安寧。她本就不願意成親，是不想母親太難過，才不得不應了這婚事，眼下這局面，於她而言最好不過了，便是一輩子不嫁人，她也甘之如飴。

「娘，我向來喜歡花花草草，待過段時日，我便去常青街的葉氏花卉當學徒，往後我也如她一般，開間店鋪養活自己，便這麼過一輩子，您莫要再為我操心了，我覺得這樣挺好。」

第三十九章

考慮到瑩姊和花伯老倆口，五月十三日這天，用心經營沒有接活，也沒有擺糕點攤，季歌把事分配下去，一家人熱火朝天地張羅著午飯。三郎、二朵及秀秀要傍晚才會回家，季歌和大郎商量著，晚飯劉、餘兩家也湊一起吃，兩家處得也親近，隨意些就好。

辰時末花大娘就過來了，拎著一個籃子，籃子裡裝得滿滿當當，用一塊布嚴實地遮著，剛進門，便笑著說：「你們花伯啊，最近正迷著那棋呢，估摸著得巳時末才會過來。」說著，把拎在手裡的籃子遞給了季歌。「一點小心意，我就不當客人了，也跟著妳去廚房裡打打下手，咱們扯扯閒話。」

季歌接過籃子，眉開眼笑地說：「我還想著大娘會和瑩姊一道過來呢，瑩姊會抱著亮亮過來吧？」

「八成會抱過來，親家母近來一腔心思都在她閨女身上，昨兒個又去了女婿家，也不知到底在鬧個什麼，想想挺揪心的，可別出什麼事。」花大娘說著，不知不覺中擰緊了眉頭。

「瑩姊一點消息都沒有聽到，我想事應該不大，大娘莫過思憂。」季歌說著，又道：「瑩姊要抱亮亮過來，我過去接她吧，別累著了她。」就算是大白天的，一個婦人抱著嬰兒在胡同裡走，也不是特別安全。

花大娘擺了擺手。「不用，就瑩丫頭那性子，哪會累著自己啊？她嬌著呢，肯定會喊著家裡的楊婆子隨行。」

剛進廚房，就見三朵和阿桃側頭甜甜地喊。「大娘。」就算是沒活做，不用擺攤，也都習慣了早早地就起床，到了這會兒，洗洗切切都準備得差不多，剩下的就是生火炸炸燉燉的。

花大娘也是個手巧的，家常菜做得特別道地熟練，有了她的加入，季歌手頭上的活頓時減輕了不少。因著時間寬鬆，四人便說說笑笑慢悠悠地忙著，從日常瑣碎說到東家長、西家短，說著說著又扯回了清岩洞，繞著圈子來，一個話題落了、一個話題又起，兩個小孩也聽得津津有味，在旁邊跟著樂呵呵地傻笑著，時不時地插兩句童言童語，廚房裡響起一陣陣笑聲。

劉大郎手裡拎著捆細竹子，劉二郎肩上揹著竹簍，竹簍上扛著一小捆柴木，兩人踏進院裡，聽著廚房裡的動靜，眼裡浮現濃濃的笑意，心情突然地就愉悅了。

「大娘。」一進廚房，劉家兄弟齊喊了聲。

「大哥、二哥。」三朵和阿桃笑嘻嘻地喊。

「這竹子準備紮掃帚呢？」花大娘瞅了會兒問著。

劉大郎拎著竹子往後院走，嘴裡回道：「對，趁著有空紮個掃帚，菜地裡的絲瓜、扁豆等，藤蔓長得老長，得做個支架架起來。」本來菜地就小，放任著這些藤蔓生長，旁的菜畦都得廢了。

「這個得趁早，可別禍害了旁邊的菜地。」花大娘嘴裡叨叨唸著，不放心地去後院瞅了眼。「這菜長得可真水靈，怎麼施肥的啊？」
地裡的事，二郎比大郎要精通些，他歸置好了柴木，就選了幾根幼童手腕粗的木棍，又拿了幾根細竹子、幾段麻繩，往菜地裡走。「撿了些牛糞曬乾後敲碎了，摻著草木灰撒在菜畦裡。」
「想得可真周到。」花大娘笑容滿滿地進了廚房。都說窮人家的孩子早當家，尤其是沒了爹娘，就更艱難了，看看這日子過得多細緻。
季歌笑著應。「可不是，別看這菜畦小，勉強也能管著一家子的蔬菜用度，平日裡就買些葷腥，日積月累的能省一筆錢呢。」
這麼一打岔，剛剛的話題就給遺忘了，又說起了日常瑣碎來。
估摸著是巳時過半，響起了敲門聲，伴著花瑩大剌剌的嗓音。
季歌三步併成兩步把大門打開，還未來得及說話，花瑩就把亮亮塞到了她的懷裡，喘著粗氣邊拿手帕擦汗邊說：「可熱死我了，一路走過來都快爆炸了。」
「到堂屋裡坐著。」季歌低頭看了看懷裡的亮亮，小傢伙遮得妥妥當當，睡得很是香甜，一眼瞅著，心坎都軟了。
花大娘端了盆溫水到堂屋裡。「洗把臉，怎麼沒戴幃帽？」
「要抱亮亮呢，那玩意兒礙事。」花瑩豪氣地連喝了兩杯水，大大地呼了口氣。
站在一旁的楊婆子猶豫了下，把手裡的籃子遞給了花大娘。「老姊姊，這是主家備的禮品。」因楊婆子是雇來的，這稱呼上就沒個章程，都是自個兒琢磨著喊的。

「欸，好，妳也坐著歇會兒，留下來一併吃飯吧。」花大娘笑著倒了杯溫開水給她。

楊婆子接過水，喝了兩口，才搖著頭答。「家裡還有點事呢，我得回家張羅。」

「大娘，您抱一下亮亮。」季歌聽著起身說道，等著花大娘接過亮亮，對著楊婆子道：「等會兒，家裡炸了兩樣麵食，您拿些回家，只是手藝一般，莫嫌棄才好。」

「劉家媳婦太客氣了。」楊婆子起身笑著應。

季歌麻利地用油紙包了兩樣麵食，送著楊婆子出了大門，想著家裡人多，一會兒花伯和餘嬸母子也要過來了，便沒有關大門，直接半敞著。

這會兒時辰也差不多了，可以開始生灶火著手炒菜。劉大郎的掃帚已經紮好，正好過來燒火，也沒旁的事，季歌讓三朵和阿桃去堂屋裡，陪著說說話、逗逗笑。

巳時末，花伯過來，他前腳剛進屋，後腳餘氏母子也過來了，餘氏到堂屋裡和花家母女說了幾句話，就進廚房來幫著打下手，餘瑋則興致勃勃地去了後院，看著二郎和花伯理藤架。

午時過半，日頭最是毒辣，一桌子飯菜總算是張羅出來了，特別的豐盛，整個院子都瀰漫著濃濃的香味。想著擠些就擠些吧，湊一桌吃飯要更熱鬧些，比起零零散散的分成兩桌氛圍要好多了。

先是你一句、他一言圍著壽星說了些吉利話，又扯了會兒家長裡短，氣氛越發地輕鬆歡喜時，花大娘說起了跟著商隊跑貨這事。

「大郎和二郎有心想瞭解一下其中的詳細事宜，趁著都在我就把我知道的仔細說說，你們自個兒琢磨著，倘若決定還是想要跟著商隊跑貨，具體時間我不清楚，也得等到下半年的八月，我那小兒和女婿才會歸家，到時候你們再找個時間說說話。」

餘瑋聽著一頭霧水，急吼吼地問：「大哥、二哥你倆又琢磨出新花樣了？瞞得可真夠好的啊，我一點風聲都沒聽到，還天天跟你們蹲一塊兒呢。」他一急，就直接把姓給去掉了。

餘氏實在是瞧不上兒子這傻樣，一巴掌打在了他的後腦勺。「二郎比你還小呢，一口一個哥也不害臊。」

「嘿嘿嘿嘿。」餘瑋憨憨地笑，沒辦法，劉二郎比他沈穩多了，總會下意識地覺得他是他哥。

「我們也不甚清楚，這不讓大娘給仔細說說。」劉大郎笑著解釋，阿瑋有時候是特別逗，冷不丁的就犯二。

餘瑋笑得更傻氣了，捧著飯碗默默地扒飯。

「我知道的，我都告訴你們，讓你們心裡有個底。」花大娘笑呵呵地接著話。「聽我小兒說，進商隊時，會有管事的過來仔細察看手裡拿的貨，待貨賣掉後，會收取一成利潤。第二便是，若路上碰著了土匪，花費的錢財也得平分一部分；除此之外，一路得聽從商隊的安排，不允許有任何異議。」

劉二郎聽完，吶吶地道：「這麼一算，還能掙多少錢？」

「多著呢！」花瑩擱了碗筷，略顯激動地說：「我家那宅子，置辦家具、裝飾房屋等，花了近一百三十兩。」

「聽著好像掙不到什麼錢，但時間長，南北兩邊跑，中間的利潤是很可觀的。」花大娘說著，擰了擰眉頭，愁愁地道：「就是太危險了，多半得靠運道。我就聽說過，有兩個商隊，那管事的脾氣不好，衝著了土匪頭子，結果兩方打起來，逃出來的沒幾個。對了，真起了衝突啊，這些依附商隊的人必須得衝在前邊，也不是什麼人都收，只收年輕力壯的。」

花大娘想起什麼似的。「也可以不用衝在前面，就是得出足夠的錢，每次商隊出發時，都會雇鏢行，這個可費錢了，像小兒他們的商隊比較大，要同時雇兩個鏢行。」

「唉，錢掙得再多，沒命花也是白扯。」餘氏感嘆了句，說完，就覺得這話不大妥當，對著花大娘歉意地笑了笑。「那什麼，我這嘴有點快……」

「妳這話說得對。」花大娘沒有放在心上，反倒笑著附和著。「每回他們跟著商隊出發時，我這心吶，就沒一天是安生的，見著他們平安回來了，那滋味，就好像重新活過來了似的。我那小兒也說了，再跟著跑兩趟，掙夠了本錢，就在縣城做點買賣，踏實地過日子。」

餘瑋瞅了瞅劉大郎和劉二郎，眼睛閃閃發光地提議。「咱們也跟著商隊去跑貨吧，我也不貪心，掙個百來兩銀子，買個院子、找個媳婦，再做點小買賣，省得我老娘風裡來、雨裡去的攤擺受苦。」

「現在就挺好的，我不覺得苦，用心經營正在慢慢好起來，別把這門路給丟了。」餘氏輕聲細語地安撫著兒子，心裡甚是欣慰又覺得心酸。

花瑩說自己的想法。「你們想跟著商隊跑貨，比我弟那會兒要好多了，當時啊，我弟和孩子他爹什麼都不懂，全是自個兒摸索出來的，第二趟才開始掙錢。你們也想跑貨的話，趁著他倆還在，跟著跑一趟，自個兒熟悉了，等著他們不跑了，你們也不會吃虧，回頭掙了些錢再收手就是了，這事啊，就是冒險了些，可來錢快。」

「妳以為都跟妳一樣，心比這桌子還要寬。」花大娘哭笑不得地在閨女胳膊上拍了兩下，幸好有這麼個心寬的在，否則她還真有些熬不住呢。

花瑩扁了扁嘴，沒好氣地嘟囔著。「娘，您又打我，我現在可是當娘的人了，亮亮在旁邊看著呢！再說，我這話也沒錯啊，老話怎麼講來著，撐死膽大的，餓死膽小的，可不就是這麼個理。」

被這麼一鬧，氣氛輕快了不少，這話題說得也差不多了，剩下的全靠自個兒去琢磨，眾人很有默契地轉到了另一個話題上。總的來說，這頓飯吃得很是盡興，無形中又拉近了幾家人的情誼。

飯後，收拾好廚房，大夥兒移到了堂屋裡，男人圍一塊兒討論著跑貨的事，女人湊一起話家常，嘰嘰喳喳一直到未時末，實在是機會難得，太高興了，餘氏下午也沒有擺攤。直到日頭偏了些，花大娘老倆口和花瑩母子不得不歸家時，才依依不捨地擱了話，送著他們出了貓兒胡同。

記起攤子還放在寄放處，見散了場，餘氏匆匆忙忙地去了東市，季歌隨著她一道，說好晚上吃火鍋，順道去買些食材。把攤子推回家裡後，餘氏稍稍收拾了番，就和季歌回了劉家，兩人有一搭、沒一搭地說著話，繞著跟商隊跑貨的事在打轉，手裡頭忙著晚上火鍋的準備工作。

傍晚二朵和餘秀秀回來了，緊接著三郎揹著個小藤箱也回來了，鍋底已經燉好，人都到齊後，就移到了屋前，兩家人熱熱鬧鬧地說著話、吃著火鍋。五月中旬的天，就算是太陽落山後，空氣裡仍留著餘熱，一頓火鍋下來個個吃得紅光滿面、一頭汗水，特別地爽快舒坦，待到夜色降臨，才意猶未盡的各回各家睡覺。

季歌窩在床裡，笑得跟個小財迷似的，眼睛亮亮地估算著大夥兒給她的生辰禮，心裡頭暖得沒法形容，隱隱的，眼眶都有些泛紅了。

「媳婦，我也有生辰禮要送給妳。」終於等到了這天！劉大郎無比地興奮激動，他克制得好辛苦，總算是天黑回房了。

「快拿出來啊！還賣什麼關子？」季歌還納悶著呢，怎麼大夥兒都送了她生辰禮，可大郎卻沒半點表示，原來在這裡等著她。

她還記得，他送給她的木梳子，雖粗糙，可讓她真的好歡喜。去年生辰的時候，他送了支木簪子，很簡陋，可一眼就能看出費了多少心血；還有一把木梳，手藝要精進了一些。她當時就想，和這樣一個男人過一輩子，她是幸運的同時也是幸福的。

劉大郎是懷著一種虔誠的心情，拿出了一支金丁香頭飾，小心翼翼地插在了媳婦的髮間，他的聲音低低的，似是在壓抑著什麼般。「媳婦。」淺淺的一聲，特別地婉轉，好似藏了千言萬語。

季歌沒防備，猛地一哆嗦，全身酥酥麻麻，如同被觸了電般，半晌回不過神來。

劉大郎摟著媳婦，一腔的情緒，卻不知道要怎麼來說，只覺得啊，把媳婦抱在懷裡，就無比地滿足了，只這樣抱著她，心裡便格外地寧靜安詳。「媳婦。」

「你給我戴了什麼？」好不容易緩過神來，季歌小聲地問了句，白淨的臉似上了層薄薄的胭脂般，在橘黃的燈光下，更添幾分嬌柔。

「丁香。」劉大郎憨憨地笑，目光落在媳婦的髮間，一顆心熱燙燙的，像是有什麼要即將噴發出來，他忍不住低頭，湊近媳婦的臉，貼著她嫩嫩的臉頰，心尖微微顫抖，腦袋有些懵。「媳婦。」無意識地又喊了聲，覺得這世間啊，就數這兩個字最是美好。

屋內的氣氛在悄悄改變著，季歌發現了，她突然好緊張，心跳得特別快，怦怦怦，他倆靠得這麼近，她嚴重懷疑大郎會聽見她的心跳聲，那麼地猛烈，讓她的臉更紅了，嚅了嚅嘴唇，不知道要說什麼好。

那什麼，該洞房了呢。平日裡嘴上雖常當玩笑說，真到了這時候，卻蔫了，她也搞不懂怎麼會這樣。

「大郎。」這麼僵著也不是件事，良久，季歌做好了心理建設，鼓起勇氣抬了頭。

這一抬頭，就碰著了大郎的嘴唇，兩人同時僵住了。

嘴對嘴親吻什麼的，好像還是頭一回呢。

這個認知，讓季歌一下子就清醒了。搞什麼啊，都夫妻兩年了，他們竟然還這麼純情！瞬間御姊附身，霸氣地道：「大郎，別磨蹭了，咱們還得洞房呢，把這些禮品收拾收拾，再把那油燈給吹了，春宵一刻值千金！」

「喔。」腦袋空白的大郎，傻乎乎地執行著媳婦的命令，麻利地收了生辰禮又吹了油燈，映著銀白的月光爬上了床。

吹了燈，屋裡黑漆漆的，季歌徹底地就放開了，那點彆扭和不自在通通消失。「大郎，你會嗎？」

劉大郎有些不在狀態中，呆呆憨憨地應著。「啊？」後知後覺地才聽明白媳婦剛剛的話——洞房呢！可是媳婦那氣勢是不是有些反了？不應該是由他來說嗎？

「脫衣服啊，要全部脫光光。」季歌有心想逗逗大郎，自打搬來松柏縣後，青澀呆憨的大郎就不見了，真有點懷念呢。

媳婦的語氣裡帶著調侃，傳到了大郎的耳朵裡，他立即就僵住了，很快反應過來，一把緊緊地抱住媳婦，兩人倒在了床上。「媳婦，妳又調皮。」說話的時候，伸手撓了撓媳婦脖頸，輕輕的，柔柔的。

季歌哈哈哈哈地笑著，邊笑邊掙著身子。「別，哈哈，別，哈哈哈！別撓，哈哈哈哈，癢，哈哈哈哈癢啊！」

「妳先逗我的。」到底是捨不得，就撓了兩下，劉大郎便停手了。黑暗中，他把腦袋湊得近近的，在媳婦的脖頸處親了口，剎那間，盤在心口的滾燙遍布全身，他壓著嗓子，低沈沈的，帶著笑意。「媳婦妳說的，要脫光光，咱們就脫光光吧。」

季歌才不是害臊呢，本來就是夫妻，做這事很正常嘛，沒皮沒臉地接道：「不脫光光怎麼洞房。」還用腿勾了一下大郎的大腿，抿著嘴直嘿嘿地笑。

「對。」劉大郎話音剛落就開始動作了。

「相公你好燙，跟發燒了似的，都滿頭大汗了，還沒開始呢。」季歌沒羞沒臊地伸手大膽摸著大郎的胸膛和後背，暗暗地想，苦力活真沒白幹，手感可真好啊，就是燈滅得有點早，怪可惜的。

到底是頭一回，沒有經歷過，劉大郎扛得很辛苦，聽著媳婦的話，無奈地道：「媳婦妳莫調皮。」

「你個呆子！」季歌樂死了，雙手抱住劉大郎的脖子，啃住他的嘴唇，口齒不清地道：「說脫光，你還真想著脫光光呢，真呆！」

次日一早，待季歌睜開眼睛時，太陽都出來了好嗎！自來到這世界，還是頭一回睡懶覺呢！側頭一看，自家男人睡得很是香沈，不知作著什麼美夢呢，瞧那神情蕩漾的。忽然想起前些日子他說的話，他說第二日他不接活，推著糕點攤做買賣，讓她好好地睡一覺，他都想得妥妥的。

季歌忍不住笑出了聲，伸手戳了一下大郎的臉。還妥妥的呢，都這會兒了還沒醒，這個呆子。

「媳婦。」小小的動靜，擾醒了劉大郎，似睡未醒間，他咂了咂嘴，把媳婦摟緊了些，一小會兒後，突然睜開了眼，看著窗外的陽光，跟詐屍似地一下子坐直了身體，拍著腦袋一臉懊惱。「媳婦我起晚了。」

「也不算晚，最多就是辰時過半。」八點左右的樣子。

劉大郎伸手準備拿衣裳時，瞧見自己光著的臂膀，才慢半拍地反應過來，樂呵呵地笑著。「媳婦，妳再睡會兒，我去看著攤子，妳放心，妳好好歇著，有我呢。」心裡頭甜滋滋的，從未有過的好滋味，令他無比地著迷。

這就是洞房啊？他和媳婦同房了呢！一種說不清、道不明的圓滿感，充斥著整個心房，他想，他得對媳婦更好一點。

雖說她可以擺攤，但丈夫這麼體貼，季歌才不會拒絕呢，眉角眼梢都帶著甜甜的笑意，柔柔地道：「嗯，你去吧，我再睡會兒。」

「嗯，妳想吃什麼？我去買回來給妳。」肚子咕嚕叫著，劉大郎才想起，他們倆起得晚了，還沒有吃早飯呢。

季歌琢磨了一下。「我先睡會兒，一會兒我睡夠了，自己起來吃，這會兒還不餓。」

「欸，好。」劉大郎樂顛顛地出了屋，見攤子不在，就猜到應是二郎推著去擺攤了，家裡的三樣糕點他倆都會做，他一會兒去攤位看看，糕點不夠的話，他就回來做糕點，再給媳婦買份早飯回來。

第四十章

剛進五月下旬，天氣漸漸炎熱，忽地下了一場陣雨，空氣裡瀰漫的那股悶熱，瞬間被風吹颳得乾淨，餘下淡淡的舒爽涼意。

陣雨過後，陰涼涼的天，沒什麼生意，餘氏搬了個凳子坐了過來，悄聲問：「那兩兄弟是不是都決定了？」

雖沒有說出來，季歌卻聽明白，問的是跟著商隊跑貨的事。「嗯，瑩姊說得對，撐死膽大的，餓死膽小的，拚著股勁，跟著跑兩趟，掙些本錢在手裡，回頭想幹點什麼，也不會束手束腳；而且，我想啊，到外面見見世面也是好的，眼界開闊了，明白的事物一多，掙錢的門路自然也就寬了。

「其實，」季歌看著身旁的餘氏，秀眉微微蹙起。「餘嬸，用心經營仔細說來，就是個力氣活，不能算個長久門路，他們跟著商隊天南地北地跑個一年半載，手裡又攢了些錢，往後就能做點輕省買賣了。」

餘氏聽著沈默了好一會兒，才嘆著氣道：「說是這麼說，可我這心吶，總是七上八下，萬一出了點什麼事，我要怎麼向餘家的列祖列宗交代？」

「那，餘嬸您是同意阿瑋跟著商隊跑貨，還是不想他去？」季歌這話問得微妙。

「唉！」餘氏聽懂了，半晌沒出聲。

過了會兒，季歌推了推她。「餘嬸您攤子上來生意了。」

餘氏自思緒裡回過神來，匆匆忙忙拎著凳子回了攤位。

季歌清點了下攤子上的糕點，這會兒約是申時初，可能是下雨的原因，還積了些貨，說不定要晚點收攤，好在家裡有阿桃和三朵在，她倆能張羅晚飯，拾掇些瑣碎家務。

隔了兩天沒接到活，今天早早地就接了活，一做三天，工錢、待遇都還不錯。這個五月，「用心經營」還是挺不錯的，隔三差五地能接到活，一樁樁的攏起來，也掙了幾兩銀子呢，每人能分到近二兩銀，後面還有八天，運氣好的話，應可以掙到近三兩銀。就是太累、太苦了些，若輕省點，長久經營著也是可行的。

「下午就做了兩樁生意。」這些無關緊要的話，餘氏也就沒挪著凳子往大郎媳婦身旁靠，直接坐在自家攤前嘀咕。

季歌抿著嘴笑。「怕是要收晚攤了，餘嬸您要好點，現炸現賣，存的貨不多。」

「哪能把妳一個人扔這兒，晚些、早些也沒差別，說不定還能多掙幾個錢呢。」餘氏無所謂地笑笑。

說話間，人漸漸多了起來，雨後涼爽，又沒有烈日，正是逛街的好時候，到申時末，連續做了好幾樁買賣。

餘氏把錢擱進了木匣子裡，臉上堆滿了笑。「剛剛還愁著收晚攤呢，這會兒看，怕是得收早攤嘍！」油炸小吃賣光了，她調侃了句，便張羅著重新再炸一些。

「什麼晚攤、早攤啊？」走過來的柳氏聽到這話，笑呵呵地搭了句，瞅了眼兩個攤位。

「生意很不錯啊。」

「回來了？妳家大兒媳可還好？」餘氏側頭問了句。

季歌搬了個凳子給柳氏。「柳嬸什麼時候回來的？一走就是一整個月，怪想您的。」

「看這嘴甜的。」柳氏臉上的笑意更深了，將籃子裡的吃物一分為二。「自家曬的吃物，味道一般，就是嚐個心意。」

餘氏接過柳氏遞來的吃物，擱進了攤子裡，搬了個凳子湊了過去。「剛回來啊？未時那會兒下了雨呢。」

「昨兒傍晚歸家的。」柳氏說著，舔了舔嘴唇，伸手將額髮攏到了耳後。「回家了，我才知道我家那口子已經把火鍋的事跟妳們說了，聽著他的話，臊了我一臉，本來上午就想過來尋妳們說話，結果拖到了下午，實在是……不好意思過來，心裡臊得慌，又捨不得咱們間的情分，只好覥著臉過來了。」

話開了個頭，往下就好說了。「我家那口子啊，這性情吧，說來也挺不錯，就是心裡一直存了個執念，總想著家裡那間小飯館有朝一日突然就紅火了，富貴夢哪個人不想？本來日子平平淡淡地過著，他也只是想想罷了，知道實現不了，自打見著了這火鍋，就跟入了魔似的，這不，事情就成了這模樣，真是對不住啊，尤其是大郎媳婦。」

「柳嬸，這事吧，其實也沒什麼。」季歌笑笑應了聲，又道：「只是柳叔提的那想法，我們兩家覺得有點不妥當，店鋪不大，三家人湊一起做生意，都說親兄弟明算帳，就怕時日久了，壞了咱們的情分。」

餘氏點著頭接話。「我也是這麼想的，再說，生意真的紅火了，三家人平分下來，也沒多少錢，還不如自個兒張羅，省得牽牽扯扯鬧不明白。」

「聽著妳們這麼說，我這顆心就有著落了。」柳氏鬆了口氣。「明天傍晚過來吃頓飯吧，先前就說好的，這不有事給耽擱到了現在。」

「明天不行呢。」季歌面露難色。「『用心經營』今天接了個活，得忙整整三天。」

柳氏聽著笑著說：「那就三天後唄，時間隨你們走，左右得把這頓飯給吃了。」

「就這麼說定了。」餘氏點著頭應。

接著三人又話了些家常，時辰也不早了，柳氏起身匆匆忙忙地往家趕。

「大郎媳婦。」等人走遠後，餘氏忍不住小聲嘀咕著。「妳說，柳姊他們會不會自個兒張羅一間火鍋店？感覺有這麼個意思呢。」

季歌想了想。「便是有這想法也與咱們無關，咱們又不摻和進去。」她有心想提醒柳嬸幾句，這火鍋店可不是那麼好開的，想想柳叔的性子，還是算了吧，說了等於白說，免得招埋怨。

「也對。」餘氏應著，拎起凳子說：「我再炸點吃食。」

酉時二刻，糕點才全部賣光，正好餘家攤子的吃食也賣完了，兩人麻利地收拾準備歸家。

遠遠地就見三郎揹著藤箱，小小的人，一步步走著，穩穩當當，像個小大人似的，速度卻不慢，眨眼就到了跟前，聲音清亮有力。「大嫂，餘嬸。」說著，取下藤箱擱進了攤子裡。

小攤車推起來比較費力，尤其是拐彎進胡同時，劉家兄弟有空就會過來幫著收攤，若事情多便沒辦法，三郎放學後，不聲不響地就過來了，只趕上兩回，大多數時候是已經收攤了。

雙胞胎前兩天剛滿的六歲，這兩年吃得比較好，三郎的個頭竄得快，朝夕相處的家人都能發現他的變化，前天季歌特意幫兩人量了量身量，三郎已經過一米二，三朵要矮些，才堪堪一米。

「三郎可真懂事。」餘氏很是眼饞這小孩，倘若阿瑋能生了這般模樣的兒子，她這輩子就滿足了。

季歌笑得眉眼彎彎，側頭輕聲問：「帶去的糕點吃了沒？肚子餓不餓？」

「吃了，肚子不餓，正好合適。」三郎在旁搭把手推著小攤車，又道：「大嫂明日多做些吧。」

「欸，好，明天做雞蛋餅。」季歌想，應是要分些給學堂裡的小孩，這個很正常。

三郎眼睛亮亮的。「同學他們也喜歡大嫂做的糕點，給了我一些錢，讓我明日捎些給他們。」

「啊？」季歌愣住了。

「這幾天我分了些給他們吃，他們覺得不夠才想拿錢買的。」三郎似是明白大嫂的顧慮。

「大把大把分給他們吃，這樣不好，吃習慣了會覺得理所當然。這是大嫂辛辛苦苦做的，咱們家日子過得緊巴，不能這樣大手大腳地花錢。」

一時間，心裡的滋味，季歌真是難以形容，這孩子越來越通透了。「對，三郎想得在理。」

三郎抿著嘴笑，眉宇間透著高興，露出了些小孩子應有的活潑。

「妳怎麼教的孩子，教得可真好。」餘氏眼饞得不行。

季歌可不敢居功。「他讀書讀得可用心了，應該是從書裡學來的，元小夫子教得好呢，難怪小小年紀就是秀才了。」

「這讀書確實是個巧事，就是太燒錢了。」餘氏念叨著，又免不了想到，往後阿瑋掙了錢，倒是可以送小孫孫去學堂。

歸家時，劉家兄弟還沒回來，三朵和阿桃正在廚房裡張羅著晚飯，炊煙裊裊，空氣裡瀰漫著濃濃的香味。

聽到動靜，燒火的三朵自廚房探出半個腦袋，笑嘻嘻地喊。「大嫂，三郎。」

「姊姊，馬上就可以吃飯了。」阿桃扯著嗓子說話。

大郎和二郎接的活，是包中、晚兩頓飯，省了口糧呢。

待攤子的瑣碎活拾掇妥當，阿桃和三朵恰好擺了飯桌、端了菜、拿了碗筷，只差洗手吃飯了。

飯後沒多久，大郎和二郎一身汗水回來了，直接到河邊挑了水回來沖涼，捯飭好自個兒，就坐到了屋前，跟著三郎識字。天色略顯灰暗才收場，一家人隨意地說著話。

「既然決定了要跟著商隊跑貨，趁著他們還沒回來時，多識些字，出門在外，識字很重要呢。」季歌突然想起這事，順口就提醒著。

劉大郎很認同這話。「我也是這麼想的，我覺得，不僅要識字，也要學會寫字才行。」

「眼下家裡還算寬鬆，紙筆還是顧得上的，你倆好好練字。」前段時間，他倆就開始學著寫字，只是沒那麼著急，慢悠悠地來，如今卻不行，得抓緊點時間。

「大嫂，這事我們會用心的。」劉二郎認真地答。

季歌也知他倆心裡都是有數的，這話題淺淺提了兩嘴，就說起另一件事來。「下午時柳嬸過來了趟，給柳叔收拾爛攤子，說等你們手裡的活忙完了，讓咱們兩家過去吃頓飯。」

「火鍋的事？」劉二郎問了句。

「對。」停了會兒，季歌道：「好像想自個兒張羅間火鍋店。」

劉大郎皺了皺眉。「這可不是件容易事。」

「容易不容易都是他們自個兒的事。」劉二郎隨口接了句。

「倒也是。」

季歌見氣氛略有凝滯，便笑著看向阿桃和三朵。「妳們兩個是不是又偷偷摸摸的去林氏繡坊接活了？」

「姊姊，白日裡空閒多，接點活打發時間又能掙錢，多好。」阿桃挺認真回著，又補了句。「我和三朵很注意的，做了會兒活，就起來走動走動、玩耍玩耍。」

三朵鼓著小臉，努力地點著頭。「大嫂，我和阿桃很乖的。」

「這挺好的事。」劉大郎覺得兩個孩子的覺悟不錯。

劉二郎道：「妳倆出門時，要注意些。」

「我們很注意的，一般都是上午的時候出門，這時候外面人最多。」阿桃伶俐地答著。

「妳們知道就行，我也不是要拘著妳們，就是得多多注意。」

劉大郎對著媳婦笑。「妳有事沒事地跟她們念叨著，要注意這個，要警惕那個，她們都記得牢牢的，比旁的孩子要省心多了。」常在外面幹活做事，見過好幾戶人家的孩子，養得比較嬌氣，調皮搗蛋、上房揭瓦，他在旁邊看著就很頭疼，好在家裡的孩子個個都是好的。

「咱們家的孩子，自然是最好的。」季歌樂滋滋地說著，眼角眉梢都帶著笑，顯得很是自豪開心。

閒話家常地聊著，不知不覺天色完全暗下來，街道上響起了更聲，便停了話題，道了晚安，各回各屋睡覺。

大郎的年歲正是龍精虎猛時，初嘗情事，甚是欲罷不能，略有些顧及著媳婦的身子，倒也不天天纏著，這會兒剛躺到床上，便有些蠢蠢欲動，數一數，有四天沒和媳婦那啥了呢，勾得他心裡饞得不行，光想想那滋味全身都酥麻麻的。

「媳婦。」大郎伸手把媳婦抱在懷裡，右手不老實地伸啊伸，嘴裡又喊了句。「媳婦。」帶著試探，輕輕柔柔的。

「你明天不是要幹活嗎？」季歌翻了個身，面朝著丈夫，在他臉上親了口，故意說道：「撐得住啊？」

這話剛落音，大郎就激動。「媳婦妳且瞧著。」吼吼吼吼吼！

次日一早，天剛濛濛亮，劉大郎就醒了，精神抖擻地看著懷裡熟睡的媳婦，真想戳醒她，讓她瞧瞧自個兒是多麼的容光煥發。不過，依著他那疼媳婦的勁，也就只能在心裡想想啦。起床的時候，放輕了手腳，就怕擾醒了媳婦。

劉大郎前腳剛進廚房，後腳劉二郎就進來了，兩兄弟生理時鐘都差不多，天天如此倒也習慣了。

「大哥。」洗漱完畢，劉二郎邊生著火塘的火邊喊了聲。

「嗯。」劉大郎正在打蛋清，頭也沒抬地應了聲。

劉二郎沈默了下，說道：「咱們都跟著商隊跑貨不妥當吧？」

「家裡就剩下她撐著，也是不妥當，卻沒有辦法。」這事劉大郎近來一直在想著解決的法子。

「大哥留在家裡吧，我跟著商隊跑貨，掙的錢交給家裡。」

劉大郎想也沒想地就拒絕了。「不行，你掙的錢你自個兒留著，年歲也差不多了，攢著往後成親用。」

「咱們兩個都走，一走就是好幾個月，這樣不行。」劉二郎的語氣有些生硬。昨夜他作了個夢，夢見了那日山裡發生的事情，他忽地從夢中醒來，咬牙切齒地想，當時怎麼就沒有殺了那畜生！他無比的悔恨，他應該動手殺了那畜生，千刀萬剮都不為過！

「讓我想想。」劉大郎低聲說著。「到時候想不出解決的法子，我便不走了，留在家裡。」再多的錢財到底是沒有媳婦來得重要。

劉二郎垂著眼，看著跳躍的火光，沒能忍住，說了句。「大哥，就算只有我一個跟著商隊跑貨，我會努力地學習，多掙些錢，一半給家裡、一半自己留，你莫要拒絕，和大嫂妥當說著，這也是我應做的。」頓了頓，又添了句。「大哥和大嫂把我們幾個顧得妥當，眼下我有了能力，自然該出分力，我們是一家人。」

「再說吧，這事還遠著呢。」如果可以，劉大郎還是想跟著商隊去跑貨，走的地方多了，見識也會增多，他會的掙錢路子太少，他想多多學習，想以一己之力撐起整個家。

劉二郎點著頭，起身往銅壺裡添水。

五月二十五日劉大郎他們接的活忙完了，正好二朵和餘秀秀也歸家，柳家便約了這天的傍晚吃飯，見時辰差不多，劉、餘兩家一同去了小飯館。

飯吃到一半，氣氛正熱絡時，柳氏開口說道，既然他們兩家不想牽牽扯扯，那他們夫妻倆尋思著，湊湊錢把小飯館改成火鍋店。

劉、餘兩家也差不多猜到了，聽著這話倒是沒怎麼意外，笑著說了幾句吉利話。

可能是要開火鍋店了，柳叔心情特別好，又加上喝了點酒，整個人特別豪氣，那話說的。等火鍋店紅火了，到時候他們兩家想開火鍋店時，他願意手把手地教著，將攢的經驗全部說出來，絕不藏私！

一頓飯吃到天色將將黑才散夥，回家的路上，起了夜風，有些微涼。

「你們說，那火鍋店真能紅火起來嗎？」餘瑋還是有些饞，興致勃勃地道：「真能紅火的話，等我跟著商隊跑了貨，攢了些錢，我也開間火鍋店。」他把柳叔的話聽進心裡了。

劉大郎思索著。「得看運氣，難說。」

「剛開始說不定真能紅火，不過，大嫂說得對，這火鍋店一眼就能看穿，柳叔能從裡面看出商機，旁的商家也能看出來，待其他酒樓跟風也開了火鍋店，生意的好壞就難說了。」劉二郎應著。

餘瑋一聽有些蔫。「待進了六月就知道。」

六月初，柳家的小飯館重新開張，改成了火鍋店，當天劉、餘兩家皆去祝賀了一番，場面甚是熱鬧喜慶。

柳家的火鍋店生意好不好，劉、餘兩家不知道，卻知道才剛進六月下旬，光是東城這邊，就已經有了好幾家大小不等的火鍋店，貓兒胡同前面那條街的火鍋店，生意還是很不錯的，上下兩層的酒樓改的，佈置得很是巧妙，裝飾方面也特別不錯，看得出老闆頗費了心思，投了不少成本。

「還真讓妳給說中了。」見沒生意，餘氏就湊了過來說八卦。「也不知柳哥那店的生意如何。」

季歌笑著道：「應該不會太差，比小飯館可能要好點。」

「真這樣的話，柳姊好歹也可以鬆口氣。」餘氏嘀咕著。

第四十一章

七月豔陽高照，日頭遙遙的懸掛高空，散發著一陣陣的熱量，風拂曉而過帶著灼人的溫度，天地如同一個大烤爐，正午這會兒，街道上鮮有人行走，偌大的縣城比起往日要少了幾分喧囂，多了些許寧靜安詳。

雖將窗門全部敞開，屋裡依然悶熱，更別提躺床上睡午覺，季歌沒了法子，只好把竹榻挪門口，擱窗戶底下，溫熱的風穿堂而過，稍稍的要舒坦些。完全沒有想到，縣城裡的炎炎夏日會這般熱，清岩洞的夏日白天有些熱，可到了晚上，還得搭件薄毯子呢。

用心經營今、明兩天沒接活，劉大郎三人回清岩洞買糧食，可能是上半年雨水不是很多，六月進山時，山裡的木蓮還未徹底成熟，七月去應該便差不多。季歌準備做兩種果醬，用梨子和杏，這兩種水果比較便宜，到時候就鋪一層在涼粉上，味道比放果脯要美味些，牛奶布丁上面也可以鋪一層。

縣城這麼熱，季歌琢磨著，涼粉可以賣到七文錢一碗，為此她還特意去買了碗，帶碗端回家十五文一碗，還碗回來時會退還八文錢。又是一項低成本、高利潤的買賣，就是時間有些短，只能賣堪堪兩個月。

啪，啪，啪——伴隨著拍門聲響起的是餘氏的聲音。

窩在東廂屋裡打絡子的阿桃，連忙停了手裡的活，快步出了屋，打開了大門。「餘嬸。」

季歌在窗下張望著，逆著光她的眼睛微微眯起，秀眉輕蹙。「餘嬸還沒到時辰吧。」想起要頂著大太陽趕往東市的小販道，她整個人都有點不好了。

「沒呢，出門時我瞅了眼，還差一刻，熱得慌不好睡，索性就過來了。」餘嬸沿著屋簷慢悠悠地走著，邊走邊搖著手裡的扇子，進了屋，見季歌窩在竹榻上，她嘀咕著。「今年要格外地熱些，雨水也不多，估摸著糧食該漲價了，這竹榻在舊貨區裡淘來的？多少錢啊，讓阿瑋也淘張回來，夜裡還好，白日裡往床上一躺跟個火爐似地燙。」

阿桃去了趟堂屋，倒了杯涼開水遞給餘氏，見沒什麼事，便回自個兒屋裡繼續打絡子。

「剛來的時候在舊貨區裡淘來的，多少錢還真給忘了，不貴，挺划算的。」季歌懶洋洋地靠著牆。「餘嬸您坐竹榻上吧，這邊有點風。」

餘氏喝著水，眉開眼笑地說：「阿桃在這邊住了幾個月，變化可真大，瞅著日後得比妳高半個腦袋呢。」

「就這麼一個妹子，總得要顧著些。」季歌抿著嘴笑，心裡也挺鬆快的。

未時初，季歌叮囑了三朵和阿桃兩句，拿了帷帽和餘嬸去東市的小販道。這段距離說長不長，說短也不算短，平日裡不顯，這會兒走著，卻覺得有點難捱。

「見鬼的天氣，整個六月就落了兩場雨，將將濕了個地面。」餘氏扇子搖得啪啪作響，拿出帕子抹了把汗，又一次加快了步伐。

季歌戴了帷帽多多少少能遮些日光，走得就慢些，沒幾步的工夫，她就落餘氏的後頭了，餘氏慢半拍地反應過來，停在了不遠處的屋簷下。「大郎媳婦妳甭磨蹭了。」

「您腳下都生風了，跟個車輪子似的。」季歌笑著打趣，又道：「走快了也不好，讓阿瑋給您做頂帷帽唄。」

「一把老骨頭要什麼帷帽，平白添了笑話，哪像妳啊，水靈靈的小媳婦，自然要注意些。」說是這麼說，餘氏步伐到底放慢了些。

兩人說說笑笑的，轉移了注意力，倒也沒覺得有多熱。

以往熱鬧的東市，零零落落的人潮堪堪不到往常的三分之一，小販道更甚，一眼望去，就三三兩兩的人在行走著，多半都是空攤，湊一塊兒嗑瓜子、聊八卦。

將攤子從寄放處推了出來，餘氏拿了水壺喝了兩口水，搬了個凳子往隔壁攤子湊。「這生意啊，要減少嘍，欸，晚上擺夜市攤嗎？」

「撐不住吧。」天熱又悶，季歌有些蔫蔫的，提不起什麼勁。「白日裡擺了攤，晚上還去，一天下來得折騰得夠嗆。」如今家裡的錢財還算有餘裕，她不想這麼拚，沒得把身子骨拚垮了。

餘氏想了想，又道：「要不，咱們下午別擺攤？」

「不行。」季歌搖了搖頭。「晚上擺攤的話，大郎肯定會陪著我，沒活的時候還好，忙了一整天，晚上又睡不夠，這樣下去可不行。」

「喔。」餘氏若有所思地點著頭。「妳家那口子可真疼妳。」

季歌看著餘氏，問道：「餘嬸您想去啊？」東市過去兩條街，有個小東市，夜裡很是熱鬧繁華，那塊是有名的風月場所，三教九流、達官貴人都有，又雜又亂。

「我一個人去也沒意思。」餘氏嘀咕著。「算了，就白天擺著吧，過了這個七月就會好些了。」

「錢財什麼的，還是身子骨要更重要些，看病抓藥多費錢啊。」季歌安慰了句。

餘氏連連點頭。「我家那口子啊，病著的那一個月，就掏空了半個家，後來他知道這病也只是拖日子，就……就一狠心自個兒去了。」雖只是略略說了句，餘氏卻忽地紅了眼、哽咽了聲音，心裡酸得不成模樣。

「都過去了，餘嬸，都過去了。」季歌不知道要說什麼好，伸手輕輕拍了拍餘氏的肩膀。「阿瑋和秀秀如今多有出息，往後啊，會更有出息。」

「這倒是。」餘氏低著頭，直接捏著衣袖擦了擦眼角。「我啊，最慶幸的就是咬著牙，帶著他們兄妹倆搬來縣城謀營生，剛開始日子是過得很清苦，慢慢地就好起來了，也是遇著了你們一家，沾了些福氣。」

季歌不好意思地笑著道：「餘嬸快別這麼說，什麼福氣不福氣，是餘家該有這運道。」

餘氏聽著樂呵呵地直笑。

現在酉時末天色才會完全暗透，因著下午沒什麼生意，收攤的時間便延遲到了酉時過半，六點左右才歸家。三郎酉時就放了學，揹著個小藤箱過來，有生意的時候，幫著做生意，沒生意時，捧著書溫習夫子白日裡教的內容。小小的人，就算是坐在矮矮的板凳上，腰桿也挺得筆直，一身竹青色的衣裳，白白淨淨的臉，眉清目秀，一眼瞅著，真有幾分賞心悅目之感。

兩個攤的吃食都賣完後，兩家收了攤往回走。日落西山，天邊的晚霞漂亮得有些迷眼，在屋裡窩了一下午的孩童們，可算是解放了，嘻嘻鬧鬧的笑聲都傳出好遠，炊煙裊裊讓晚風輕輕一吹便散了，香味瀰漫在空氣裡，勾得路上行人越發地腳步匆匆，恨不得一腳就能踏到家裡。

只有四個人吃飯，少了兩個大的幾乎可以省一半的口糧，晚飯是兩菜一湯，夏天雖熱，蔬菜、瓜果種類繁多也便宜，每天都不重複地吃，別有一番愜意在裡頭。

比起清岩洞的家，縣城的院落裡少有蚊蟲，晚間乘涼時最是舒爽不過了。夜空布滿著星星一閃一閃，彎彎的月亮散發著柔和的光，有晚風輕拂，手裡的扇子慢慢搖著，桌子上是切好的甜瓜，每人一根竹籤，季歌跟三個孩子講七仙女的故事，有些情節不記得了，她便胡亂地扯啊扯，逗著孩子們哈哈直笑。

偷得浮生半日閒怕也不過如此了。

隔日傍晚，劉大郎三人緊趕慢趕總算趕在城門關前返回了松柏縣，黑黝黝的臉曬得通紅，好在精神都不錯，咧嘴大笑時，被膚色一襯那牙齒就更顯白了。

吃過飯、沖了涼，三朵和阿桃纏著季歌繼續講故事，連三郎都眼巴巴地望著，大郎和二郎一頭霧水，就兩天沒歸家，怎麼就跟不上節奏了呢。

季歌沒了法子，只好硬著頭皮講另一個七仙女的故事，現代有關七仙女的電視劇版本好幾個，她把自己記得的湊成一個故事，見兩個大的也聽得津津有味，她生出一股莫名的羞澀感，節操揮揮手不帶走一絲雲彩。

故事講完了，大夥兒意猶未盡道了晚安，心情愉快地回屋睡覺，季歌想死的心都有了，那兩個大的看她的目光，分明在說著——才發現妳這麼會編，比說書先生還要厲害！

屋裡，大郎和季歌笑鬧了會兒，便雙雙躺到了床上，大郎拿著扇子慢悠悠地搧著。「媳婦，我們去了趟柳兒屯。」

「正在忙著收成的事吧。」七月正是夏收的季節。季歌挪了挪身子，對著大郎了然地笑道：「是不是還有別的事情？我一琢磨就懂了。」

劉大郎低頭在媳婦嘴上啃了口，笑著誇她。「媳婦最聰明不過，買了兩斤五花肉還有一根筒子骨、一條魚。」說著，頓了頓，又道：「去的時候，一朵正在家裡，拿了一百文給她。」

「妞妞還好吧？」季歌雖有點膈應一朵，可自家丈夫是個好的，看在他的面上，也不能死揪著這事。「這個七月地裡活多，是得吃好點，否則，就難捱了。」

「都挺好的。」端午回季家，丈母娘催得急，劉大郎沒見著大妹，心裡一直牽掛著，這回見著了，算是鬆了口氣。看著一朵是黑了些也瘦了些，精神卻還好，略感惆悵的是，兄妹間比過去要生分了點，好在一朵到底是把話聽進耳朵裡了，他問起有倉時，她也會笑著應幾句，聽來比往常要顯親密些。

說了柳兒屯後又談起清岩洞，每次回清岩洞時，家裡總會備些糕點、果脯帶回去給相熟的人家，這次回來，那幾戶人家也回了不少自家做的吃物，地瓜乾、地瓜曬製成的粉絲、各種醃製品、樹上結的果子、辣椒醬、雞蛋、麵粉等等，雜七雜八的東西還不少呢！

關於清岩洞發家致富這事，季歌實在想不出好的點子，便讓劉大郎帶話給村長和里正，清岩洞山多地少，可以多種些果樹，同時還把做果醬的法子書寫好，交給了村長和里正。果醬存放妥當的話，七、八天沒問題，到時候可以找著買家，兩人一組輪著出山送貨，由村長和里正組織好，村裡人多倒也不會太辛苦。

還有一個法子就是人工培植蘑菇，她曾在網上略略查過這件事，後來覺得這事比較費勁，她就把這擱腦後了。季歌把自己記得的一些粗略的步驟書寫好，讓大郎帶給了村長和里正，能不能培植出蘑菇，就得看村裡有沒有這方面的天才了，反正她是沒有這個頭腦，琢磨不出來。

村長和里正收到這兩張方子，特別地激動興奮，直拉著劉家兄弟的手說，倘若人工培植蘑菇這事真的被村子裡的人搗鼓出來了，到時候讓他們也回來，定會手把手地教會他們。還說，往後村子真的紅火起來了，他們兩個必有重謝，感激的話說了很多，還許了不少諾言，說整個清岩洞會記著劉家的恩情，說得劉家兄弟恨不得拔腿就跑。

季歌聽著大郎的述說，想像著村長和里正的說話神態，歪在大郎的懷裡，樂哈哈地大笑著，真的很開心，能夠幫助他人真是件快樂的事情呢！

有了涼粉果，次日一早忙完糕點後，用心經營沒有接到活，便讓二郎看著攤子，季歌和大郎做了一盆涼粉，盛了三大碗出來，添上美味的果醬，大郎送著涼粉到糕點攤，季歌則帶著阿桃和三朵去大康胡同串門子，和瑩姊說了半個時辰的話；又去了天青巷，和花伯、花嬸聊了大半個時辰，近午時才歸家；吃過午飯後，又端著涼粉去了小楊胡同送給了餘家。

托天氣的福，果醬涼粉賣得很不錯，也算是個新鮮吃食，就是那碗，總有人忘記還回來，或是摔碎等等，季歌不得不多買了兩疊碗回來，那碗抵八文呢，倒也沒虧錢，還能從這裡掙個一文半文的。

熱了大半個月，七月下旬老天總算捨得下雨了，雨勢還不小，嘩啦啦地下了整整一個下午，臨近傍晚才慢慢停歇，雨後的空氣，特別的清新涼爽。好在這雨下得還算早，季歌正準備做糕點呢，一見這雨，遲疑了一會兒，想著還是等雨停了再做吧，就怕雨不停，下午不能擺攤，糕點全賣不出去，多可惜。

雨剛停，餘氏就過來敲門了，兩人匆匆忙忙把寄放的攤子推回了家。剛剛回家呢，還沒一刻鐘，又飄起了淅淅瀝瀝的小雨，也不知這天是怎麼回事，季歌看著時辰，三郎快放學了，他的藤箱不算小，平日裡會擱把油傘在裡面，倒也不用擔憂；就是大郎和二郎，今天接了活，沒有細說，不知道是什麼活，這麼大的雨都沒回家，應該是在室內。

一會兒回來了定會淋著雨，這般想著，季歌疾步去了廚房，生了小灶的火，想煮些薑湯，一會兒讓家裡每人都喝上一碗，在這樣一個時代，注意點總是好的。

一場雨落下，跟個火爐似的天氣，氣溫總算稍減了些。剛進八月，又落了場雨，帶了些許涼意，最是酷熱難耐的日子算是捱過去了，總覺得這人呀，精神勁頭都好了不少，飯都能吃多半碗。

夜裡躺在床上倒是不用搖扇子了，季歌數了數木匣子裡的銀兩，擰著秀氣的眉頭，蔫蔫地道：「大郎，咱們七月份少掙了一兩多純利呢，好在涼粉挺給力，有五兩多純利，就是果子太少，果子夠的話，少說也得掙個七、八兩。」回一趟清岩洞不容易，七月初把成熟的果子全摘回來了，七月中旬又回了趟，出山的時候，路周邊的山裡也清了遍。

媳婦這邊的買賣掙了近九兩銀子，他這邊掙了三兩多。劉大郎笑著拉起媳婦的手。「七月裡掙得還多些呢，八月應該也差不多，九月就不能賣涼粉了。」

「十幾兩呢，比咱們預想的要好多了。」看著一錠錠的銀子，季歌怎麼看怎麼可愛。「等哪天沒接活，你看著攤子，我帶著三朵和阿桃去逛逛街，得給每人添身秋衣呢，還有些日常瑣碎也要置辦。」

劉大郎應道：「後天沒活，讓二郎看著攤子，我陪著妳們去。」這樣穩妥些。

「也好。」季歌笑嘻嘻地應了。

擱了錢匣子，滅了燈，夫妻倆在床上鬧騰了會兒，才相擁著沈沈睡去。

八月初八，一個特別好的日子，瑩姊連亮亮都沒有抱便風風火火地跑了過來，歡喜地跟季歌講，她家男人回來了，這次啊，掙了不少錢呢！最後要走的時候，她又道，八月十二日都過來大康胡同吃飯，咱們幾家好好地熱鬧熱鬧，介紹著幾個男人相互認識認識。

吃晚飯的時候，季歌把這消息說了出來，大郎興致不是很高，隱隱帶了些焦急，商隊回來了，他還沒有想出一個好法子來，難不成，真的得留在家裡？可他又有些不甘心，多難得的機會啊，就這樣錯過了，往後家裡還得靠媳婦撐著，他不想這樣，一則媳婦太累了，他心疼，二則他是個男人，應當讓他來撐著門戶。

季歌把大郎的情緒看在眼裡，不用細想就能明白他在焦慮什麼，等到夫妻倆獨處時，她笑盈盈地抱住了大郎的脖子，懶洋洋地倚在他的懷裡。「看你這眉頭皺的，都能夾死蚊子了。」

「媳婦。」劉大郎心裡很亂很亂，就好像有一股力量，在將他扯成兩半似的。他把媳婦摟在懷裡，貼著她嫩嫩的臉，翻騰的情緒才略略有所緩解，覺得好受了些。

「你都決定了，想跟著商隊跑貨就去唄，多見見世面也是好的。」經過兩個月的深思熟慮，季歌已經有了充足的心理準備。

劉大郎搖著頭，聲音沈悶，像是直接從胸膛裡蹦出來一樣。「我和二郎都走了，家裡就剩妳一個大的，這樣不行。」

「還有餘嬸在呢。」季歌想，人都是被逼出來的，她倒是不怕，畢竟她可是從現代過來的，曾當過女強人。「你們仨跟著商隊跑貨，讓餘嬸和秀秀搬過來住，正好做個伴，這樣就沒問題了。」

「也對。」劉大郎一想，覺得挺好的，抬頭看著媳婦，忍不住捧著她的臉，狠狠地親了口。「媳婦啊，妳可真好。」

季歌笑得眉眼彎彎，心裡頭甜滋滋的。

落在心頭最緊要的一件事被媳婦三言兩語地解決了，劉大郎很是亢奮，撲著媳婦鬧騰了足有一個多時辰才罷手。「媳婦等我掙了錢，妳就可以輕輕鬆鬆地過日子。」

「給我買丫鬟、婆子嗎？穿綾羅綢緞，戴金銀珠寶？」季歌笑嘻嘻地打趣。

劉大郎卻是聽進心裡了。「對！」他覺得，媳婦就該過這樣的日子，他會努力掙錢的！

「呆子。」季歌捏了一把大郎的手臂。「我啊，不眼饞這些，只要你好好的，家裡人都好好的，生活安安穩穩、有吃有喝、有點餘錢就夠了。」

「我會對妳好，這輩子就對妳一人百般好。」

實在是太歡喜了，季歌連笑不露齒都給忘了，咧著嘴笑得美滋滋。

第四十二章

八月初十這日下午，太陽將將要落山時，三朵和阿桃正準備張羅晚飯，聽見敲門聲，擱了手裡的活，湊到門前細聽了會兒，知道敲門的是一朵夫妻，趕緊打開了大門迎著他們進屋。

在堂屋裡坐了會兒，閒說了兩句，一朵說想去季歌擺攤的地方看看。三朵和阿桃面面相覷，最後決定由三朵領著人去東市。

只剩一份玉米發糕，季歌有些餓了，便把玉米發糕一分為二，邊吃著一半邊拿一半去了隔壁的攤子。「餘嬸吃發糕。」

「怎麼自個兒吃上了？」餘嬸納悶地問了句，伸手接過她手裡的發糕，側頭瞄了瞄。「賣完了？」

季歌點著頭。「有點餓，剩一份發糕就自個兒吃著唄。」吃完了，拍了拍手，又道：「我把攤子拾掇拾掇，一會兒過來和您嘮嗑，時辰還早著呢。」今兒個是難得地生意好，才提前收攤了。

「日頭才剛落山。」餘氏嘀咕著，正好來了生意，三兩下吃完發糕，等忙完了生意，季歌那邊也拾掇好了，搬了個凳子坐過來，她見著了，便問：「肚子還餓嗎？再墊兩個油炸吃食吧。」

「不餓了。」季歌擺了擺手。「您這也快賣完了，要不要再炸些？」

餘氏搖頭。「早賣早收攤，一天天跟個陀螺似的，沒個停歇，也該偶爾輕鬆輕鬆。」說話時，餘眼瞄見個身影，她咦了聲，推了把旁邊的季歌。「三朵朝這邊過來了，妳瞧瞧是不是我錯眼了。」

「沒呢。」季歌應了聲，語氣略有些淡。「應是給一朵帶路。」上回來縣城時，可沒想著要來攤子前看看，這回怎麼就尋了過來？莫不是有事？若真是有事態度才這麼熱絡，想想就挺膩味的。

三朵眨了眨漂亮的杏仁眼，露出一個怯怯的笑。「大嫂。」喊完，她挪著小步伐一點點地往大嫂身旁蹭。

「大哥，一朵姊。」季歌伸手把三朵攬在懷裡，這孩子，膽子也太小了點。三朵依在大嫂的懷裡，滿心的忐忑瞬間消失，咧著嘴喜孜孜地笑。

一朵看著季歌，抿了抿嘴，微微垂眼，喊道：「大嫂。」

「大妹。」季有倉略顯拘謹地喊了聲。

餘氏瞅了眼，本來想打聲招呼，見這情況，她默默把話嚥回了肚裡。難得見大郎媳婦這般模樣，也不知這兩口子做了甚事。

周邊熱熱鬧鬧，嘈雜聲此起彼伏，攤子旁卻靜悄悄的，氣氛凝滯摻著說不出的尷尬。

還是季有倉忍不住了，甕聲甕氣地說道：「娘讓我倆過來，說二弟相中了個姑娘，想在十月裡把婚事張羅了。」

「喔。」就為了這事嗎？季歌心裡想著，又問：「具體是什麼日子？」一般都會在農閒時張羅婚事，這點常識她還是知道的。

「還沒定好。」季有倉尷尬地答。

季歌見有人往攤子這邊過來，起了身牽著三朵的手。「去我的攤子說話吧，別擾了餘嬸的生意。」

一朵剛剛還疑惑著，難不成兩家合用一個攤，聽了這話才明白，應是兩人湊一塊兒嘮嗑呢。見攤子收拾得乾乾淨淨，她問了句。「糕點賣完了怎麼不收攤？」

「等餘嬸呢，平日裡兩家是一起擺攤、收攤的。」季歌拿出小板凳。「你們在這兒坐會兒，我去隔壁菜市看看。」

「隨便吃點就行了，不用太客套。」一朵起身阻止。

季有倉也站了起來。「不用費事。」

「一朵姊回娘家，哪能隨便招待？回頭大郎準得說我。」季歌溫和地回了句，看向身側的三朵。「跟我一道去買菜？」

三朵抿著嘴連連點頭。

季歌牽著三朵胖乎乎的小手，對著一朵和季有倉淺淺地笑了笑。「一會兒便回。」

餘氏邊做著生意邊豎起耳朵聽隔壁的動靜，見大郎媳婦牽著三朵往菜市走，她挑了挑眉，無聲地詢問。

「買點菜。」季歌笑著說了聲。「回來時，您這應該就能收攤了。」

「沒事，我等著。」餘氏樂呵呵地應，暗暗嘀咕著，等明兒個是不是該尋個時間探探這裡頭的八卦？

靜坐一旁的一朵，見季歌和餘氏間的交流，眼裡飛快地閃過一絲黯然。

季有倉好不容易才娶了個媳婦，還是自個兒特別中意的，早先媳婦對他不冷不熱，他心裡挺受傷的，可還是把媳婦放在了心裡。後來，媳婦慢慢地改變了態度，他心裡歡喜得不行，一顆心全落到了媳婦身上。這會兒見媳婦情緒低落，有些蔫，他也跟著有些不對勁了。

「媳婦，妳咋了？」

「沒，沒事。」一朵轉過頭，對著季有倉扯出一個笑。

季有倉想讓媳婦高興點，便小聲地道：「我把攢著的錢全帶在了身上，明兒個咱們回家前，先逛逛，妳想買什麼我都買給妳。」除了忙地裡的活，稍有空閒的時候，他也會到鎮裡做短工，或是到地主家做粗活，或是編些竹簍、竹籃等，想著各種法子掙錢；眼下還未分家，掙到的錢得交給娘，偶爾他會偷偷地瞞下一點，攢著攢著也快有兩百文了。

每次丈夫攢了錢在手裡，睡覺前，總會樂滋滋地告訴她，因此一朵很是清楚丈夫有多少私房錢。見季歌戴著銀簪還有耳墜，白淨的手腕上還套著個銀鐲子，她有些眼饞，大半年沒見著，阿杏白淨了不少，更好看了，穿著打扮都大不同；再看看她自個兒，膚色偏黑，經風吹日曬失了細膩嫩滑，一雙手常年勞作，既難看又粗糙。

一朵抿著嘴，趕緊將雙手藏進了衣袖裡。她突然想起頭一回見著阿杏，比她矮半個頭，身板略顯單薄，膚色蠟黃偏黑，一身衣裳漿洗多次早就失了顏色，東一塊補丁、西一塊補丁，雖如此卻拾飭得很是乾淨整潔，精神勁頭還不錯，一眼看去，就覺得是個樸素的好姑娘。

爹娘走得早，依著家裡的情況，說不定大哥和二郎就得共用一個媳婦，下面還有三個弟妹要顧著，這個姑娘必須要選妥當，稍有差錯，說不定整個劉家就全完了。一朵遠遠地打量了番阿杏，又悄悄地詢問了下周邊的人家，都說這姑娘不錯，她才下定決心同意換親。

轉眼兩年過去，一朵是作夢也想不到，阿杏會給劉家帶來翻天覆地的變化。當時比她還不如的小姑娘，短短兩年間，就遠遠地超過她，連個頭都趕上她了。一時間五味雜陳，其滋味一句、二句地還真說不全。

「媳婦？」半天沒等到媳婦的回應，季有倉伸手推了推。

一朵自思緒裡回神，看了眼身旁的男人，想起他剛剛說的話，又垂下了頭。「咱倆的錢湊一塊兒，怕也買不起一對耳墜。」連她自個兒都沒有發覺，語氣裡隱隱含著一分埋怨。

她自己沒有季歌那等本事，掙不來錢，又起了比較心思，下意識地便把情緒推到了自家男人身上，倘若他有掙錢的門路，她也就可以抬頭挺胸地回娘家了。無形中，原是因自己犯的錯，不知要怎麼面對季歌，卻被此時的情緒影響了，思維不知不覺就被帶偏了。

季有倉臉色猛地僵住了，他囁嚅著，過了會兒才小聲地道：「等農閒的時候，我多接些短工粗活，年底就可以買對耳墜給妳了。」

沈默了會兒，一朵看著泛白的衣袖。「買盒香脂就行了，餘下的錢，給妞妞扯點布做件小襖。」妞妞的衣裳全是她的舊衣改做的，忽地想起剛剛看見阿桃，一時她還真沒認出來，心裡湧出陣陣酸澀，同時自內心升騰起一個強烈的念頭來。「有倉，要不，咱們也搬來縣城謀生吧？」

「爹娘不會同意的。」季有倉想也沒想地回答。還沒分家呢，怎麼可能搬來縣城，他們搬走了，家裡就少了兩個主勞力，地裡的活要怎麼辦？

一朵激動的心情，瞬間就消沈了，腦海裡幻想了一半的美好前景也戛然而止，壓低了聲音，不滿念叨著。「守著那點田地能有個甚出息？等著兩個小叔成親才分家，黃花菜都要涼透了！」

「媳婦。」不明白媳婦怎麼突然就生氣，季有倉茫然地看著她，眉宇間透著幾分無措。

見他這副模樣，一朵有些看不上眼，覺得特無力，垂了眼低頭看著地面，抿著嘴不說話。

季歌拎著菜牽著三朵，回到攤子前，敏銳地感覺到氣氛有些古怪，她看向大哥，這憨漢子一臉的焦慌，這是……鬧口角了？「大哥，一朵姊，我買了點瓜子和酥糖。」

連三朵都看出來了，大姊不開心，她大著膽子，打開了酥糖的油紙包，遞了塊糖到大姊的跟前，軟聲道：「大姊吃糖，甜甜的糖，香香的。」

「大哥，你也吃點。」季歌抓了把瓜子遞給他。

過了會兒，一朵才抬起頭，對著三朵笑，伸手捏了捏她的臉，心想三妹養得可真好，這小臉比妞妞的還要白淨軟嫩。「大嫂這攤子挺掙錢的吧？」話未經過腦子便脫口而出了。

「還行，每季得交四百文雜稅，再扣掉成本，也就僅夠顧個溫飽了。」頓了頓，季歌又道：「好在妳大哥那邊生意不錯，否則也撐不起這個家。」

「大姊，我和阿桃也能掙錢了。」三朵笑得眉眼彎彎，眼睛亮晶晶的。「一個絡子一文錢。」

一朵伸手揉揉三朵的頭頂。「三朵可真厲害。」眼神卻有些飄忽，酥糖吃得有點心不在焉。

「餘嬸您也吃點。」季歌拿了酥糖和瓜子去了隔壁攤。「也快賣完了，三郎差不多要過來了。」

話音剛落，就見三郎遠遠地走來，三朵最先發現，她拿著一塊酥糖，顛顛地跑了過去，特別地開心，響亮喊著。「三郎，吃酥糖。」

一朵側頭望去，滿臉的驚訝掩都掩不住。這孩子真是她的三弟嗎？

「大姊，大姊夫。」三郎走近了些，緩緩悠悠地喊了人。

季有倉也有些反應不過來，這、這、這三郎比村裡的那個童生，還要更像一個讀書人呢！那感覺他不知道要怎麼形容，透了幾分敬畏，對讀書人特有的那種情緒。

「三郎，真是你啊。」一朵腦子打結，都有點不會說話了。讀書雖說燒錢，可這讀了書真真是不一樣啊，才大半年的光景，往後不得有大出息了。

三郎跟個小大人似的，笑得特含蓄，溫溫和和的。季歌看著卻想笑，她是見過元小夫子的，三郎這小傢伙，大約是特別崇拜元小夫子，下意識地就朝著他模仿學習。

「我這邊可以收攤了。」餘氏扯著嗓子嚷了句。

「欸。」季歌應著，對著身旁的人道：「咱們回家吧。」

一朵見三郎幫著推小攤車，想要開口說點什麼，話到了嘴邊想起年初那不甚愉快的場面，硬生生地把話吞回了肚裡，不大痛快地伸手拍了把丈夫。「你幫著大嫂推一把啊。」連這點人情世故都不懂。

「大妹我來推。」季有倉走了過去，他積年累月地勞作，自有把力氣，推著小攤子很是輕巧。

季歌也沒多說什麼，待拐彎的時候，幫著餘嬸搭了把手，一路也沒什麼話，沈默地回了貓兒胡同。

聽到拍門聲，阿桃趕緊打開了大門。「姊，你們回來了。」

「大哥、一朵姊你們先坐會兒，我去張羅晚飯，大郎和二郎估摸著也快回來了。」擱好小攤車，季歌把菜拿了出來往廚房走。

一朵本來想去廚房幫著打下手，可看了看三郎，她又想跟三郎多說說話，見阿桃和三朵跟著進了廚房，想著她去不去也無所謂，便抬腳跟上了三郎。進了三郎的屋，見到他的小書桌，驚嘆地道：「這都是你寫的字啊？可真好看！」

「差遠了。」三郎謙虛地應著，這是實話。

一朵聽著，連連誇道：「寫得很不錯了，村裡的童生寫得都沒有你這字好。這還不到一年的光景呢，三郎你有這個靈氣，對！老人常說的，你啊，就有這個讀書的靈氣，可得好好讀書，別被雜七雜八的瑣碎事分了心，這是咱們劉家列祖列宗給的福氣，要珍惜，用心努力地讀書，往後啊，給咱劉家爭光，爹娘泉下有知，不知道有多高興呢！」

「大姊莫這麼誇我。」三郎垂眼，把藤箱裡的書本紙筆一樣一樣仔細地拿了出來放到桌上。

「沒誇，我這說的是實話。」一朵笑得一臉喜氣。「等你外甥長大了，也讓他來跟著你讀書識字，沾沾靈氣，往後有個好出息。」

三郎愣了愣，平靜地道：「將來外甥真想讀書識字，我自是會教的。」頓了頓，又說：「大姊我該練字了，妳先出去吧。」

「欸，好，會吵著你是吧，我知道，我懂得，我先出去了，你好好練字、好好讀書。」一朵笑嘻嘻地出了屋，還很體貼地合上了屋門，見丈夫呆呆地坐在屋簷下，三步併成兩步走了過去，心情極好的把剛剛的事說了番。

季有倉聽著樂呵呵地笑，憨憨地說：「咱們兒子還沒個影呢。」

「說什麼呢。」一朵不大高興地嘀咕著。「說不定我肚子裡就懷了個呢。」說起這事，她突然想到，阿杏都嫁過來兩年多了，怎麼一點動靜都沒有？莫不是身子骨有什麼問題？當初常嬸子說得明明白白，阿杏來了初潮後才麻利地換了親，十四歲才來初潮雖是晚了些，也沒什麼大問題，這兩年劉家日子好起來了，吃得也好，瞧著面色紅潤，怎麼這肚子就沒動靜……

家裡有人，大門便敞開了半扇，大郎和二郎推門進了院子，一眼就看到坐屋簷下的兩人，大郎略感驚訝。「一朵，有倉。」

「大哥、二弟，你們回來了。」一朵自思緒裡回過神來，起身笑著打招呼。

二郎不鹹不淡地喊了人，見攤子裡堆的工具沒有清理，俐落地收拾了番，拿著往後院走。

「聽大嫂說，你們現在的生意還不錯。」一朵走了過來。

聽見一朵的稱呼，大郎手裡的動作頓了頓。「還行吧，有幾個月了，攢了點名聲，大活接不著，小活還行。」

「大哥，我想著，等農閒的時候，能不能讓有倉也跟著你們做活？」

大郎聞言，一臉歉意地道：「一朵啊，這事我也不好說，我們可能過段日子就得跟著商隊出遠門天南地北地跑貨。」

「怎麼回事？」一朵睜大了眼睛，一頭霧水地問。

「現在也不是很清楚，瑩姊初八的時候過來邀了飯，等十二日那天邊吃飯邊細說這事。」大郎留了個心眼，故意把話說得含糊。主要是，倘若一朵提出讓他們也帶著有倉一塊兒去，這本錢誰出？可不是幾兩銀子的事情，少說也得二、三十兩，說不定會更多。

一朵聽著垂頭喪氣地喔了聲。

「現在地裡不忙啊？」劉大郎問了句，轉移著一朵的注意力。

「還行。」

劉大郎又問：「過來可是有什麼事？」沒事的話，想來丈母娘也不會讓他們過來。

「二弟相中了個姑娘，娘說想在十月裡把婚事辦了。」說著，停了下，一朵又道：「娘見我許久沒回來，乘機讓我回來看看。」還有一句話，她是說不出口。

季母的原話是這樣的——「妳有段日子沒回家了，這兩天天氣不錯，也沒什麼事，妳回娘家一趟，把有糧的婚事捎個信回去。也快中秋了，他們忙，沒空回柳兒屯，你們倆順道把節禮帶回來，別折騰來折騰去地跑著，淨在路上浪費時間。一舉三得，妥妥的。」

也是見劉家兄弟不年不節的常拎著東西上門，別以為她沒看見，劉大郎偷偷地塞了錢給大兒媳，想想她那憨傻的大女兒，得了，就放著大兒媳回娘家一趟吧，省得因這點破事兩口子生了嫌隙，也算是對得起她逢年過節的孝順，嗯，還有那幾兩銀子。

「有糧要成親了？哪個日子？」劉大郎擰著眉頭想。萬一他和二郎真和商隊出了遠門，到時候有糧成親，就只剩媳婦帶著阿桃回去，他也不放心啊。

一朵答道：「還沒選好日子，只是口頭上說說，得進了十月才知道。」

「喔。」做活的工具都整理妥當，劉大郎起身拍了拍手。「一朵妳先坐著，我去洗洗手。」一身的灰塵，還得沖個涼才行。走到廚房門口時，問道：「媳婦還有多久吃飯？」

季歌知他話裡的意思。「還有一會兒呢，沖涼的時間足夠。」

「行。」劉大郎洗了把手，挑著木桶往外走。去河邊擔水沖涼，兩兄弟正好一人一桶。

廚房裡飄起了濃郁的香味，一朵忽地肚子餓得緊，她扯著丈夫的手進了堂屋，桌子上擺著酥糖和瓜子，她連吃了兩個酥糖，對著丈夫道：「你吃啊，味道滿好，也不知道多少錢一斤。」

「妳喜歡，回去時咱們也買點。」季有倉想，酥糖再貴也不可能要一百文一斤吧，買一斤還是買得起的。

一朵點著頭，拿著瓜子邊嗑邊道：「買回去給妞妞吃。」一家裡但凡有點好的，婆婆都給了兩個小叔，妞妞只能嚐個味，對這事她堆了一肚子怨氣，又不能和婆婆爭論；再說也爭不過，婆婆一口一個賠錢貨，話裡話外都說著女娃就得賤養，有口吃的就行，還想要點別的，純屬作夢！她兩個女兒都是這麼養過來的，一句話，嗆得一朵沒話可說。

「有倉，咱們什麼時候能分家？」一朵唸著這事，不是一天、兩天了，每次女兒受到不公平的待遇，她就想著要分家，分了家錢財握在她手裡，她想幹什麼就幹什麼。

見媳婦又嘮起這事，季有倉有點頭疼，更多的是無措，他弱弱地哄著。「媳婦，都說好了，待弟弟們成親，到時候就能分家了。」

「真沒勁。」一朵連嗑瓜子的興致都沒有了。

就知道，一說起這事媳婦就不高興，季有倉心裡直嘆氣，擰緊了眉頭，不知道要怎麼辦好。

等劉家兄弟沖好涼，季歌的晚飯也張羅好了，三郎擱了手裡的筆，麻利地到廚房端菜、拿碗筷。這會兒的天色帶了兩分灰暗，晚風輕輕吹拂，涼涼爽爽，最是舒坦不過。

晚飯很豐盛，足有六道菜，四葷兩素，全被吃得乾乾淨淨，氣氛還算溫馨。

八月的夜晚，透著兩分淡淡的涼意，因著一朵兩口子，也不大好話家常，一家子在屋前稍坐了會兒，不鹹不淡地說了幾句無關緊要的瑣碎事，便各自回屋歇著了。

東廂上房，橘黃的燈光帶著沁人心脾的暖意，季歌捧著兩只木匣子坐到了床上。左邊的木匣裡是糕點攤的日收益，右邊的木匣一分為二，其中一格是糕點攤暗處的日收益，另一格是涼粉的日收益。每日睡前清點一下日收益，成了她最喜歡做的事情，數著一個個的銅板，心頭滿滿的全是歡喜。

劉大郎進了屋，順手把房門關緊，看見媳婦正埋頭認真地數錢，眉角眼梢都帶著笑，他樂呵呵地走了過去。「今兒個收益怎麼樣？」

「糕點攤掙了六百四十二文，訂製的糕點有兩百零五文，涼粉一百七十文。」數完錢，季歌美滋滋地看著身旁的丈夫。「加上你掙的錢，咱倆今天共掙了一兩銀子有餘呢。」扣除成本，應該也有六百文左右。

「明天把錢換成銀錠。」劉大郎將木匣子拿著擱進了箱子裡，吹了燈躺回床上，伸手把媳婦摟在懷裡。

說起來，季歌還是更喜歡春秋冬三季，這樣被抱著就不會覺得熱了。「大郎，眼看就要到中秋，明天一朵姊他們回家時，順道把中秋節禮捎回去吧。」

「好，明天沒活，留他們吃個午飯，讓二弟看會兒攤子，咱倆去買節禮。」劉大郎說著，猶豫了下，又說道：「一朵跟我說，農閒的時候，想讓有倉來用心經營幹活。也不知道什麼時候會跟著商隊出遠門，我沒有應這事。」頓了頓，沈默了會兒，接著開口說：「我想，倘若商隊那邊暫時不出遠門，有活的話，就帶一帶有倉吧。」

「這樣不妥。」季歌思索著。「真要帶有倉的話，那有糧也不能落下了。」能幫一把就幫一把吧，大哥和二哥看著性子都滿憨實。

「媳婦啊。」劉大郎抱緊了媳婦，滿足地嘆了句。

「做甚？尾音拖得這麼長。」季歌明知故問，擺著張正兒八經的臉。

「心裡高興。」劉大郎湊到了媳婦耳邊，重複著說：「我心裡特別高興。」聲音沈沈的，無比地認真。

季歌裝不下去了，抿著嘴甜滋滋地笑啊笑，只覺得像喝了好幾口野蜂蜜，甜到了心坎裡。

第四十三章

雞起第一聲鳴，劉大郎便醒了，他剛剛起床，季歌也醒了。窗外天色透著青灰，時辰還早得很。

「妳再睡會兒。」昨晚兩口子鬧了兩回才歇覺，劉大郎心疼媳婦，想讓她多睡會兒。

「糕點的活我都會。」

季歌瞋了他一眼。「一朵姊和大哥在呢，比不得往常。」從一朵喊她大嫂，她便知道，從今往後，兩人的關係便是姑嫂。自古姑嫂便不大好處，總透著股微妙，得端端正正地擺著，不能太隨便了，尤其是劉家父母早逝的情況下，看一朵的情況便知道，她一直站在長姊如母的角色裡，就算嫁人了，也沒看透幾分。

前段時間她倆產生了嫌隙，她是全面勝出。大郎雖說，一朵把話聽進耳朵裡了，可她卻隱約地感覺到，一朵走進另一個死胡同裡，本是長姊如母在劉家的地位甚高，家裡家外一手抓，如今，劉家卻是她這個大嫂在掌家，代替了她的位置，也代替了她在劉家眾人心中的位置，這種落差感，加上兩人又起了爭執，想來如今在一朵的心裡，對她這大嫂是沒幾分好印象的。

「她喊我大嫂呢。」見大郎不甚明白，季歌垂著眼輕輕說了句。「她這是回娘家，是劉家的小姑子。」

劉大郎隱約有些懂，細細思量又一頭霧水，不過，向來媳婦說的都是對的，便道：「那等著一朵和有倉走了，妳好好睡個午覺，攤子的事別憂心。」

「好。」季歌伸手撲進了丈夫的懷裡，在他的臉上親了口，眉開眼笑地道：「相公你真好。」一雙眼睛亮晶晶的，像仲夏夜空裡的星星閃閃發光。

劉大郎紅著臉憨呵呵地笑，直接抱著媳婦往屋外走。

「沒穿衣呢，你個呆子。」季歌趕緊出聲，掙扎著想要下地。

「妳穿衣，我去生火。」劉大郎三步併作兩步走回了床邊，將媳婦放下，匆匆地出了屋。

早飯是酸菜肉包，也不能說是酸菜，自家種的青菜，在水裡擱一晚，隔日拿出來炒著吃，脆脆的，和肉末辣椒炒，別有番滋味，很是下飯。

一朵咬了口包子，看著對面的季歌笑。「大嫂這手藝就是好，連包子都做得這麼好吃。」

「喜歡就多吃點，蒸了不少呢。」季歌溫和地應著，神情淡淡。

一朵想起以前，兩人說話時，那氣氛是相當的溫馨，堪比親姊妹，這說變就變了，真令人心寒呢！到底只是表面情，比不得自家的親妹子重要。她到現在仍覺得，阿杏有些小題大做，劉家上無父母，自然是她說了算，能當家作主。季家上面壓著兩座大山，尤其是婆婆又是那性情，她能對阿桃照顧到那分上，也算是盡了心，卻是沒一個人替她想，都覺得她做錯了。

想想也是心寒，想她剛剛嫁到季家，情況都沒有摸清，惦記著家裡的弟妹沒口糧，硬著頭皮讓有倉跟婆婆要了些糧食。她把幾個弟妹看得那般重要，誰知，她這前腳嫁了人，後腳他們就通通變了心，看著阿杏罵她，不僅沒有幫她說話，一個個的在旁邊添火加柴，她的百般好全都餵了狗！

「大嫂。」越想一朵就越心寒，見劉家眾人都捧著阿杏，瞧瞧那穿著打扮，她就覺得特刺眼。父母走後，若沒有她撐著家，弟妹能不能活還是個未知數呢；沒有她換親到季家去，他們現在能有好日子過？半點都不念著她的好，真真是白眼狼。「我這出嫁的姑子，有些話不該我來說，可家裡爹娘走得早，我這長姊也得擔起些責任來，妳看，咱們是換的親，我家妞妞都一歲了，我肚子說不定還揣了個呢，妳那兒怎麼還靜悄悄的？」

季歌吃包子的動作僵住了，臉色忽紅忽白，整個人如同被澆了桶冰水般。

商人嘛，眼睛都比較毒，對人的情緒變化也比較敏銳，她自是察覺到一朵對她的態度轉變，只是沒有想到會變到這個地步，簡直就像變了個人似的，這是受什麼刺激了？按說，她除了神情冷淡了些，也沒虧她些什麼，該做的禮節都盡到位了。

看在大郎的面上，又有季家在裡面，她多少得顧及些，可一朵卻當著全家人的面說這樣一番話！就算她要擺小姑子的譜，也該私底下說才是，當著這麼多人的面，把話說得這麼直白，季歌頓時連表面的客氣都有些維持不住了，尷尬裡挾著羞恥和惱怒。

「一朵怎麼說話的？」劉大郎冷了臉，這算是比較隱私的事情，怎麼可以當著弟妹的面大剌剌地說出來，把媳婦置於何地了？

二郎可沒有大郎這麼委婉。「大姊妳這可是過分了。這是大哥和大嫂的事，大哥都沒有著急，妳跳出來做什麼？」

「依著大哥疼大嫂的勁，就算大嫂生不出來，估摸著也不會說什麼，但這可不行，娘走的時候可是拉著我的手，要我顧好弟弟、妹妹，自古傳宗接代就是件天大的事情，我問問怎麼了？」一朵把手裡的包子擱碗裡，拉長著一張臉說話，心裡氣得不行！看看、看看，她就說了一句，說的還是實情，一個、兩個的都跳出來說話，都來責怪她！

季歌這會兒情緒平靜了，抬頭直視著一朵，淡淡地問：「不知小姑子說這話是什麼意思？」

「大嫂妳也莫惱，這也是人之常情，倘若爹娘在世，都兩年多了，肚子還沒動靜，也會著急，我就是替爹娘說說話而已，倒也沒什麼意思，只是想讓大嫂平日裡多注意著。」一朵見季歌臉色變了，便陰陽怪氣地接了話，心裡倒是有些解了氣。一個個把她當個寶似地捧著又能怎麼樣？一隻不會下蛋的雞！

「一朵妳夠了！」劉大郎的臉色徹底地沈了下來。「妳個出嫁女，都管到大哥屋裡來了，算個什麼事？」

一朵扯著嘴角笑。「對，我是個出嫁女，嫁出去的女兒潑出去的水嘛，難怪，我前腳剛離家，你們一個個的後腳就全圍著大嫂打轉了，把我給扔腦後。道我剛嫁進季家，還天天念著你們，怕你們餓了，怕你們冷著，怕新進門的大嫂對你們不好，頂著婆婆的厭惡，也要討些糧食帶回家給你們，結果你們呢……」

一朵說著說著就哭了起來，哭得特別委屈，特別地傷心難過。「就因為我沒有顧好阿桃？你們也不想想，劉家和季家能一樣嗎？我把自己的衣裳改小了給她穿，讓她吃飽睡好，給她梳頭髮，這還不夠嗎？季家是什麼情況，想來大嫂比我更清楚，我能做到這地步也是很不容易了，你們沒有一個，沒有一個念著我，替我想過！」

季歌聽著一朵的話，聽著她委屈的哭聲，就覺得特別膩味。她看著對面淚流不止的一朵，想起第一次見面時的場景，像夢境一樣充滿著不真實，一個人怎麼能變得這麼快？這麼地徹底？

屋內，因著一朵的爆發，她話落音後，陷進死一般的寂靜裡，空氣帶著窒息感，沈甸甸地壓在每個人的心頭。

沈默，除了沈默還是沈默。

誰都沒有想到，一朵會突然地爆發，每一句話都如一把鐵錘重重地落在了心頭，一聲一聲的指責，伴著委屈的哭聲勾起一段段往事。

「別哭了。」劉大郎深深地嘆了口氣，眼裡有著愧疚。「我說的話，並不是妳想的那個意思，只是妳的話說得也太戳心了些，妳不應該這樣對妳大嫂說話，就算是為了劉家著想，也該私下說這個話題，幾個小的都在這裡，妳這樣說話……」

一朵見到大哥臉上的神色，心裡略略好受了些，緊接著，聽著他後面的話，她的情緒再一次爆發，歇斯底里地吼著。「我不應該這樣說話？那她呢！她對我指責質問的時候，你怎麼不站出來說？當時你怎麼不對她說不該這樣說話?!你們就在後面聽著，聽著她劈頭蓋臉地罵我，你們都聽到了，可你們誰也沒有站出來替我說話，一個都沒有！

「這事是我做錯了嗎？我又不是沒有顧著阿桃，我顧著她了，是大嫂她覺得我做得不夠好。哪裡不夠好了？依著季家的情況，我能做到這分上，哪裡不夠好了？可她覺得不夠，她就捏著這件事，小題大做地說我。什麼姊妹情，全是表面的，一點真心都沒有！就因著這點事，對我冷冷淡淡，她是誰啊？她是劉家的大嫂，我還是劉家的閨女呢，有她這麼當大嫂的嗎？自己的妹子就是寶，半點沒如她的意，她就要生情緒。」

可能是話說得太過用力，一朵的聲音透著濃濃的嘶啞。「我呢！被她說了一通後，你們才出現，不僅不安慰我，每句話都往我心窩子裡戳，說什麼換成了大嫂，大嫂會怎麼怎麼做，說什麼是大嫂撐起了這個家，家裡人心裡都有她。那我呢！你們有誰想過，在爹娘走後，我也曾撐起過劉家，就因為我嫁人了，就是潑出去的水，你們都站在她那邊，沒一個顧念著我！」

一朵原先對阿桃事件所產生的內疚情緒，因這次回娘家大嫂對她的差別待遇、大嫂通身的穿著打扮，以及弟弟、妹妹的不夠熱情，大哥生意上的拒絕，徹底地扭曲成了怨恨。

嫉妒是鸞鶴頂紅，一旦孳生成長，足以毀滅一個人。

「夠了！」季歌實在是聽不下去了，她深深地吸了口氣，努力克制住內心的厭惡，冰冷冷地看著哭成一團的一朵。「我小題大做？我不知道大郎他們跟妳說過什麼，大郎曾跟我說，妳把話都聽進了耳朵裡，我真的以為妳是懂了，看來是我想多了，妳到現在都沒有明白我為什麼會生氣！

「姊妹情誼？妳還真有臉說！說我只做表面功夫？虧妳說得出口！」季歌呵呵兩聲。「倘若妳真把我當成一家人，妳就不會只做點表面功夫。妳記不記得，妳跟我說的是，妳會顧好阿桃。妳是怎麼顧的？家裡的活全讓阿桃幹，妳就帶著妞妞，妳說妞妞還小，妳不能離開了她。如果妳真把咱倆的情誼放在心裡，妳就不會這麼想，有些粗活完全可以讓阿桃幫妳看著妞妞，妳在一旁幹活，讓阿桃能歇歇，妳有這麼做嗎？」

季歌咬牙切齒地看著一朵，向來溫和的臉帶著幾分猙獰。「妳沒有！妳帶著阿桃來縣城的頭一天，妳還讓阿桃給妞妞洗尿布，說句不好聽的話，那是妳女兒，洗尿布的活該妳來做吧？就算妳擔心妞妞，妳可以讓阿桃幫著在旁邊看顧著妞妞，妳有這麼做嗎？妳壓根兒就沒有想過我的感受，妳以為妳做得夠好，我要的不是表面，是想妳給阿桃搭一把手，別讓家裡的家務活都堆在她一個人身上，她還那麼小，早晚會被累垮的，結果妳呢，妳連妞妞的事妳都讓阿桃幫著做！劉一朵我可真噁心妳，虧得妳有臉說妳做得夠多！」

季歌越說越氣憤，尤其是剛剛大郎那愧疚的神情，季歌看在眼裡氣焰立即就漲了一半，就覺怒火在心中翻騰著。「一口一個劉家兄弟沒有顧念妳，妳還真說得出口，也不怕寒了他們的心。妳出嫁時，家裡都窮得揭不開鍋，大郎還給了妳三百文錢傍身，我呢，我什麼都沒有，就兩身破衣服，到了劉家，劉家要什麼沒什麼，全部家當才一百多文。

「妳拿著大郎給的傍身錢，做了身衣裳給我，還送了糧食過來，當時我心裡是真的特別感激，又覺得心酸不已，想著妳可真純善樸實。妳說，大郎寧願苦了自己也要顧好弟弟、妹妹，他是那麼愛護你們。我尋思著，第二天妳回去的時候，把家裡僅有一點拿得出手的好物，又去花大娘家借了兩顆雞蛋湊足十顆給妳，還給了妳一百文，就願妳拿了這些回禮，回到季家後日子能好過些。

「後來家裡稍好些了，哪回沒有顧念妳？只不過咱倆是換親，大郎要顧著我的面子，畢竟我是季家的閨女，不能直接把好的都塞給妳，每回節禮都拿得比較豐盛，就是想讓娘知道，劉家正在慢慢好起來，有個強力的娘家，妳在季家也能好過些。

「還有，嫁出去的女兒本來就是潑出去的水。」季歌這話說得格外冷情。「換成妳，我做錯了事情，妳說我的時候，我大哥護著我，妳心裡會怎麼想？還虧得妳能理直氣壯地嚷嚷出來。覺得委屈了？要我說，妳就是活該！都嫁人了還拎不清。」

哭？哭算什麼，會哭的孩子有糖吃嗎？狗屁！季歌心裡不屑地想。別看她表面溫和，骨子裡卻有著股傲氣，經濟獨立的女孩，底氣足，絕不會委屈了自己。包容？包容是什麼？那是懦弱的代名詞！她心裡其實清楚，只要能稍稍地對一朵包容些，就不會變成現在這局面，可憑什麼要她包容一朵？說到底她是個現代的女性，平日裡看著不顯，真碰著了原則性的事，那深藏的性情才會露出來。

一個事事分得明白，眼裡揉不進沙子，踩到了底線就毫不留情；一個偏偏拎不清，本性卻是好的，只是爹娘走得早，嫁人後，婆婆又沒有指點過她，種種因素下性情越變越離譜。

若季歌是真正的溫和性情，劉大郎定會好生安撫，讓她包容大度些，說到底都是一家人，日子還得往下過，鬧得太僵也不好；可他卻清楚，媳婦是個涇渭分明的，誰對她好一分，她記在心裡，會加倍還回去，好好珍惜著，若誰負了她，真的就不留餘地了。夾在媳婦和妹妹中間，他特別艱難，好不容易安撫好，以為一切都妥當了，沒想到，幾個月後的今天，會變得一發不可收拾。

聽著媳婦的話，看著她臉上的神情，劉大郎是真的感覺到了一種絕望。他要怎麼辦？不可能真的就這麼放任著一朵，可媳婦那邊要怎麼安撫？媳婦太能幹，家裡家外都拾掇得妥當，日子過得有商有量，兩人從未起過爭執，面對媳婦，他內心深處是隱含自卑的，又有著深深的喜歡，恨不得把人融進骨子裡藏著。

他想努力，讓自己變得更厲害點，可以昂首挺胸地站在媳婦面前，護著她，給她一方天地。媳婦對一朵的厭惡那麼明顯，他就算想開口勸說，問題是依一朵現在的狀態，就算他對得住媳婦，除非媳婦能事事都順著依著、徹底地示弱，恐怕一朵才會冷靜下來，可往後呢？都這樣順著依著她嗎？

別說媳婦是不會這樣做的，真這樣做了他也捨不得讓媳婦受這委屈。這人心吶，生下來它就是偏的，天底下沒有誰，能夠做到真正的公平、公正。劉大郎最擔心的是，倘若有一天，真的激怒了媳婦，她會離開，她一個人也能活得很好。這是個很荒謬的念頭，說不清是什麼情緒，可他就有這樣一種微妙的感覺，大抵是，媳婦從未依賴過他，他才會有此想法吧。

第四十四章

「都別說了。」再說下去，這個家都得散了。劉二郎擰著眉頭沈沈出聲。為了能吃飽飯，他小小年紀就在清岩洞挨家挨戶地幫著幹活填飽肚，沒有爹娘在旁教導，他的觀念是透過自己的所見所聞，一點點形成的。雖說清岩洞整體風氣還算不錯，也僅僅只是整體而已，他挨家挨戶幫著幹活，遇見過各種待遇，日積月累他的性情也就略偏涼薄。

之前的劉家，吃了上頓沒下頓，所有的心思全在怎麼吃飽飯上，一家人也沒什麼多餘的交流，也不知道要說些什麼，家常嗎？缺鹽、缺米、鹽油、缺錢……什麼都缺，一座山似地壓在心頭，能不提起就不提起，說得多了能讓人崩潰，活著還不如死了算了。

大嫂來了以後，家裡的日子慢慢好起來，累歸累卻能吃飽穿暖。沒活的時候，她帶著弟妹話家常，也不知道她哪來那麼多話，還會教一些奇奇怪怪的、聽不大懂卻很趣味的東西。回到家中，他整個人是輕鬆的，也不再提心弔膽了。

沒人知道，他也沒說出來過，大哥在外面幹粗活壓力大，可他的壓力也不小，倘若大哥回來得不及時，才剛踏進家裡，就能聽見大姊跟他念叨著，晚飯糧食不夠，最多只能撐兩天；又說不知道大哥什麼時候回來，他得多找些活幹，多掙點口糧。整個清岩洞哪來那麼多活，大多數人家勞力夠，只有少數人家需要搭把手。

如果可以，他是很想出山幹活，離得遠了，看不見家裡的現狀，努力幹活就行，拿了錢交回家，苦雖苦，至少精神上要好過些。可他不能走，他走了，家裡怎麼辦？有時候對回家他會生出抵觸情緒，因為他真的沒有辦法，像一隻困獸，無能為力。

大姊說他們沒有顧念她，這話二郎聽著有點心寒，什麼才叫顧念？為了她能在夫家好過點，他們做的還不夠多嗎？就連大嫂都站在她那邊，想著法子給她撐腰，只怕就是對她太好，把脾氣都給慣起來了。說句不好聽的，她怎麼能跟大嫂比？不說旁的，單指這性子，就壓根兒沒法比！

「一家人鬧成這樣，往後日子還長著，難道老死不相往來？」大哥不便出聲，劉二郎就沒多顧及，到了這地步，總得有個人出來擔著。大姊不會懂，劉家人都喜歡大嫂，並不是大嫂會掙錢，是她帶來的溫暖，有她劉家才像一個真正的家。

三郎向來是個小大人模樣，這會兒卻是滿臉的惶惶不安。「大姊，大嫂，妳們別吵了，咱們吃包子吧，包子都涼了。」

說到底也才六歲，看著懂事沈穩，可心性上卻還是個孩子。大姊離開的時候，他堪堪才四歲，營養沒跟上，不僅身板弱，連智力也是有點受影響的，整天呆呆的沒有朝氣。大姊嫁了人，家裡來了個大嫂，剛開始他很怕大嫂，慢慢地就不怕了。家裡一日一日發生著改變，他覺得自己是活著的，能跑能跳、能到外面玩耍，他很開心，很喜歡大嫂。

小孩子的世界很單純直白，他們不會深思熟慮，一切都是依著喜好在行事，大姊和大嫂吵起來了，他更偏向大嫂，家裡送他去讀書是很不容易的，他不能只顧著讀書，他得幫著家裡幹活，他是這麼想的，就這麼對大姊說了。這會兒聽著大姊的話，他當日那樣說，好像不是對的，可哪裡不對呢？他不明白。

「不要吵，好不好……」三朵直接嚇壞了，這會兒才緩過神來，眼淚答答地落著，特別地茫然害怕，下意識地抓緊身旁阿桃的手。她和阿桃天天處一塊兒形影不離，漸漸地就對阿桃生了依賴。

大約是雙胞胎的原故，一個聰明、另一個便沒那麼聰明，她也是六歲，相較於三郎，卻如孩童般懵懵懂懂。她不知道大姊和大嫂怎麼突然就吵起來了，卻感覺到氣氛特別凝重，她好害怕，說不清為什麼害怕，就是好害怕。

聽完大嫂和姊姊的話後，阿桃就陷入了無比痛苦的掙扎中。大嫂和姊姊的爭吵皆因她而起，是不是她重回季家，這一切都會好起來？可是想著要離開姊姊的身邊回到季家，她就好想哭，一顆心如同被一雙無形的手狠狠揪著，她都有些喘不過氣來了，不想離開姊姊，不想回到季家，若她不回去，仍留在劉家，她就成罪人了。

「別哭。」季歌嘆著氣，把三朵抱到懷裡，見阿桃低垂著腦袋，她心疼得很，也把她帶到了懷裡。這兩個孩子看著內向，卻都是心思細膩敏感的，她發火的原因之一，就是不想讓一朵的話給阿桃添了心裡負擔，這個孩子已經夠苦了，好不容易才好過些。「姑娘家的金豆子掉多了，就成水了，水是不值錢的。」

「媳婦，喝口水。」季有倉是直接懵了好嗎！這會兒氣氛稍有緩和，他才反應過來，連忙倒了杯水遞給媳婦，然後，手腳無措地立在一旁，他其實也沒搞清楚，好端端的怎麼就吵起來了？

季歌的一番話說出口，一朵就有些蔫了，她自己是清楚的，她確實沒有盡到心，盡力和盡心是兩碼事，說到底她還是心虛的。心虛歸心虛，同時也覺得很委屈，阿杏也太不留餘地了，說變就變了，昨天她那句大嫂其實是帶了試探意味，倘若阿杏不應這句大嫂，說兩句情分話，她就可以借坡下驢，跟她好好地道歉，可阿杏沒有！

又見到阿杏那穿著打扮，下意識就覺得劉家的日子好起來，阿杏就不顧念她，端起了架子，揪著她的這點錯不放過，一點情面也不留，好歹她也是劉家的小姑子，兩人這麼親密的情分說沒就沒了？阿杏做得也過分了些，她才會一腔悔意盡數變成了怨氣。

「包子都涼了。」劉大郎小小聲地說了句，忍不住拿了袖子擦額頭的汗。

八月的天，大清早的，他就冒汗了，想想也挺醉的。

「吃包子。」三朵從大嫂的懷裡站了出來，一手拿個包子，分別遞給了大姊和大嫂，睫毛上還沾著淚水呢，臉上卻帶著笑，一雙眼睛紅通通的，眼眸卻亮亮的，帶著希冀的光芒。

「大姊、大嫂吃包子。」

季歌正要接包子時，就聽見了啪啪啪的敲門聲，特別地急切，伴著花大娘的聲音。

大娘！季歌立即起了身，匆匆忙忙地跑去開了門。「大娘。」餘光看見旁邊的人，愣了愣。「餘嬸。」

「欸，我先過去了，今兒個擺攤要晚些吧？等旁人問起時，我會跟他們說的。」餘氏正在家裡吃飯，隱約聽見從劉家院子裡傳來的嘶吼聲，想起昨日大郎媳婦和一朵夫妻的不對勁，她忙擱了早飯，湊到了劉家院牆外豎起耳朵偷聽了會兒，果然是吵起來了！

她暗想糟了！這一朵分明是針對大郎媳婦，大郎媳婦不會吃虧吧？當時她就想趕過去救場，可邁了兩步又停了下來，心想不對啊，她以什麼立場說話？不行，得找花大娘去，聽大郎媳婦說起來，因花家夫妻對劉家幫助頗多，劉家把花家夫妻是當長輩孝敬的，這節骨眼上請花大娘過去是最好不過了。

想妥了，餘嬸怕自己走得慢，咬咬牙出了錢租了輛牛車，好在大清早的，大街小巷人不算多，一路順順暢暢地就到了天青巷，跟花大娘說了一句，她忙扔了手裡的活，兩人又乘著牛車迅速回了貓兒胡同。

等著餘嬸走遠了，季歌才吶吶地問道：「大娘，是餘嬸喊您過來的？」

「對，她租了輛牛車，說這院子裡氣氛不對，怎麼回事啊？」花大娘輕聲細語地問著，上下仔細打量著季歌。「咱進屋說，這牙齒還有咬著嘴的時候呢，一家人嘛，總有個磕磕絆絆的，妳退一點、他讓一些也就過去了，不要太計較，這樣日子會過不順暢的，妳自個兒跟著也舒坦不起來。」

果然是餘嬸。季歌心裡暖洋洋的，有些人，對她好不一定能得到相應的好，她不會將心比心；可也有些人，她懂得珍惜，她拎得清楚，情分就跟那酒似的，越久越香醇。「好，咱們進屋說。」頓了頓又說：「這事啊，還真得大娘您來。」反正她是沒有那個耐心，想來就算她說了一朵也聽不進去。大娘是長輩，由她細細碎碎地把事順一順，給一朵開導開導，想來會有一定的成效。

日子還得往下過，一筆寫不出兩個劉來，日後還得來往，這局面怎麼著也要把它解一解。現在大娘來了，有她在中間緩和著，就容易多了。

「欸，好孩子。」一花大娘笑得滿臉慈祥，伸手拍了拍季歌的手。

季歌聽著這話，神色略略一僵，認真地道：「大娘，我是不會示弱的。我錯了我擔著，但這事我沒有錯，我不要這大度的名聲，我也不想委屈自己包容誰。」

「妳是我閨女，哪能讓妳委屈了。」一花大娘樂呵呵地笑著。「我啊，會妥當地把這事撫順了。」一來的路上她也聽餘妹子說了說，是挺棘手的，不解決好這事，留了疙瘩，難免會影響到大郎兩口子。說多難也沒有，一朵那孩子也是她看著長大的，本性還是好的，就是一時迷了心罷了。唉，這父母走得早，留下群孩子也是怪艱難的，有點兒磕碰就折折騰騰的，到底是年輕，那股氣性喲，嘿嘿嘿。

季歌見大娘笑得挺開心，一頭霧水地問：「大娘您笑什麼？」

「等你們到了我這年歲啊，回想起這些舊事，準會哈哈大笑。」一花大娘帶著一臉笑意進了廚房。

廚房並不大，坐著一桌人，顯得有些擁擠，花大娘剛走到門口，就見對面的一朵滿臉淚痕、雙眼紅腫，模樣甚是憔悴，她眼裡浮現心疼。「怎麼哭了？」聲音輕輕柔柔，宛如來自母親的關愛。

說完，她便三步併成兩步走到了木架旁，拿起臉盆兌了半盆溫水，端放到一朵跟前的桌面上，邊緩緩地擰著帕子邊道：「哭多了眼睛會疼，來，用帕子擦把臉，再把熱帕子敷在眼睛上，這樣會舒坦些。」

也就是小時候，爹娘尚在，身體安康，家裡日子過得穩當愜意，她摔著、磕著、碰著哪兒了，娘總會百般心疼地抱著她，細心地呵護著，爹也會在旁邊想著法子逗她笑。這樣的溫馨，美好得如同夢境般，自爹病著後，就再也沒有過，她受了委屈，難過時，就會想起這些往事，越想心就越疼，倘若爹娘還在，她的人生應是另一番模樣。

此時，花大娘的舉動，又一次牽動了一朵的心弦，剛剛才止住的淚水，忽地又一滴一滴地滾落。

「怎麼又哭了？」花大娘靠近了些，微微彎著身子，把擰乾的溫熱帕子擱在了一朵的臉上。「莫哭，回頭眼睛該哭壞了。」

細細的呢喃，像一陣春風，一朵忍不住撲進了花大娘的懷裡，雙手抱著她的腰，悶悶地低泣著。

若有還無的聲音，彷彿是在喊著娘。

室內的其餘人都怔住了，尤其是二郎和大郎，他們出生得要早些，也曾享受過幾年父母的愛護和關懷，那種來自血脈裡的溫暖，是無法用語言形容的，那份親情是無私的，完完全全都是為著孩子著想，滿滿的都是愛，滲透進生活的點滴裡。它有多麼的溫暖，失去後，就有多麼的絕望；而季歌帶來的溫暖，是失而復得的驚喜，兩者雖有差別，卻是可以不必細究的。

雙胞胎對父母沒有印象，他們剛出生沒多久，父母便相繼去世。每個孩子都渴望父愛、母愛，這是種天性，自然而然的，隨著慢慢長大，心底會有份模糊的念想，關於父愛、關於母愛。三郎和三朵也聽見了大姊的低喃，他們先是茫然，緊接著，幾乎是同時，看向廚房外面，尋找著大嫂的身影。

那份模糊的念想，原本是不甚清晰，可大嫂來了後，漸漸地便有了個細緻的模樣，清清楚楚的感受。想像中的母愛，大抵就是這樣了，像冬日裡的火爐、春天明媚的陽光、夏日裡的微風、初秋的桂花香，隔了很遠也能聞見，淡淡的沁人心脾。

一直未見媳婦的身影，大郎有些心慌，站起身大步出了屋，卻見媳婦站在東廂的屋簷下。「媳婦。」

「你怎麼出來了？」季歌想，一朵對她滿心的怨氣，這節骨眼上，她就別進廚房了，省得再刺激到她，妨礙到大娘的發揮。她不待見一朵，甚至產生了厭惡，可中間夾了個大郎呢，她珍惜大郎對她的好，在這個封建的時代，大郎能待她到這地步，已然不錯，她很知足。

都當了兩年多的夫妻，生活很和諧，日子過得順心順意，季歌不想因為一朵壞了這夫妻情分，她還想和大郎子孫繞膝、相守到老呢。顧念著這點，不涉及原則和底線的情況下，她願意稍退半步。這裡並不是現代，在現代真鬧翻了，日子過不下去，她有掙錢的能力，可身在這樣一個時代，沒個男的撐著，她的能力反而是個禍害。

哪個家庭沒個糟心事，或多或少總會有些磕絆，說來劉家還算清淨，鬧心的事也就一個一朵，換成旁的人家，兄弟妯娌多的，父母尚在未分家，差不多天天都是雞飛狗跳，一點破事就揪著嚷嚷來、嚷嚷去。加上現代的年紀，季歌都快奔四了，她不是個衝動的，想事想得比較深遠，無關緊要的她可以不計較，可觸了底線就不行，不管怎麼著，她都不會委屈了自個兒！

「妳怎麼站在外面？」劉大郎走了過來，牽起媳婦的手。這會兒太陽才剛露了半個頭，紅通通的，空氣裡沁著冷意，又有晨風吹拂。「手都是冰的，咱進屋吧。」

「我就不進去了。」季歌垂著眼淡淡地說著，知道丈夫想不到這裡面的彎繞，就解釋了句。「一朵心裡怨著我，大娘正想法子勸著她、開導她，我進去了，說不定會刺激到她，大娘的話就起不了什麼作用。」她做的必須得讓大郎知道，默默付出什麼的，呵呵，她腦子又沒有被門夾，她可是商人，有些商人習性是深進骨血裡的。

劉大郎聽著這話心裡難受，他曾口口聲聲地說過，定會護著媳婦，不讓她受到委屈，可他卻成了那個，讓她受到委屈的人。他知道，在一朵針對她的時候，他該站出來護在她跟前；可他沒有，終是理智壓住了情感，他不能那麼做，到底是自己的妹妹，太不留情面的話，他要怎麼面對地下的爹娘？他也曾答應過娘，定會護好幾個弟妹。

「媳婦，是我對不住妳。」劉大郎把媳婦抱在懷裡，艱難地吐出這句話，瞬間心如刀割般地鈍疼著。

這個高大強壯的漢子，紅著眼眶，連手都是顫抖的。

三郎和三朵見大哥出了廚房，立即就想到，大哥是找大嫂去了，他倆也跟著起了身，剛出廚房，就看見在對面東廂屋簷下的大哥和大嫂。他倆顛顛地湊了過去，走到一半，卻聽見了大嫂在說話，他們停下了步伐，聽著大嫂的話，只覺得心裡刺刺地疼著，不知道為什麼會疼，就是不大舒服；然後，他們聽見了大哥的話，突然的，就好難過，隱約有些明白，又似是仍舊什麼都不懂。

阿桃也出來了，她就怔怔地站在不遠處，一雙眼睛睜得很大，空洞地盯著地面，臉上的神情是呆滯的，看不出她在想什麼。

「一個個的怎麼都站在外面？這會兒太陽還不大，八月的天有些涼意，快進來，莫著了寒。」花大娘似是沒有感覺到屋前古怪的氣氛般，站在門口樂呵呵地揮著手，笑得一臉慈祥。「都進來，不在屋裡窩著，都在外面站著，你們啊，都是個傻的。」

「進屋吧。」大娘既然這般說了，應是心裡有分寸的。季歌推了推大郎，眼眸裡含著情愫。「咱們是夫妻，哪來什麼對不住、對得住之類的話。」

劉大郎想要說點什麼，卻無力地發現，自己只會說那麼兩句，可那兩句話，他都沒有做到。他黯然低下了頭，看著相牽的手，他暗暗想著，得多掙錢，給媳婦撐起一方天地，讓她悠悠閒閒地過著。

「好。」說得再多不如實際行動，等他掙到了錢，再把好的送到媳婦跟前。

第四十五章

等著所有人都進了屋，花大娘坐在一朵的身旁，她的另一邊是季歌，她一手握著一個，用著話家常的語氣，緩緩柔柔地道：「都是一家人，俗話說牙齒還有咬著舌頭的時候呢。心裡有個什麼想法，可以說出來，不要憋著藏著，時日久了，就在心裡堆成了事。

「能處在一個屋裡說話吃飯，是很難得的，這是緣分，緣分哪能說斷就斷了是吧？老天會不高興的。心平氣和地把話說清楚，家裡的這點事啊，其實都不是什麼大事，都是些瑣碎，說清楚就好了。日子嘛，都是這樣一個過法，說開了就過去了，也別擱在心頭，這樣不僅傷了自己的親人也傷了自個兒，多不好是吧？

「等你們到了我這年歲，看透的、看不透的通通都會看透，任何事情啊，在死亡和病痛跟前都不算事。要我說，人吶，安安康康的，就是大福了，然後，好好地經營自個兒的日子；要知道多一個親戚朋友，就是多一個臂膀，往後真出了什麼事，小事還好，在生老病死這四個字面前，都需要親戚朋友的幫忙。

「因著一時的氣性，當時是痛快了，可得想想往後啊，往後還那麼長，幾十年呢，多少個日夜，一個人要怎麼走過去？聽大娘的話啊，我知道妳們都是好孩子，本性都是頂好的，這些個磕絆啊，今兒個全說出來，不要留一絲一毫，兩家關係這麼緊密，這僵住了，可怎麼是好？回頭啊，妳們準會後悔。」

該說的花大娘都說出來了，她看著一左一右的兩個孩子，輕輕地拍了拍她們的手背。「說吧，一朵先說吧，這結啊，總得解開，難不成真的要悶在心裡頭一輩子？連娘家都不想要了？」

「我沒有。」一朵哽咽著開口，聲音急急切切，帶著恐慌。「我沒有不要娘家，是他們……」說到這裡，她又突然閉了嘴，因為餘光瞄見了身側的季歌，想起她說的那些話，她的話便說不下去了，一時心裡頭甚是茫然，亂亂的。涼涼的晨風似是直接吹進了胸膛，她不知道要怎麼說，不知道要怎麼辦的時候，她眼淚就嘩啦啦地冒了出來，就像是她無法言說的一腔情緒。

季歌見一朵又開始哭，就覺得心煩，哭哭哭哭有個屁用。「我來說吧。」麻利地把這結解開，眼不見為淨。

「那就大郎媳婦說吧。」花大娘無奈地伸手輕拍著一朵的背。「妳莫哭了，哭也解決不了問題，把該說的說清楚，看看到底是怎麼回事。有錯不可怕，改正就好，人活一輩子總會犯錯，都是這麼過來的，經歷了事才會懂，咱們人活在這世上，大抵也就是這麼個意義了。

「人間走一遭，總得留點痕跡，從哇哇啼哭的嬰兒，到蹣跚走路的幼童、調皮搗亂的少年、越發懂事的青年、逐漸沈穩的中年，都是一路跌撞過來的，經歷過才能知道對和錯，也更清晰地瞭解自己。這人吶，只要心存善念，都是能回頭的，只是一時迷了眼，明白過來就好了。」

花大娘看著一朵暗暗嘆息，這孩子把自己給逼進了死胡同，好在大郎媳婦是個溫和的，但凡碰著個火爆性子，兩人不死不休，這孩子就要毀在這裡了。有從小看著長大的情分在這裡，她自是希望一朵能從心魔裡走出來，這輩子才剛剛開了個頭呢。「一朵妳莫要失了自己的善心，記得妳沒嫁人的時候，是個特別懂事樸實的好孩子，妳想想以前再想想現在。」

等花大娘說完話，季歌才開口說話，平平靜靜地把前後原由說了遍，又道：「對於一朵姊沒有顧好阿桃這件事，其實我只是當時有點不舒服罷了，讓我生氣的是，一朵姊半點沒有意識到自己的錯，還覺得自己做得足夠好，想著繼續把我當傻子耍。

「一朵姊妳要明白一件事，在這個世上，誰都沒有義務不求回報地對誰好。感情它是相互的，妳在怨我對妳沒了以前周全的同時，妳就該反省一下自己，我這人向來分明得很，誰對我好我就對誰好，誰讓我不痛快我就讓誰不痛快。」季歌實在是膩味一朵這哭哭啼啼的模樣，把話擱下就出了廚房。

「媳婦！」在媳婦站起身的剎那，劉大郎滿眼恐慌地伸手，一把將媳婦拉在懷裡，緊緊地抱著，說不清為什麼會這樣，他知道，媳婦這次是真生氣了。

「你放手。」季歌繃著臉面無表情。

花大娘在旁邊搭著話。「大郎你先放手，這坐滿了人呢。」摟摟抱抱的太不成樣。

「不放。」劉大郎抿著嘴堅決地搖頭。「大娘，我也來說幾句吧。」媳婦說的話一錘砸在了他的心坎，他突然就明白了，大妹和媳婦間他必須要選擇一個。

他想要所有人都好好的，妹妹和媳婦起了嫌隙，他不想讓一朵難受，又不能委屈了媳婦，自以為是地用著溫和的方式勸說著，希望一朵能及時醒過來，拎清自己所處的位置，和丈夫好好地過日子；卻沒有料到他的這種溫和不僅沒有勸醒一朵，反而讓她陷進了更深的死胡同，也讓媳婦受了委屈。

不能再這樣下去了！他不想失去媳婦，至於一朵，他也是看清楚了，不說些冷情的話，態度不強硬點，她是不會懂的。對她的好，她看不見，那便不對她好了吧，待經歷了這些，也許就能明白了。百年後，若見到了爹娘，他也是無愧的。他努力地想要護著幾個弟妹，可一朵這情況，真的讓他太難過了，他為著她著想，為什麼一朵就不替他想想？媳婦是顧念他的，他自然不能負了媳婦。

「你先把你媳婦放開，都別站著，坐著說話。」花大娘一臉的無奈，這幾個孩子喲，往後她得多過來走動走動，他們把她當長輩敬著，她就算厚著臉也要把長輩的責任給盡全了，家裡少了長輩是挺麻煩，有點磕磕絆絆了也沒人在中間調和。

「鬆開。」季歌瞪了劉大郎一眼，帶了些許嗔態。

劉大郎緊張恐慌的情緒一下子就減了大半，他鬆了手挨著媳婦坐下，左手牽緊她的右手。「一朵。」

一朵現在倒是沒哭了，就是有些呆滯，過了會兒，才慢吞吞地抬頭看著大哥，模樣分外的可憐。

「我細細碎碎地跟妳說了一籮筐的話，就想著妳能拎清點，和有倉好好過日子。心裡掛念著妳，回清岩洞買糧時，特意買了些魚肉葷腥去柳兒屯，東西是拎給了娘，我卻是為著妳過來的，走時還給了妳些銀錢，我以為妳能懂。見妳和有倉很親密，我覺得妳是把話聽進心裡了，還特別欣慰，回來後也和媳婦說起。」劉大郎直視著一朵，大抵是看透了，心裡竟格外地平靜。

「我當時還想著，等中秋的時候，和媳婦回柳兒屯一趟，送些節禮給爹娘，再讓妳和媳婦說說話，兩人把疙瘩解了，走時再添些銀錢給妳。劉家如今日子還算不錯，我們過好了，自然不會忘了妳這個出嫁的妹妹。」知道媳婦對一朵不待見，劉大郎不好提這事，只能先解了一朵和媳婦之間的結，再幫襯一朵時，媳婦心裡會舒坦些。

劉大郎想得很好，千想萬想，卻沒有想到一朵不僅沒有看透，還更加地拎不清了。「當聽到妳說劉家不顧念妳，沒有替妳想時，我這心一下就涼透了。昨兒晚上我和媳婦躺在床上，我還跟媳婦說，倘若暫時不能跟商隊跑貨，等農閒時，就讓有倉來『用心經營』幹活，也掙幾個錢好過年，媳婦二話不說就同意了。

「沒有顧念妳……」劉大郎扯著嘴角笑，笑得特別難看，比哭還要難看，聲音低低的，像是在呢喃。「我不知道還要怎麼做，才能算顧念妳、替妳著想了。一朵啊，妳在說這些話的時候，有沒有想過也替我想想，顧念一下我這個大哥。她是妳大嫂啊！妳大哥的媳婦，我的媳婦，妳看看妳都說了些什麼話！

「娘臨終前，緊拉著我的手，拉得特別特別緊，我鄭重地許了諾言，說會護好底下的幾個弟妹，就算娶了媳婦也不會忘了他們，定會養大他們給他們成家嫁人，聽無數遍，娘才鬆了我的手沒了氣。我一直記著這句話，也努力在做著一個好兄長，一朵妳呢？」

劉大郎看著臉色慘白的一朵，他沒有停下話，繼續說道：「一個兄長該盡的責任我也算是盡全了，妳要是還拎不清，我也無能為力。我有媳婦，我媳婦待我很好，我要護好她，不能讓她受了委屈。妳說我沒顧念妳也好，沒有替妳著想也罷，也就這樣吧，日後到了地下，見了爹娘我也能抬起頭直視他們，把話都說給他們聽，我想，他們自會明白的。」

劉大郎的話說完後，室內是長長久久的寂靜。屋外日頭越升越高，沈睡的縣城慢慢甦醒，喧囂漸漸蔓延至城市的各個角落。在這嘈雜的環境裡，一屋的寂靜更顯幾分沈重，心頭像壓了塊巨石，喘不過氣的窒息感折騰著神經，很疼，整個人卻很清醒。

一朵從未像今天這般，如此清晰地感覺到，嫁人前和嫁人後自己的改變，她如同一個宿醉醒來的人，看著鏡中的自己盡是狼狽，她都快認不出這是自己，她怎麼會變成這番模樣？這是她嗎？越想越可怕，她怎麼……怎麼就變成了這樣呢？

花大娘見著一朵的模樣，眼裡堆滿了擔憂，她猶豫了下，小聲地對著季歌道：「大郎媳婦你們先出去吧，有倉留下來。」

季歌無聲地點著頭，默默起了身，走時特意看了眼神情恍惚的一朵，不著痕跡地鬆了口氣，但願這回一朵真的能走出死胡同，她若好了，往後的日子就省心多了。安安穩穩地過著多好，這樣鬧來鬧去真影響情緒，同時也影響到了生活品質。

待大夥兒都輕手輕腳地離開了廚房，花大娘起身關了屋門，坐回位子上，並沒有說話，只是伸手把呆呆愣愣的一朵攬進了懷裡，手輕輕地、緩緩地撫著她的背。

季有倉一直處在手足無措的狀態中，他有心想護著媳婦替她說幾句話，可張了嘴卻不知道說什麼好。聽著這場吵鬧，他怎麼看都是自個兒媳婦沒拎清，沒占到理，就讓他對著劉家眾人吼，他還真吼不出來，他本來膽子就不大，這會兒見媳婦情況不對，劉家眾人都出去了，他才起了身，湊到媳婦的跟前，看著花大娘吶吶地問：「我媳婦她不會有事吧？」

「不會有事，你先在旁坐著，讓她緩緩。」花大娘露出個和顏悅色的笑。

季有倉對花大娘的印象特別好，聽著她的話，便老實地坐到了媳婦身旁，靜靜地看著她。

堂屋內，劉家眾人坐椅子上的坐椅子上，坐竹榻上的坐竹榻上，一個個都飄著思緒，不知道在想什麼。

季歌憂心忡忡地想，出了這一遭事，也不知道會在雙胞胎和阿桃的心裡留下什麼樣的痕跡，他們這年紀三觀模糊，思維也幼稚，稍有不慎就容易落下心病。「三郎。」這幾日她且多多注意著。

「大嫂。」三郎抬頭看著不遠處。

「都這個時辰了，如果不想去上學，也該跟元小夫子說一聲。」剛剛把這事忘了，季歌突然才想起。

三郎沈默了下答道：「我去上學，我現在就去。」說著，起了身往外走。

「我送你去。」劉二郎這會兒心裡亂糟糟的，不大想待在家裡。

劉大郎接道：「就讓二弟送你去學堂，找個好點的說詞跟元小夫子說。」

「我曉得了。」劉二郎起身大步出了屋。

一時間，屋裡就剩下季歌和大郎，以及三朵和阿桃，這兩個小姑娘挨得很緊坐在竹榻上。

「阿桃，三朵。」三朵還好，阿桃怕是有點棘手了。季歌擰著眉頭，很快又鬆了，露出個溫柔的笑。「妳們倆過來。」

三朵和阿桃手牽著手，慢吞吞地走到了季歌的身旁。

季歌把她們拉進了懷裡，一手攬一個，親了親她們的頭頂，輕聲細語道：「妳倆年歲還小，待滿了十二歲，我啊，就會仔細地跟妳們說些家長裡短。今兒個這事呢，也算是日常瑣碎，往後等妳們嫁人了，一家子都住一塊兒，妯娌多了，事也就跟著多了，這是種生活常態。現在妳們還小，小小的年紀該快快樂樂的，童年的時光是相當珍貴的，等妳們稍大些，開始懂事，明白了是什麼家長裡短，兒時的快樂就再也不可能擁有了。」

說著，季歌開始舉例子。

「比如現在的妳們，學會了繡一朵花，學會了打簡單的絡子，會炒一種菜，慢慢的，會炒很多菜，然後，可以自個兒張羅飯食，每一次學會了什麼，妳們都會特別高興對不對？一整天的心情都很美好，就算是做不喜歡做的事情，也會做得特別樂呵。」

季歌見阿桃和三朵露出思索的神情，停了會兒，才繼續道：「這啊，就是童年的時光，因為年紀小、懂得少沒什麼煩惱，才會特別容易歡喜，待到了十幾歲的時候，想得多了，心裡堆了事，就沒那麼容易快樂了。妳們要好好珍惜，眼下發生的事情妳們要把它扔腦後，這不是妳們這個年歲該想的，妳們啊，只要每天都開開心心的就行了。

「我就希望妳們小的時候，可以過得輕鬆快樂。」季歌伸手摸摸兩個孩子的頭頂，略略有些惆悵。「三朵妳已滿六歲，阿桃也快滿八歲，沒幾年，妳們就要長大了。好好珍惜這短短的幾年時光，安安心心地做自己。等滿十歲，我就開始慢慢地教妳們一些事，現在的妳們不要著急去琢磨。」說著，低頭溫柔地看著兩個孩子的眼睛。「聽我的話，行不行？」

三朵一頭霧水，從到頭尾都懵懵懂懂，這會兒見大嫂問話，她睜圓了眼睛，認真地點著頭，漂亮的杏仁眼好像在說話似的——我會聽大嫂的話，乖乖的！

這孩子。季歌心裡柔軟得一塌糊塗，目光看向旁邊的阿桃。

「姊姊，我會聽話的。」阿桃死死抿著嘴，下巴微微抬著，眼眶裡溢滿了淚水，卻強忍著沒有掉下來。姊姊不喜歡哭，她也不會動不動就哭，她不會給姊姊丟臉的。

「有姊姊在呢。」季歌拿出帕子，把阿桃攬進了自己的懷裡，用帕子擦著她流出來的淚水。「阿桃，姊姊給妳頂出一片天，妳安安心心地過日子，不要想太多，真是控制不住，妳跟我說，說出來就好了。」頓了頓，又笑著道：「我比妳大，現在我幫妳撐片天，等我老了，妳還年輕著，就由妳來給姊姊撐著天。」

阿桃很嚴肅地點頭，一雙眼睛亮晶晶的，眼眸還蒙了層水霧，許是這樣，便顯得更加黑亮。

「妳倆先回屋吧。」季歌起了身，一手牽一個，送著她倆到了屋門口。「下午我帶妳們逛街，這會兒就想想都缺了什麼。」

往日若是聽著逛街的話，兩個孩子準會一蹦三尺高，可這會兒，三朵見阿桃沒有笑，她本來挺開心的，眨了眨眼睛，抿著嘴低頭玩手指，嘴角卻微微地翹了翹。

見兩個孩子進了屋，季歌才轉身回屋，坐到了大郎的身邊，握著他的手。

劉大郎抱著媳婦，腦袋伏在她的肩膀裡，看著兩人相牽的手，想說點什麼，又不知道要說什麼。他嘴笨，那幾句話他常說，可他沒有做到，便不想再說了，只是記在心裡直接用行動表達。

「你在想什麼？」過了會兒，季歌主動問起，伸手撫了撫丈夫的眉頭。

「媳婦我對不住妳。」半晌，劉大郎才低低地說了句。

這是他今天第二次說這句話，季歌聽懂了他滿心的內疚，有點心疼。從頭到尾她其實都沒有怪過他，這個憨漢子啊，是自己的丈夫，要過一輩子的人，哪裡捨得為了外人來責怪他。「不是你的錯。」

「媳婦。」劉大郎看著媳婦的眼睛說道：「我說的是真的，倘若一朵再拎不清，我就不管她了。這回在大娘的幫忙下，若是她能走出死胡同……」劉大郎遲疑了下，才道：「就那樣處著吧，依著對季家的處法，逢年過節送些節禮，日後有需要幫襯的就幫一把，也別阿杏、一朵姊的稱呼著，就按著規矩來，客客氣氣的，不靠太近也不太遠，這麼處著，應就沒什麼問題了，這樣她才能分得清，不至於糊了眼。」

季歌聽著，眨了眨眼睛，然後露出一個笑，鄭重地應著。「好，一般人家是怎麼和小姑子處著的，咱們就怎麼處著。」

「嗯。」劉大郎點著頭，把媳婦往懷裡摟得更緊了些，如同冰天雪地裡擁著暖源。「媳婦，我沒有在意，孩子的事，我沒有在意過。」

「我知道。」季歌抿著嘴笑，帶著股甜蜜。「咱倆會有孩子的，等老了我還想著能子孫繞膝呢，到時候的場面多熱鬧。」

劉大郎迷戀地看著媳婦的笑臉，忍不住湊近了些，在她臉上親了口，心裡甜滋滋的。

第四十六章

約大半個時辰後，花大娘走出了廚房，身後跟著一朵和有倉，朝著堂屋走去。

「大哥，大嫂。」站在門口，一朵滿臉歉意，臉上布滿了臊紅。

劉大郎和季歌站了起來，對著花大娘笑。「大娘。」然後，看向門口。「欸，進屋坐著吧。」

一朵和有倉坐到了桌邊，對面是季歌和大郎，氣氛透著古怪，似是隔了層看不見的膜，挺不自在的。

「說開了就好了，都是頂好的孩子，往後日子還長著呢。」花大娘慈眉善目地笑道：「心裡想什麼就開口說，不要覺得難以啟齒，一家人嘛，用不著見外的。」

「大嫂。」一朵坐直了身板，鼓起勇氣看向季歌，臉紅得特別厲害，就跟要燒起來似的。「我錯了，妳說得對，我做錯了事情卻不敢承認，還拿著妞妞當藉口，我錯了。其實，我是有些拉不下臉，我、我記得咱們剛見面的時候，親親熱熱的場面，妳喊我一朵姊，誰知後來……」

這會兒腦子清楚了，一朵還真說不出口，抿著嘴尷尬了會兒，才又說道：「我就是拉不下臉，一時迷了心，走岔了路，做了不少渾事。我也沒臉求妳原諒，我、我自個兒現在回頭想想也恨不得搧自己兩巴掌。就是，大嫂我真的做錯了，我對不住妳。」說著，她起了身，冷不丁地行了個好大的鞠躬禮。

季歌嚇了跳，忙起身側到一旁，手腳慌亂地把一朵扶了起來。「大嫂妳別這樣，我可受不起這禮，妳想通了就好，大郎也能省些心了。」儘管一朵已經拎得清了，可不知為什麼，面對她時卻有些彆扭。

「大哥我對不住你。」一朵轉了方向，對著大哥也行了個好大的鞠躬禮。

劉大郎穩穩當當地坐著受了她這禮，然後才說：「妳想通了就好，該說的我都說過了，嫁了人，日子是得自己過的，旁人說再多也沒用，妳莫再犯渾了。」

「大哥的話我都記著，我曉得的。」那句「大哥別為我牽掛」，一朵到底是沒有說出口。鬧到了這分上，是真的回不去了，她也有心理準備，怎麼辦？都是自個兒做出來的，這苦果也得自己嚥。想起花大娘跟她說的那些話，一朵心有戚戚焉，多好的情分，就這麼一乾二淨了，好在時日還長著，醒悟得及時還不算晚。

下午一朵和有倉拎著中秋節禮回了柳兒屯，季母發現這大兒媳改性子了，比以前要沈穩得多，向大兒子打聽不出什麼她也沒生氣。這是好事呢，眼看二兒媳就要進門，在這節骨眼上大兒媳懂事了，她就能狠狠地鬆口氣，就怕兩妯娌處不好，家裡鬧鬧騰騰的不像樣。

劉家留了花大娘吃過午飯，將餘家母子也喊了過來，多虧了餘嬸把大娘喊過來，真是及時雨，這鄰居啊沒白處。下午季歌領著阿桃和三朵逛街，順道把花大娘送回家。劉家兄弟想著，左右沒事，做了點蛋糕，出了糕點攤，一個下午也做了近兩百文錢。

傍晚一家人吃晚飯時，基本都恢復了，氣氛和往常差不多，溫馨裡透著美好。季歌看著慢條斯理吃飯的三郎，這孩子太會藏了，也不知今兒個這遭事，他心裡是個什麼想法，得尋個適當的機會探探情況。

第二日便是八月十二日，花瑩夫婦邀飯的日子，中午把攤位寄放後，劉、餘兩家舉步生風地朝大康胡同走。

跟著商隊跑貨這事也不知具體是個什麼情況呢，今日可算能徹底地解惑了。

花瑩的夫家姓白，白文和自幼讀過兩年書，高高瘦瘦，說話斯斯文文的，瞅著不像個商人，反而有些文人氣息。花長山比白文和略矮些，身量壯實，面容和花大娘極為相似，笑起來的時候憨憨實實，更像個莊稼漢，讓人很有好感。兩人說起跟跑商有關的話題，真實的內在就露出來了，談起話來頭頭是道，很有想法和見地，透了股商人特有的圓滑和精明。

擺了兩桌飯，男性一桌，女性一桌，都特別地熱鬧，氛圍很是輕鬆溫馨。一頓飯吃了足有半個時辰，見飯菜都有些泛涼，這才停了話題，麻利地吃了飯。白家雇了幫傭，瑣碎的家務活有她們拾掇。

吃過飯後，男男女女說說笑笑地移到了花廳，男人們繼續說起商隊裡的事，這會兒女人們也不話家常了，靠在一旁笑著聽他們說話，偶爾插個一、兩嘴，或是小聲地討論兩句。

到了下午進了申時，才漸漸歇了聲，劉、餘兩家意猶未盡地道別離開了白家。回家的路上，本來想邊走邊聊，實在是太高興了，按捺不住滿心的激動，卻因街道太過喧囂嘈雜，聲音小了聽不見，聲音大了又不妥，只好埋頭匆匆忙忙地往家裡趕。

「餘嬸今兒個別張羅晚飯了，咱們一併吃著，邊吃邊說話。」快到胡同口，季歌笑著出聲。

餘嬸搖著頭。「那不行，今兒個該到我家吃飯，可不能跟我搶，我都想好了，咱們整個火鍋吃著，有段日子沒吃了，怪饞的。」

「說起火鍋，不知道柳叔那邊生意如何。」餘瑋滿心滿眼都是商隊跑貨的事，冷不丁地聽到火鍋，忽地想起這事。「東城這邊又多了好幾家火鍋店，看著生意有好有壞。」

劉大郎接話。「不知道。」小飯館離這邊有段距離，這兩個月也沒接那邊的生意。

「照說，也該過來跟咱們打聲招呼呢。」餘氏擰了擰眉頭嘀咕了句。

季歌倒是不大意外。「可能是忙不過來，這火鍋店不比小飯館，一個人忙不過來。」

「好與壞跟咱們也沒什麼關係。」劉二郎覺得討論這個沒什麼意義。

餘氏樂呵呵地說：「趁著時辰還早，咱們先去菜市場買些食材，你們仨先回家說著話，我們自個兒去就行了。」

「對。」季歌點著頭。

劉大郎想了想，這一塊都熟門熟路也沒什麼不放心的。「好，我們先回家。」

「走走走，去我家。」餘瑋一揚手，倍兒亢奮地說著，走了兩步又道：「等等，咱們先去買點滷味，再整三兩酒，比神仙都要快活。」難得有這奢侈的機會，今兒個太開心。

「你沒帶錢吧？」餘氏也沒阻止，掏出錢袋，拿了兩塊碎錢給兒子。「去吧，好好樂一樂。」

「走了走了。」手裡有了錢，餘瑋就激動了，一手拉一個走。

等季歌和餘氏帶著阿桃和三朵買好菜回到家時，這仨已經喝得滿臉通紅，正趴桌上呼呼大睡呢，留了半碗滷肉和半碗燒雞肉。

「看這高興的。」餘氏把菜擱到了廚房裡，邊笑邊搖頭，一臉無奈地收拾著碗筷。

季歌拿了筷子出來。「三朵、阿桃過來吃滷味和燒雞。」自來了縣城也就吃過兩回，這個比肉貴多了。「餘嬸來吃肉了，味道真棒，很好吃。」

「塗記的滷味可是出了名的好，就是貴了些。」餘氏拿著筷子嚐了塊肉，邊嚼邊說：「好吃歸好吃，吃著怪心疼，就跟在嚼銅板似的。」

「餘嬸您這口牙怕是嚼不動銅板哩。」季歌故意調侃她。

餘氏聽著哈哈直笑。「偶爾奢侈一把也是應當的。」

「大嫂妳也做滷肉。」三朵很喜歡吃滷肉，潤而不膩、香糯可口，吃了還想吃，讓人回味無窮，就是價格貴了點，大嫂手藝這麼好，肯定可以做出好吃的滷肉。

季歌抿著嘴笑。「我可做不出這口味來。」頓了頓，又說：「三朵喜歡吃，可以自個兒慢慢琢磨著，說不定做得比這還好吃呢。」

「三朵有天分。」阿桃邊啃著雞翅邊搭了話。「就是年歲小了點，等再過兩年，手藝肯定比我更好。」

三朵笑得眉眼彎彎，白淨的小臉紅撲撲的，一雙眼睛亮晶晶。「我喜歡做好吃的。」會讓她覺得心情格外地美好。

「喜歡就好，我這點手藝啊都教給妳，能到什麼程度就看妳的天分了。」季歌想，傻人有傻福，這話還真沒有說錯。

晚飯過後，天色將將黑，劉家眾人自小楊胡同回了貓兒胡同。搬了竹榻到屋前，坐一塊兒看著星空，吹著涼涼的夜風，說起家長裡短，分外的愜意溫情。

「二弟你那兒攢了多少銀子？」劉大郎詢問著。

花長山與白文和回來後，用了幾天時間把手裡的貨賣掉，這才邀了十二這日的飯。月底商隊會再次出發，具體時間得翻黃曆和看看各事宜的準備程度，左右也就那幾天。下午說到，給他們三人三天時間商量，倘若真的決定要去，十六日的上午辰時初就過去大康胡同，拿上銀錢，跟他們去進貨，到時會更加詳細地指點他們。

並明言說道，有他們在旁指點，不需要太過擔心，想跑兩趟就收手的話，膽子得大些，手裡的貨多，掙的錢才會多，就準備個三、四十兩銀子，靠著這點貨，跟著商隊天南地北地跑一圈，差不多能連本帶利掙回一百多兩銀子，運氣好一點的，一百五、六十兩都不是大問題。

搬來縣城滿打滿算有八個月，靠著用心經營，劉二郎還真攢了點錢。「離十四兩銀子差了點。」平日裡的花銷都是大哥、大嫂出的，他掙一分能攢一分，自然就顯錢多了。

「咱們拿八十兩做本錢吧。」季歌思索了下說道：「二弟錢不夠的話，我們這兒還攢了些，先湊足了數進了貨再說。」

劉二郎便是這麼想的。「等回來後，我再還錢給大哥、大嫂。」外面必定有不少稀奇古怪的東西，再挑揀些帶回來給家裡人。

「你去把錢拿出來吧。」劉大郎側頭對著媳婦說。每天睡覺前都會數數錢，家底有多少還真的是一清二楚，就算拿出六十五兩銀子，也還餘了三十多兩留著家用，就算出了什麼特殊情況，也能周轉得過來。

季歌笑著起了身，往屋裡走，一會兒後，便抱了只木匣子出來，挨坐到了丈夫身邊。大嫂起身後，劉二郎也起了身，進屋拿出自己的銀錢。

打開木匣子，季歌數了兩張十兩面額的銀票，和一張五兩面額的銀票，遞給了斜對面的二弟，打趣著道：「二弟可要收妥當了，萬一落哪兒了，跟著商隊跑貨一事就要飛了，最好是睡覺時都抱在懷裡。」

「定會藏得妥妥當當。」劉二郎接過銀票，笑嘻嘻地應著。

「今兒個我當個善財童子，過一把癮。」季歌掏出錢袋，數了一百五十文錢，分別遞給了阿桃和雙胞胎各五十文。「想買點什麼就買著，你們這年歲啊，是花錢的時候，不要攢著錢，掙錢、攢錢是長大後的事情。」

劉大郎笑著道：「給妳，想買點什麼就買著去，妳啊，不要總想著攢錢，該多花花錢。」照搬著媳婦的話。

「哎喲，這當善財童子還能撈好處呢！」季歌接過丈夫遞來的錢袋子，麻利地收進了懷裡。「多謝相公的慷慨，我會很聽話的，明兒個就帶著阿桃和三朵掃蕩街道去，到時可別心疼啊。」

「不心疼，開心著呢。」劉大郎眼眸裡堆滿了柔情。

聽了這對話，劉家其餘人都樂哈哈地笑了起來。

劉二郎忍不住搭了句。「大嫂就儘管帶著阿桃和三朵去掃蕩街道，大哥錢袋空了，還有我這錢袋呢。」

「等以後我能掙錢了我也有錢袋。」三郎挺了挺小胸膛。

季歌把三朵和阿桃拉到懷裡，樂滋滋地道：「咱們仨啊有福嘍。」可惜二朵如今待在錦繡閣，不然得更熱鬧。

三朵和阿桃捏著錢袋，垂眼羞澀地笑著，整顆心都暖洋洋的。

笑笑鬧鬧到了戌時，這才帶著愉悅的心情各回各屋睡覺。

吹了燈，躺到了床上，黑暗中，劉大郎把媳婦摟在了懷裡，聲音低沈，格外地溫柔。

「媳婦，明年年初咱們就買宅子，前面帶鋪面的，再雇個婆子幹活，妳打理著店鋪就好，家務瑣碎不用操心。等跑了兩趟，有了點家底，就能安安心心地過著了，往後有了兒女也能把他們好好地養大，待他們長大了，娶妻嫁人、樁樁件件，錢財上也不用心焦，咱們手裡都攢著呢。」

「行，都聽你的，咱們過舒坦日子，不要大富大貴，一家人在一起安康平順就好。」季歌喜歡的就是這細水長流的生活，愜意悠閒，多好啊。

劉大郎暗暗想著，他一定會做到的，一定給媳婦她想要的生活。

將攤子移到寄放處後，季歌和餘氏便趁著中午，在東市和周邊的街道裡逛著，家裡的男人要出遠門，要準備的東西多著呢，好在時間不算緊，可以細緻周全地拾掇著。說是給三天時間商量，才一晚兩家人就有了決定，確切地說，前些日子就作好決定了。因此，劉大郎三人也沒浪費時間，這三天還接了個活呢，忙了兩天得了四百文工錢。

中秋過後，十六日的早晨，劉大郎三人去了大康胡同，這天開始便忙碌起來了，早出晚歸，有時候隔天才會回來，買的貨都堆到了天青巷花家的宅子裡。十八日接到商隊遞來的消息，各項瑣碎事宜都安排得很順暢，決定在八月二十日出發，讓他們趕緊準備準備。

雖說有了心理準備，真定了具體日子，眼看就剩兩天時間，饒是季歌承受力還不錯，也有些心慌、空落落的；更別提餘氏了，就這麼個寶貝兒子，想到他要出遠門，還是去那聽都沒有聽過的地方，一去得好幾個月，一顆心都揪成了麻花，那句「不要去了」，一天總有那麼好幾回是掛到了嘴邊又默默吞回了肚裡。

花大娘心思細膩，約是猜著了她們不大好過，便邀了花瑩逛到了東市的小販道，四人湊在一塊兒，沒生意的時候就絮絮叨叨地說著話。這麼一來還真有用呢，兩人的情緒慢慢地平靜下來了。

季歌恢復了正常才發現，家裡的兩個孩子也不好過呢，至於三郎這小屁孩藏得深，她還真看不出來。這不是重點，十九日的晚間，知道大哥和二哥要出遠門了，二朵特意請了半天假，二十日下午再回錦繡閣，十九日這天正好是回家住的日子。

難得全家人都在，季歌說了些安撫的話，又有大郎和二郎在旁邊搭腔，四個孩子至少表面看著是踏實了。

八月底，秋意漸濃，大清早的得套件棉衣，天色微微發白，整個縣城尚在沈睡中。劉、餘兩家和白家，一同去了天青巷的花家，麻利地把貨裝到了馬車上，接著絮絮叨叨了近兩刻，直到天色已然大亮，才趕著馬車出城和商隊碰面，幾家人的婦孺也跟著出了城，趁著人員還未到齊，又各自拉著家人細細叮囑著。

可能是氣氛的問題，又或是情緒湧上心頭，季歌紅了眼眶，幾個孩子的眼裡都溢滿了淚水，旁邊的花家和餘家直拿著帕子抹淚；白家……花瑩果然是個心寬的，笑得眉眼彎彎，和丈夫說著，上回哪樣東西瞧著好，想要什麼什麼，別忘了之類的，末了才添了句「我們母子倆等著你回來呢」，白父和白母也挺鎮定的，估摸著是受了兒媳的影響。

直到太陽露出半個臉，所有人都到齊了，有人大吼一聲歸隊，一會兒的工夫，商隊浩浩蕩蕩地出發，越走越遠，很快地就消失在眾人的視線裡。親朋好友仍捨不得眨眼，癡癡地望著，過了好久才緩過神來，和相熟的人肩並著肩一臉落寞地離開。

「咱們也回吧。」花大娘走了過來，柔聲說著。

眾人點了點頭，慢吞吞地回了城裡。

家裡的男人走了，日子還得照樣過，吃過午飯後，餘秀秀和二朵回了錦繡閣，三郎揹著藤箱去學堂，季歌和餘嬸推著攤子做生意，三朵和阿桃則待在家裡。

「心裡空落落的，不是個滋味。」剛擺好攤，餘氏就拿了個凳子挪到季歌身旁，才開口眼眶就泛紅了。

季歌也挺不好受的。「他們有五個人呢，挺可靠安全的。」頓了頓，又道：「這兩天適應了就好了，想想跑兩趟商，換得日後的安穩，還是滿划算。」

「說是這麼說，就是放不下心。」餘氏愁著臉直嘆氣。

「對了。」季歌不想在這話題上打轉。「餘嬸今晚您就搬過來住吧，和我住一間屋也好，住二郎的屋也好，我都拾掇妥當了。」

餘氏想了想。「還是和妳住一間屋吧。」一個人睡會忍不住想東想西，有個人說說話要好些。

這事啊，十二日傍晚吃火鍋時，就已經說好的。

「欸，我也是這麼想的。」季歌笑著應，又細細說起晚飯。「咱幾個吃點新鮮的吧。」

餘氏果然被轉移了注意力。「妳想搗鼓什麼新鮮吃食？」

「都行啊，餛飩、餃子、肉卷、粉皮、湯麵、烙餅等等，您說吃點甚好？」

「家裡還有不少麵粉呢，咱們做刀削麵吧，妳的湯頭做得特別好，這一想啊，就饞了呢。」

兩人就著這瑣碎的家常聊了起來。

生活便是這樣吧，剛分開時，總覺得連日子都拉長了好多，一天過下來好漫長，三、五天後，漸漸適應了，半個月後，生活又有了另一番模樣。男人走了，剩下全是婦孺，院落裡的氛圍寧靜安詳，像極了春日裡的午後，閒靠著藤椅打瞌睡，周遭的氣息格外的綿和柔軟，似水像風痕跡很清淡，卻又不失溫暖。

第四十七章

不知誰家院落的桂花飄香，瀰漫整個貓兒胡同，沁人心脾。九月中旬天氣染了層薄寒，饒是白日裡太陽當空照，也透了些許涼意。

日子開始晝短夜長，劉、餘兩家的攤位，往往剛進酉時就收攤回家。主要是家裡的男人都出了遠門，只剩下婦孺，季歌和餘氏都拎得清，寧願少掙幾文錢，趁著天色尚早提前收攤，也怕碰著什麼么蛾子，謹慎些總歸要好點，真出了什麼事，後悔可就來不及了。

還有一個原因，劉家兄弟走了，就算有三朵和阿桃幫忙，加上季歌這個主力，要顧好糕點攤的生意以及接的訂單，還真有點勉強，讓她累得夠嗆。季歌向來把身體看得比什麼都要重要，很快就決定減少一點糕點攤的貨量，定五百文左右的銷售額，錢少掙一些沒關係，得把身體顧好。

估摸著到申時了，餘氏會看看劉家的糕點攤還餘了多少貨，琢磨著再炸多少麵食小吃。有時候餘氏攤位的吃食會先賣光，她會拾掇好攤子，拿些錢去隔壁菜市買晚飯菜。今兒個是劉家糕點攤的貨先賣完，季歌麻利地收了攤，和餘嬸說了兩句，便拿著錢去隔壁菜市買菜，順道置辦些日常用品。

回來時餘氏正在收攤，季歌把晚飯菜擱攤子裡，給餘嬸搭把手，等攤位收拾妥當，兩人各推一個攤子，穩穩當當地出了小販道，到家門口時，恰恰日落西山，今兒個比昨日要早了半刻呢。因收攤早，季歌特意叮囑過三郎，放學後莫要拐去小販道，直接回家就行。

日落西山，晚風起，泛著涼意，伴著陣陣清雅的桂花香，沒多久，空氣裡飄起了飯香，兩種香味混雜在一起並不難聞，倒是有種別樣的恬淡，聞得見的生活氣息。

晚飯擺在屋前，今天有骨頭湯，是阿桃和三朵早早便燉著的，湯色乳白、鮮香味美，還有百葉豆腐炒火腿、紅燒冬瓜、小炒青菜，這些是季歌掌的勺。周邊院落仍在炊煙裊裊時，劉家院落已是濃香撲鼻，一家人圍坐桌邊，邊吃邊聊，說話聲都不大，透著溫婉，雖少了熱鬧，氛圍還是相當隨興溫馨。

飯後拾掇好瑣碎的家務活，天色已微暗，往堂屋裡點了盞燈，三郎看書溫習或是練字，三朵和阿桃湊在旁邊，偶爾提問兩句，三郎答得很細心，耐心十足。季歌和餘氏靠坐在竹榻上，或是納鞋底或是把秋衣翻出來縫製，小孩長得快，一年一個樣，舊年的衣裳得放大些才能穿。雖說做衣裳不在行，把衣裳放大這事，季歌還是挺會的，何況旁邊還有個餘嬸指點呢。

三朵和阿桃學會了字後，就會搬出針線笸籮，打絡子的打絡子，做繡活的做繡活，都是些簡單的，只須基礎功紮實就成。林家娘子也挺喜歡這兩個孩子，有她倆能做的活，會儘量留給她們，且工錢上稍有增補，陸陸續續地接活做，也有些時日了，三朵和阿桃都成了有小金庫的人呢。這兩個孩子也最喜歡睡前數一數自個兒的小金庫，然後窩在被子裡傻呵呵地直樂。

天色模糊將將黑，季歌擱了手裡的衣裳，又點了盞油燈，屋裡頓時敞亮了許多，坐回竹榻上，輕聲道：「該歇歇眼，過兩刻鐘了。」

「再過兩天就得添炭盆了。」餘氏轉動了幾下脖子，伸手往後頸拍了拍，嘀咕著。「不知阿瑋他們走到哪個地方了。」

季歌笑著應。「大娘說過進了十月該有封信回來，到時就知道了。」

「這才十二呢，說不定得大半個月才能接著信。」剛叨完，餘氏就打了個哈欠。

「餘嬸睏了便泡腳吧，快響更了。」說著，季歌把目光落在了三郎的身上。「三弟。」

三郎頭也沒抬。「就剩兩個字，大嫂莫急，寫完我便歇著。」過了會兒，他擱了毛筆，衝著季歌笑。「寫完了。」

「起身活動活動，有沒有覺得冷？」靜靜地坐著，怕是多少有些冷。季歌想，她們還好些，竹榻上墊了毯子。

「不冷。」三郎起身走到一旁，做著大嫂教的一些肢體活動動作。

三朵顛顛地下了竹榻，笑得眉眼彎彎。「我也要玩。」她覺得這個很好玩，尤其是人多的時候。「阿桃快來，快來。」衝著阿桃揮著胖胖的小手。

「來了。」阿桃抿著嘴笑。

餘氏樂呵呵的，看著這三個孩子，目光柔和地如同看著自個兒的孫孫般。「那我先去泡個腳。」天漸漸冷，用不著日日洗澡，多泡泡腳還要舒坦些。

剛出屋呢，就聽見拍門聲，餘氏腳步一頓，心提到了嗓子眼，回頭望去，吶吶地道：「這麼晚會是誰啊？」

「我去看看。」季歌站起身。

三郎三步併成兩步跟上了大嫂，三朵和阿桃也急急地追了過來。

「別緊張。」季歌忍不住笑出了聲。

「大郎媳婦睡沒？」大門外傳來熟悉的聲音。

餘氏鬆了口氣，壓低了聲音，抱怨了句。「柳姊怎麼不白天過來，大晚上的也怪嚇人。」

「這時間過來應是有事，咱們看看去。」季歌說著，側頭看著身旁的三個孩子。「進屋吧，夜風涼。」

見是熟人，三個孩子便默默退回了屋裡。

打開大門，門外站著三個人，柳氏身旁站著一男一女，都是沒有見過面的。

「柳嬸，快進屋坐。」季歌心生疑慮，面上不顯，笑著招呼。

餘氏打著趣問：「柳姊怎麼晚上過來了？冷不丁地聽到敲門聲，心都竄嗓子眼了。」

「咦，餘家妹子過來串門子呢。」柳氏顯得很意外，眼底飛快地閃過一絲不自在。

季歌看在眼裡更疑惑了，暗暗琢磨著，怕是真有什麼事。

「沒呢，他們仨出了遠門，我搬過來住著，兩家人住一處做個伴。」餘氏解釋著，等人進屋後，關緊了大門。

聽著這話柳氏腳步一頓。「出、出遠門？出什麼遠門？」

「屋裡說，風涼著呢。」餘氏說道。

季歌泡了三杯熱騰騰的茶進了堂屋，端給了三人。

「這是我大兒，這是大兒媳。」柳氏忙介紹了兩句，看到桌上三郎寫的字，誇道：「三郎這字寫得可真好。」

「還不夠好。」三郎實話實說地應。

「他對自己嚴厲得很。」季歌笑著接了句，柔聲問道：「柳嬸這會兒過來，是有什麼要事嗎？」

柳氏聽著，抿著嘴笑了笑，那笑容卻略顯尷尬。「按說，我是早該過來的，自小飯館改成火鍋店後，店裡就我們兩人，實在是走不開，後來，沒了辦法，夏收後，乘機把村裡的田地佃了出去，讓我這大兒和大兒媳帶著孩子過來，人手才勉勉強強足夠，只得選了這個點過來。」說著，頓了下。「剛剛聽餘家妹子說，大郎他們出遠門了，這是去哪兒了？」

「跟著商隊跑貨呢。」季歌應著，心裡則思索柳嬸那話是什麼意思？「聽柳嬸的話，火鍋店的生意還不錯是吧，聽著也就放心多了，也是沒什麼時間，見周邊開了不少火鍋店，一度掛著心呢，本來想過去走一趟，又怕反倒耽擱了店裡的生意。」

「生意還行，比小飯館那會兒要好點。」說起自家的生意，柳氏臉上的笑多了好幾分。「說起來多虧了大郎媳婦，要不是妳想到這好點子，我們還尋不著這麼好的路子呢。」這話說得真心真意。

靜默在一旁的柳家大兒媳，突然說道：「我娘說得對，多虧劉家妹子妳的奇思妙想，眼下火鍋店生意好，我們想著，這點子是妳想出來的，也不能白白得了妳的好對吧，這樣也太不厚道了。」說著，她看向一旁的柳氏，神色透了點莫名的意味。

柳氏僵了僵，沈默了會兒，自懷裡掏出一個錢袋，遞到了季歌的面前。「大郎媳婦，這裡有五兩銀子，算是我們的一點心意，怎麼著妳也得收下。」

她是不願意過來的，她心裡清楚這一趟來了，原先處的那點情分就得一點不剩。家裡五個人，小兒不管店裡的事，丈夫和大兒夫妻卻頻頻催著她過來，早點把這事給了了。

火鍋店的生意還算紅火，比起小飯館的收益要翻了一倍有餘，丈夫琢磨著明年把店擴一擴，再整頓一番。當時他許了諾，倘若往後劉、餘兩家想開火鍋店儘管過來，他必定會手把手地教會他們。眼下生意紅火了，丈夫卻有些後悔，競爭已經如此激烈，怎麼捨得把嘴裡的肉再分些出去？再說，有些個小竅門是他自個兒想出來的，白白地教給旁人，他不甘心。

大兒媳得知這事，就想了個主意，這火鍋是劉家媳婦想出來的，送點錢給劉家就行了，她僅僅只是想出這麼個吃法，一個點子罷了，出點錢給她算是仁至義盡，到時候，劉、餘兩家眼饞火鍋店的生意，拒絕起來也就有話可說了。丈夫本來心生悔意，因顧及著她，也只是口頭埋怨兩句，有了大兒媳的攛掇，他那心思就越發明顯了，柳氏壓都壓不住，最後，不得不過來劉家。

本來柳氏對兒媳印象挺好，出了這檔事，就有點不待見她了，尤其是這會兒，讓她生了一肚子的火氣。她一個當兒媳的竟然壓到了婆婆頭上，這事她是因為顧及丈夫，還真當她這婆婆氣弱不成?!

「這錢……」季歌腦子轉得挺快，隱約察覺到這錢背後的深意，她有些不敢相信，目光直視著柳氏。換句話說，這錢就相當於是買了她的火鍋點子。呵呵，若真要把事做到這地步，認真來說這錢可就有些拿不出手了。

「劉家媳婦，這錢妳就收著吧。」柳家大兒媳的語氣很是大方，隱隱透著股一個火鍋吃法給五兩銀子是很厚道的事情。「火鍋店的生意好，也不能忘了妳是不，沒妳想出來的吃法，我們也開不出火鍋店，妳就收下吧，這錢是妳應得的。」

到了這會兒，餘氏總算聽出點意思來了，看向一旁的柳氏。「柳姊妳這是什麼意思？」

「也沒什麼意思。」柳氏壓住翻騰的火氣，略顯尷尬地說著。「就是火鍋店的生意挺好，尋思著是大郎媳婦想出來的法子，心裡挺過意不去的，就想著送點心意。」

「送心意也不是這麼個送法啊。」餘氏不客氣地道。按著兩家人的交情，真要送點心意，也就是整點兒吃食、布疋啥的，多來往走動著，才顯得比較親近隨意；明晃晃地送錢，可就奇怪了，透了股生疏彆扭。

柳家大兒媳不高興地頂了句。「餘家嬸子這話說得可就不對了。」不接這錢，難不成真想著讓公公手把手地教會火鍋店裡的事？這怎麼可能，就是親戚間也沒這麼個說法，何況只是友人關係。

「欸，妳這媳婦子說話怎麼就這麼不中聽呢？」餘氏也不樂意了。

「順康娘妳少說兩句！」柳氏忍不住了，低聲喝斥。心想完了，對著餘氏歉意地笑了笑。「這孩子就是這麼個脾氣，餘家妹子別放心上。」視線落到季歌身上。「大郎媳婦收了這錢吧，收了，我心裡也安生些。」到了這地步，也沒後路了，可惜了好不容易處出來的情分，這兩家都是不錯的人家呢，丈夫這是被錢財蒙了心吶！

話說到這分上，季歌算是明白了，她伸手接過錢袋子，語氣不復剛剛的親近。「既然柳嬸都這麼說，這錢我就收下了，都響更了，咱兩家也有段距離，柳嬸還是早些回去的好。」

「欸，那，那我們就先回去了。」柳氏嘴裡泛起陣陣苦澀，心裡暗嘆，起了身往屋外走，竟是連那熱茶都沒喝上一口就要離開了，這情分吶，是真的沒了。

季歌和餘氏送著他們仨到了大門口，季歌溫和地道：「柳嬸慢走，路上當心些。」也沒再提往後多多來往的話。

「妳們進屋吧，我、我就回去了。」柳氏側頭笑了笑，一臉的不自在，停了會兒，才轉身離開。

在柳氏轉身後，季歌就關緊了大門，和餘氏回了堂屋。

「沒看出來柳姊眼皮子這麼淺！」餘氏嘖了兩聲，心裡著實積了幾口氣。「瞅著火鍋店生意好了，沒來往不走動了不說，大晚上的過來，卻是來送錢的，前段時間真是白跟她處了。還有那柳家大兒媳，五兩銀子算什麼？也就她覺得錢很多，真瞧不上她那嘴臉。」罵了幾句，她看向一旁的季歌。「這錢是……想斷了情分？怕咱們眼饞火鍋店的生意纏上他們？」

季歌把錢袋子隨意地擱一旁。「大抵就是這麼個意思了吧。」人有些蔫蔫。「餘嬸不是要去泡腳嗎？都響更了，快去吧。」又看向三個孩子。「時辰不早了，拾掇拾掇回屋睡覺，明兒個買兩疋布給你們做衣裳。」

「姊姊。」阿桃有些擔憂。

三郎和三朵眼巴巴地看著大嫂，明顯感覺到她情緒不高。

「沒事。」猶豫了下，到底沒有忽悠這三個小的，季歌實話實說道：「就是有些提不起勁，一覺醒來後就好了，眼下你們不懂，還小著，長大就懂了。快回屋吧，不能瞎琢磨喔，讓我知道你們沒睡好，少不得又得提著你們的耳朵，日日說教地煩著你們。」

三個孩子一聽這話都嘻嘻嘻地笑了出來，說了幾句討巧的話，見氣氛歡快了些，便樂滋滋地回了屋。

餘氏泡完腳後，季歌也泡了腳，兩人回了屋，留了盞油燈，躺被窩裡說說話。

「妳也別多想了，人心就是這樣的，我看得透透的。」餘氏說著，又慶幸地道：「還好咱們沒有和柳家一起開火鍋店，回頭不知道鬧成什麼樣。」

「是啊，幸好沒有攬一塊兒。」季歌深深地籲了口氣。當時那般考慮，沒承想，真的就成了現實，讓她有點兒惆悵。想著前段時間多親近，逛街時看著實惠的好物都不忘跑過來通知一聲，回了趟村裡也會送些吃食過來，用心經營剛開始時，一個勁地想著法子介紹生意過來，閒來無事三人湊一塊兒東家長、西家短的聊八卦，恍如昨日啊，轉眼間就成了另一番模樣。

餘氏是習慣了，像她說的，早已經看透，這會兒倒沒什麼感覺，只是有些氣憤。「以為咱們會眼饞那破店呢，一年能掙多少錢，等著阿瑋他們回來了，該讓柳家好好瞧瞧，咱們有得是門路，才不眼饞他們呢！」

「對。」季歌收了思緒，眼裡有了笑意。「才不眼饞他們的火鍋店。」

兩人細細聊了幾句，等情緒都發洩出來了，才吹了燈，一夜好眠。

寂靜的夜裡，淅淅瀝瀝的雨聲，顯得格外透澈，夜風挾著雨，穿過紗窗飄進屋內，沈睡中的季歌忽感一陣冷意，不知怎的，一下子就清醒了。她挪了挪被子，捲了邊壓身下，躺在床上，聽著窗外的雨聲，淅淅瀝瀝如同落在了心坎裡。

突然地，就特別想大郎。

已經走到哪個地界？那邊有沒有下雨？夜裡睡得可好？白日裡吃得如何？路上有沒有遇事？頭一回出遠門可還習慣……一時間思緒瘋狂翻湧。

想了會兒，季歌嘆了口氣。夜裡的雨，還真神奇，輕而易舉地便勾起深藏心底的團團心思。她不願意想這些，想得再多日子還得往下過，倒不如不念不想，好好過著，靜待他們歸來。

第四十八章

隔日餘嬸起床時，季歌也醒了，她沒有立即起床，躺被窩裡看著素白的帳頂，迷迷糊糊地想。昨兒晚間她好像醒來過，屋外正飄著雨，雨聲淅淅瀝瀝，她好像還想了點什麼，然後聽著雨聲又睡著了。

「昨晚下雨了。」餘嬸打開屋門，清晨的涼意飄進了屋內，帶著雨後的清新，格外地沁人心脾，精神瞬間就清醒了許多。

「一層秋雨一層涼，這天又寒了兩分呢。」

季歌側頭看向屋門的方向，真下雨了，那就不是夢，她昨晚真的半夜醒過一回，思索著，便道：「餘嬸中午收攤後，咱們買些窗紙回來，得把紗窗給換了。」

「對，別著了涼，吃了午飯咱們就糊窗。」說著，餘氏走出了屋子。

待要擺攤時，忽的又飄起了細雨，密密麻麻，落在臉上，涼絲絲的，寒意慢慢滲進體內。季歌冷不丁地打了個噴嚏，緊接著又打了個。餘氏在旁邊瞅著，忙說：「快進屋再換件厚些的棉衣。」

「姊姊，別擺攤了吧。」阿桃小小聲地說著，又想到糕點已經做出來了。「今兒個我守著攤位，這個我會，有餘嬸在旁照看著，出不了什麼事。」

季歌擺了擺手。「我先進屋換件衣裳。」

一會兒後，她走了出來。「我心裡有數，沒事的。下著雨呢，妳們窩在屋裡待著，莫要外出走動。」

對上兩個孩子眼巴巴的目光，她又笑著道：「覺得不舒坦了，我下午就不擺攤了，放心吧，不會強撐著的，妳們也是知道的，我向來把身子骨看得重。」

「姊姊我幫妳把攤子推到東市去。」這話阿桃說得很堅決。

季歌想了想。「推出貓兒胡同就行了，真推到東市去，我還得送妳們回來呢。」

想想也是，阿桃蔫蔫地點了頭。

站在一旁的三朵，眨了兩下漂亮的杏仁眼。「大嫂，我和阿桃可以幫妳守著攤。」她覺得守攤也有趣。

「得看著家呢，家裡沒人可不行。」再說今日氣溫偏低，待在小販道守攤，是件苦差事呢！小孩子抵抗力比較弱，還是待屋裡安全些。季歌伸手揉了揉三朵和阿桃的頭頂。

等推出了貓兒胡同，目送著兩個孩子撐著油紙傘手牽手、肩並肩地消失在視線內，季歌和餘氏兩人才繼續推著車子，慢吞吞地往東市走，不求速度只求穩當。

「冷不冷？」擺好攤子，餘氏湊過來問了句。「冷的話，去我攤子前坐著，多少要熱乎些。」她做的早點賣買，會生爐火。

季歌搖著頭笑道：「換了件厚衣裳，這會兒倒是不冷。餘嬸，您那兒來生意了。」

「行，覺得冷了妳就拎個凳子過來，咱倆挨得近，耽擱不了生意。」說完餘氏大步回了攤位做生意。

下雨天只能依著經驗估摸時間，見人流漸漸稀落，大概就是巳時過半，可能早些，也可能晚些。

穿得也算厚實，奈不住風吹雨淋，只有個攤子堪堪擋著點，季歌坐不住，雙腿有些犯僵，她起身跺了兩下，讓身體熱些。心裡琢磨著，冬天都沒到，就這麼難熬，得想個法子才行，否則早晚得把健康搭進去。

「劉家媳婦來三斤發糕。」那婦人說著，瞅了眼季歌，又道：「今天可冷多了，有點受不住吧？對了，妳家男人呢？最近好像沒見著他過來幫妳。」

季歌邊秤著玉米發糕邊道：「他有事，近來沒空過來幫忙呢。」

「喔，『用心經營』是吧，我也知道。」婦人接過發糕，數了錢遞給季歌。「我這正有樁活呢，想把屋頂拾掇拾掇。」

「不好意思，他們沒在縣城裡呢，沒法接這活。」季歌抱歉地笑著。

婦人一聽隨口接了句。「出遠門了？也罷，左右我找別人也行，就是聽說『用心經營』做事厚道，常過來買糕點，跟妳也算熟稔，想著熟人辦事總會放心點。」

「真是不湊巧，倘若在家，定是會接這活的。」

兩人淺淺地聊了兩句，那婦人拎著發糕就走了。

「怎的，覺得身上發冷啊？」餘氏走過來問著，伸手摸了把季歌的額頭，細細地看了看她的臉色。「有沒有覺得哪兒不舒服？」

季歌嘀咕著，不會是昨晚冷著了吧？嘴上應道：「就是有點發冷，別的都好。」

「穿得也不算薄啊。」餘氏邊說邊捏了捏季歌的衣裳，想著家裡的情況，認真地道：「不如我替妳看著攤子，妳去醫館一趟。」

「去醫館怕也看不出個什麼來，還是買點酒、煮個瘦肉薑湯，出身汗再泡個澡也就沒什麼事了。」話剛落音，季歌就飛快地打了個噴嚏，幸好她頭偏得快，差點就噴了餘嬸一臉。

餘嬸擰了眉。「得，妳快些回家吧，攤子我來看著，糕點賣完了，直接擱寄放處，給十文錢放一晚上。」

「好。」一個噴嚏打出來，季歌察覺到怕是真的染了風寒，也顧不得多說，買了點酒和瘦肉、老薑，匆匆忙忙地回了家。

回家後，一碗香噴噴、熱騰騰的薑湯喝下肚，又用生薑煮沸擱了點鹽泡腳，出了身汗後，趕緊洗了個澡，舒舒服服地窩進了暖和的被窩裡，剛沾枕頭就睡著了。

醒來時發現床邊圍著兩個黑黑的腦袋，再定睛一看，卻是三朵和阿桃搬了個凳子靠坐在床邊，正認真地打著絡子，細長白淨的手指，顯得很是靈活，帶著股說不出的韻味，很有美感。

「姊姊。」別看阿桃在認真打絡子，餘光卻是瞄著床上。「妳醒了，感覺怎麼樣？」擱了手裡的絡子起身湊到了床前。

「大嫂。」三朵緊跟著撲到了床邊，大大的眼睛水潤潤的。

「什麼時辰了？挺好的，精神很好。」季歌笑著起了身，指了指自己的臉。「是不是紅光滿面？」

「大嫂，衣服。」三朵挨著床邊，迅速地拿了衣裳放到了床上。

阿桃答道：「都近未時了，姊姊餓了吧？煮了瘦肉蝦仁粥，在鍋裡溫著呢，我去端來。」

「等會兒別忙活，我自個兒來，先洗漱一番。」季歌三兩下穿好了衣服。

喝粥的時候，她問：「餘嬸擺攤了嗎？」

「剛走沒多久。」阿桃應著。

這時，院子裡響起了敲門聲，伴隨著花瑩的大嗓門。「開門開門，快開門啊，我家這臭小子沈手極了，我都想扔了他。」

正在喝粥的季歌聽著這話，差點就噴了出來。

阿桃蹬蹬蹬地跑出廚房，打開了大門，甜甜地喊。「瑩姊，亮亮醒著呢，我來抱抱他吧。」

亮亮長得很好看，白白淨淨、眉清目秀跟個小姑娘似的。

「別，別，他沈著呢，進了九月，就滿七個月了，越來越皮實，小身板力足著呢。」花瑩雖大剌剌可心裡還是有數的。

季歌喝完粥，把碗筷擱鍋裡，大步到了屋前，伸手接過亮亮。「哎喲，半個月沒見，又長了些呢。」

「聽家裡的楊媽說起妳沒擺攤，我心裡納悶就過來瞧瞧。」沒了兒子在懷，花瑩可輕省多了，歡快地進了堂屋。

「也沒什麼，就是染了點風寒，喝了薑湯、泡了腳，睡一覺就好了。」季歌把亮亮放到墊了毯子的竹榻上。

誰知，乖巧的亮亮，剛放到竹榻上，就翻著身手腳並用，高興地在竹榻上爬來爬去。

花瑩聽著。「沒事就好，昨晚下了雨，一下就冷了不少，可得多多注意。」

「妳一個人抱著亮亮過來的？」季歌邊說邊注意著亮亮。

「沒呢，楊媽一併過來的，她回家了，一會兒再跟我回大康胡同。」花瑩說著，把好不容易爬了兩臂距離遠的兒子，輕巧地拎到了跟前。

季歌還挺欣慰地想，別看瑩姊大剌剌的，對兒子還是很細心。這念頭才剛升起呢，就聽見花瑩道：「阿杏我家兒子可好玩了，每次他爬遠一點，我就把他拎到跟前來，他也不哭不鬧，繼續努力地爬，這樣兩、三回後，那小眉頭擰得跟他爹一模一樣，鼓著張小臉，一雙眼睛瞪得溜圓，氣呼呼地瞅著我看，可好玩了。」

「……」季歌不知道接什麼話好。

花瑩帶著兒子在劉家嘻鬧了小半個時辰，直到楊婆子過來敲門，才抱著亮亮離開。走時，三朵和阿桃一臉的不捨，一個勁地看著亮亮，送到了門口還不夠，非得送到胡同口，又逗著亮亮玩了會兒，看著他們的身影走遠了，才慢吞吞地回了家。

「大嫂，妳什麼時候懷寶寶？」回了家，三朵盯著大嫂扁扁的肚子，特期待地問了句。

阿桃也是雙眼發光地看著姊姊的肚子。

聽到這話，季歌心裡一咯噔，這個月的月信加上今天，已經遲了五天，往常最多遲個

一、兩天，不會是懷上了吧？想著，她情不自禁地把手放到了肚子上，這裡真有個小生命了嗎？剎那間，有種特別奇妙的情緒湧上心頭，只覺得心口脹脹的、暖暖的，又摻了些許說不出的茫然，真的有了孩子嗎？

日子宛如山澗裡的溪水，緩慢蜿蜒流淌，響起細微的叮咚聲，如同生活的簡單愜意，卻又不失活潑溫馨。

季歌忐忑著思緒，自進了九月下旬，癸水依舊未至，她忽地就平靜了，可以肯定自己是真的懷孕，肚子裡正孕育著一個小寶寶。活了兩輩子頭一回懷孕，那奇妙的感覺真是難以形容。她特別慶幸，還好自己及時察覺染了風寒，早早地回家想法子休息，若稍一耽擱，說不定就要去醫館了，都說懷了寶寶，得分外注意，不能沾醫藥的。

「大郎媳婦。」自知道季歌懷孕後，餘氏心裡就一直有個想法，憋了一整宿，這會兒吃著早飯呢，有些忍不住了。「我覺得，眼下這天氣，妳又是頭胎，才一個多月，別擺攤了吧，風裡來、雨裡去，不大妥當。」

阿桃也生了這念頭，見餘嬸一提出來，她趕緊接話道：「姊姊，餘嬸說得對，別擺攤了，推著個小攤車早出晚歸太累了。」萬一出了什麼事可怎麼辦？雖說姊姊不讓她胡亂地琢磨，可她無論如何也忘不了，姊姊和大嫂吵起來的原因，是為著她，也是為著姊姊嫁到劉家兩年多還沒生孩子。

季歌有些心動，沈默了會兒，卻搖了搖頭。

「沒這麼嬌氣，多多注意就行了。」前三個月不擺攤，等三個月後，肚子漸漸大，就越發不能擺攤了，還是不能慣著，嬌氣都是慣出來的。「不過這天氣確實冷，我尋思著去鐵匠鋪訂做個方便易帶的烤火器具。」

「大嫂莫擺攤吧。」三郎正兒八經地道，擰著小眉頭。「攤車推進推出太麻煩也太累了。」他人小力微幫不了什麼，如果能再大些就好了，早點起床，幫著大嫂出了攤再進學堂。

「兩個孩子說得對，推攤車不僅活重還得有巧勁，特別費神，依我看吶，手裡的銀錢不緊，也別太拚了，顧好身子骨要緊。」搬來劉家住了段時間，餘氏多少也有些清楚，劉家的糕點攤可比自己的小攤子要掙錢多了，除了羨慕更多的是高興，兩家處得親近，比一般的親戚還要好，鄰家日子紅火她看著也歡喜。

季歌笑道：「攤車也是個問題。」略略一思索又道：「要不直接把攤車放到寄放處，每天做好了糕點直接拿過去；至於攤子清理，可以在寄放處一併拾掇了，借老闆的廚房用著，商量著給個合適的價錢。」

「這樣也行。」見季歌心裡有數，餘氏也就沒有再多勸說。

三郎抿著嘴道：「一會兒我幫大嫂出了攤再去學堂。」

「我也幫著擺攤。」阿桃麻利地添了句。

三朵看看三郎又看看阿桃，最後目光落在了大嫂身上。「我也要去。」

「回頭我還得一個個送你們回來。」季歌伸手彈了一下阿桃的腦門。「別鬧，帶著三朵好好地待在家裡。」

「對。」三郎小大人模樣地瞅著阿桃。「別鬧。」

餘氏在旁邊看著這一家子，噗哧一下笑出了聲。「這三個孩子也真逗。」

笑笑鬧鬧地吃過早飯，待準備擺攤時，大門外響起了花大娘的聲音。

阿桃顛顛地跑去打開了大門。「大娘。」三朵緊跟在身後，露出半個腦袋，笑得眉眼彎彎。「大娘。」

「欸。」花大娘喜孜孜地應著，伸手把兩個孩子攬在懷裡。「聞著香味了，吃過早飯了吧？這是要擺攤呢。」

前幾天她過來了趟，聽大郎媳婦跟她說話，便猜著八成是懷上了，這不，隔兩天又過來瞅瞅，小孩子家家，雖說有餘家妹子在，她仍有些不放心。

季歌點著頭直笑道：「嗯，準備擺攤。剛剛商量了下，往後就把攤子擱在寄放處，多給點錢。」

「這點子好，要省事多了。」花大娘很贊同。「要擺攤就擺攤吧，我隨著一道過去，咱們說說話，三郎該去學堂了，莫耽擱了啊。」

「不會耽擱的。」有大娘在，三郎便用不著拐去東市擺攤。

季歌溫和道：「走到學堂正好辰時，快些出門吧，這邊有大娘在，穩妥著。」

三郎點著頭進了屋，揹起藤箱，和三個大人說了兩句話，邁著步伐走出了院落。

剛擺攤的時候，生意會忙些，進了巳時就輕鬆多了。花大娘和季歌細細說了不少注意事項，臨近午時才拎著買好的菜返回了天青巷，老伴還在家裡，她就委婉地推了大郎媳婦的留飯。

「花大娘可真好，不知道的人以為是妳親娘呢。」餘氏湊過來說著。

季歌心裡暖洋洋的，抿著嘴笑，喜悅掩都掩不住。「就算不是我親娘，我也會當成長輩孝敬著。」她沒多少原主的記憶，剛穿來這個世界，兩眼一摸黑的情況被換親到了清岩洞，大娘是頭一個給她溫暖的人，類似於母愛的溫暖，其意義格外的重要，比起季母，她內心更偏向大娘。

「這樣好的長輩，就得好好孝敬著，是福氣呢。」突然想起自家婆婆，餘氏嘆了口氣，心有惆悵，好在都過去了。

打從將小攤車擱在寄放處後，每天早出晚歸的擺攤生涯輕省了不少。

進了十月，天氣越發地寒冷，衣服都得換成厚襖子，季歌特意去鐵匠鋪訂製了幾個輕便的烤火器具，用著很順手。餘氏很是喜歡這個，直說也不知道季歌腦子裡裝了什麼，總能想到這些稀奇古怪的點子。

「縣城還好些，山裡的十月還要更冷點。」說著，季歌想起，在清岩洞進了十月，就得張羅著出山辦年貨了，順大娘、楊大娘怕是正琢磨著這事呢。

其實剛進十月不算冷，也就是下雨天，颳了些風，守在攤位前，就覺得寒氣四面八方地撲來，天晴出太陽時就好過多了，用不著烤火。

餘氏聽著直笑。「自然是跟山裡比不得的，縣城裡的夏日比山裡要熱多了。」頓了頓，笑著道：「等滿兩個月了，妳去趟醫館把把脈，妳這胎不錯，不鬧騰。」

「許是知道家裡情況，懂事著呢。」季歌絲毫不臉紅地誇著肚子裡的寶寶。

「喲，這才多久就滿心滿眼地顧上了。」餘氏聽著直打趣，過了會兒，正色道：「跟妳說啊，這孩子可不能太慣著的，太嬌氣了，頭疼的日子在後頭呢。」

「我知道的。」季歌應著，低頭瞅了瞅扁扁的肚子，眉目柔和。心想她會好好地養育孩子，認真用心地教育好他，教他做個頂天地立的好男兒；倘若是閨女呢，也得教她自尊自愛、自立自強。

第四十九章

中午收攤回家吃飯，歇了會兒，正想著睡會兒時，聽見了敲門聲，三朵一聽樂滋滋地笑。「大娘來了。」

自季歌懷孕後，花大娘就三不五時地過來一趟，看看乾閨女和未來外甥。

「姊姊。」阿桃打開大門，發現不認識的人，扭頭喊了聲。

季歌自屋裡走了出來，往大門一看，露出個笑容。「妳怎麼過來了？」是糕點攤的熟客，難不成想下訂單？也不對，怎麼會找到家裡來，琢磨著，她把人迎進了堂屋。

阿桃伶俐地泡了杯茶端進去。

「劉家媳婦，咱們也算是熟人了，我夫家姓嚴，我癡長妳幾歲，妳喚我聲嚴嫂子就好，也顯得親近些。」嚴氏樂呵呵地說著。

季歌順勢說道：「不知嚴嫂子這會兒過來是有什麼事？」

「也是有點事，就向旁人打聽出妳家的位置，知道妳中午會歇會兒，趁著這時辰就過來走動走動。」嚴氏笑得倒是特和善。「打擾到妳午覺，請原諒了。我來啊，是這麼回事，我夫家呢，也是開糕點鋪，覺得妳家的糕點味道很好，尤其是那果脯蛋糕，在縣城裡還是頭一份呢，猶豫了好些日子，終是沒忍住，想過來問問，妳這果脯蛋糕的方子賣不賣？」

「嚴嫂子說笑了，這蛋糕方子是看家的本領，真賣出去了，我們一家子還怎麼在縣城謀生？」肯定不會賣，季歌還準備明年在東城自個兒開店呢，只怕對方也是清楚這點，這裡是古代，能掙錢的都是寶貝，哪家不是捂得嚴嚴實實。

餘氏剛才回小楊胡同一趟，拿了些厚衣裳，剛進院就聽見季歌的話，她心裡一緊，家裡來人了？忙把手裡的衣裳擱進了屋裡，匆匆忙忙去了堂屋，未進門先開口說話。「大郎媳婦家裡有客呢？」進屋，看了眼嚴氏，笑著道：「我以為是大娘和亮亮娘過來了呢，這位是？」

「餘嬸這是嚴嫂子，經常來糕點攤買糕點的。」季歌輕聲介紹著。

餘氏對著嚴氏樂呵呵地笑。「來訂做糕點呢？大郎媳婦的手藝確實好，咱這一塊的都清清楚楚。」

「倒不是來訂做糕點。」嚴氏神色略淡地應著，目光落到了季歌身上，挺嚴肅地說道：「劉娘子，我剛說的事，希望妳能仔細考慮一二。」「仔細考慮」四字咬字頗重。「價格是可以商量的，正如這位大姊說的，妳的糕點手藝附近鄰居都是清楚的，妳若同意了，自然不會虧了妳。」

這話說得軟中帶硬，季歌聽著卻不大高興，秀氣的眉目微微蹙起。「嚴嫂子我剛說過，這蛋糕方子是絕對不會賣的，一家子還得靠著它在縣城謀生呢。」頓了下，語氣冷了好幾分。「嚴嫂子沒旁的事，我得午休了，下午還要擺攤，精神不濟會影響生意。」

「三十兩銀子。」見季歌態度堅決，嚴氏直接說出了價格，蛋糕方子一定要得到！自六月起，嚴家夫妻就注意到這小小的糕點攤子，別看這攤子小，可著實搶了不少生意。

「嚴娘子還是請回吧。」季歌連稱呼都省了。三十兩銀子是不少，但她是不會賣的。同意賣給季掌櫃，當時也是沒了法子，要搬來松柏縣得有一定的家底；另外，景河鎮離松柏縣遠著呢，不會影響到自家的生意，可嚴家卻不同。嚴娘子都找上門來了，想來嚴家的鋪子離東市近，這可是競爭關係，她腦子沒有被門夾，才不會傻乎乎地把生意往敵人手裡送。

見季歌一點情面都不留，嚴氏立即就冷了臉。「劉娘子妳可要想清楚了，劉家才剛剛搬來縣城，連一年的時間都沒有，根都還只在表面沒往地裡扎，妳這麼不留情面地拒絕這樁買賣，妳可想清楚後果沒有！」最後一句算得上是威脅了。

季歌才不怕她這紙老虎，鎮定答道：「嚴娘子這可是松柏縣，縣老爺的眼皮子底下，難不成，妳還想使什麼上不了檯面的手段？就算妳狠得下心出么蛾子，我也不會懼怕妳分毫。我劉娘子行得正、坐得端，半夜不怕鬼敲門，倒是嚴娘子可得當心了，莫要搬石頭砸自己的腳。」

「妳賣還是不賣？」嚴氏氣呼呼地又問了句，一雙眼睛瞪得忒圓，眉宇間帶著怨憤。「劉娘子我只是想買妳的蛋糕方子，又沒有說不讓妳繼續擺妳的蛋糕攤，就算把蛋糕方子賣與我，三十兩銀子可是筆不小的數目了，妳輕輕巧巧地掙了筆錢，又能繼續擺攤，何樂而不為，別給臉不要臉！」

季母見大門是開著的，直接推了門進院子，剛走進去，就聽見有人在說話，她只聽了半句，頓時就怒了，舉步生風地衝進了堂屋。「哪來的黑心腸不要臉的賤貨，妳家沒人教妳嗎？搶人看家本領就是斷人財路，這是要命的事情，這個殺千刀的賤蹄子，真是歹毒，幹這等陰損事，活該斷子絕孫遭雷劈！死後下十八層地獄，受盡諸般痛苦，就妳這樣，下輩子連畜牲都沒得做！」

噼哩啪啦地罵了一嗓子後，季母瞪了眼季歌。「愣著幹甚啊，就這樣的破爛貨還留著她吃晚飯呢？看看妳這日子過得，都讓人欺負到家裡來了，都說了讓妳沒事別顧東顧西，憨傻貨，顧好自個兒就成了，看吧，人人都知道妳好欺負。」罵完這句，她伸手狠狠地推了一把嚴氏。「瞪什麼瞪，比眼睛大啊，有老娘眼睛大嗎？趕緊滾，再不滾別怪我不客氣。」話一落音，順手拎了把椅子舉起，作勢要朝著嚴氏砸下去。

嚴氏一見這陣勢，屁滾尿流、十足狼狽地跑出了院子，竟是連句狠話都來不及說。

季母這人嘛，有些奇怪，重男輕女在這時代是很常見的，她也是這般，在她看來，生了個女兒就是賠錢貨，沒什麼勞動力，還得養大她，她心裡是萬分不喜的。兩個女兒根本就沒在她心上，怎麼養女兒是她的事情，因為這賠錢貨是她生的啊，等到了年歲替兒子換親，也算是有了點用處，一般的窮苦人家，差不多都是這麼養女兒的。

在季母的心裡又有一點不同，女兒嫁人後，就是別人家的媳婦，不是自己的女兒了，得當成一個親戚來對待。尤其大女兒出嫁後，夫家日子好了些，逢年過節也不忘送點孝敬回娘家，禮還不輕，在村裡也是拿得出手的，這心情嘛，自然是高興開心的。

季母是很清楚的，她只是生養了兩個女兒，卻完全沒有盡到一個母親應盡的責任，對她們完全是放養的狀態。她從來就沒有想過，往後在兩個女兒身上得什麼好處，這事她可做不出來，這點骨氣她還是有的。可如今大女兒嫁人了，成為了別人家的媳婦，對娘家還挺上心，比較孝順，她心裡挺美的，因著心態的微妙變化，她的一腔母愛，總算撥了一絲絲到大女兒身上。

這會兒見大女兒被欺負了，她哪裡還忍得住？二話不說就衝過去助陣。哪來的阿貓、阿狗，這麼不要臉地上門，當他們老季家沒人呢！這是做為娘家人的意識徹底爆發了！

「劉大郎死哪兒去了？」賤貨被趕走了，季母連舉著的椅子都沒有擱下就大聲責問著。這日子是怎麼過的？竟然讓人威脅到家裡來了！看那劉家兄弟也不像是個軟包樣啊？

餘氏見這陣勢，忙退出了堂屋，三步併成兩步把大門給關緊了，她進來得急給忘了。這是大郎媳婦的親娘嗎？好生潑悍，還好她過來了。

「娘，您剛著家，把椅子放下歇歇氣。」季歌怔住了，慢半拍地反應過來，忙給季母倒了杯溫開水。「娘您先喝口水，大郎和二郎以及餘嬸的兒子，隨著花大娘的兒子和女婿，跟著商隊外出跑商去了。」

「啥？」季母一直待在柳兒屯，最遠也就在景河鎮轉悠，來松柏縣還是頭一回呢，跟大兒要了仔細的地址自個兒摸過來的。「商隊跑商是個什麼玩意兒？」說完，又開始罵了。「跑什麼商？待在縣城裡日子過得好好的，把你們小的小、弱的弱扔家裡，兩個大男人說走就走了？真是不像話！」

季母很氣憤，指著季歌恨鐵不成鋼地說：「就是妳！早跟妳說了，別太溫吞，看吧，都鬧成什麼樣了。最近正好比較清閒，我在這兒住兩天，等他們回來了，我要好好地說說他們，太不像話了，這又不是村子裡，還能有個親戚鄰居幫襯著，這可是縣城，有點啥事連個能伸手的都沒有，太不知道顧慮了。」

「娘。」季歌遲疑了下，硬著頭皮弱弱地說：「他們……他們暫時不會回來，少說也得年底才歸家。」

「什麼！」季母本來想喝水的，一聽這話，整個人都站起來了，猙獰著一張臉看著大女兒。「妳腦子被驢踢了？怎麼就同意讓他們去了？妳說妳，妳說妳，我怎麼就生了妳這麼個憨貨？」

好火爆的脾氣。餘氏都不敢進屋了，一臉同情地看著季歌。這真是母女嗎？差別也太大了些。

季歌抿著嘴笑。「娘，您先冷靜一下，我把這事細細告訴您。」說著，突然想起前些日子一朵和大哥過來時說的話，靈機一動。「娘，是不是二哥的婚事定了日子？」

「對。」季母點著頭，三兩下喝盡了杯子裡的溫開水，咂了咂嘴道：「我就是為了這事過來的。」

本來是可以讓大兒夫妻倆過來，可琢磨了下，她還是想自己過來瞅瞅；再者，她有些好奇，到底發生了什麼事，那大兒媳改得還真徹底，順便把這事跟大女兒說說。她又不傻，估摸也能猜到些許，怕是這姑嫂倆鬧了場大的，女兒終究是劉家媳，大兒媳又是劉家出來的閨女，這結打得太深的話從各方面來說都不大好，她過來摸摸底，免得親戚變成了仇家，真是造孽喲！

「定了哪個日子？」成功轉移話題，季歌笑盈盈地繼續問：「哪家的姑娘？是個什麼模樣性情？二哥可還中意？」

兒子可是季母的心頭寶，說起這婚事，她頓時就喜上眉梢，顯然是特別滿意。「是鄰村的一個姑娘，三月裡滿十五，個頭比妳矮點，模樣挺清秀的，近兩年沒在外面幹活，臉蛋捂白了些，看著很舒服，說話細聲細氣。在村裡打探了圈，都說這姑娘不錯，曾領著妳二哥去過，小坐了片刻，兩人短短地見了面，這婚事才成的，妳二哥很中意，本來就憨，現在成天地傻笑，恨不得立即把這姑娘娶進門。」

「日子定在十月十八，是個黃道吉日。」說著，季母真心真意地對著大女兒道：「也多虧了妳給的五兩銀子，女方家日子過得不錯，這姑娘是老大，取名叫招弟，還真靈驗呢，後頭四個全是小子。現在到了年歲，這姑娘還挺搶手的。」季母嘿嘿嘿地直笑，模樣很是得瑟。「結果一下就相中了妳二哥。」

季母越說越歡喜。「本來依著家裡的情況，是沒法娶到這姑娘，前些日子妳不是給了五兩銀子嗎，手裡寬鬆了，底氣就足，捲起衣袖得給妳二哥娶個好點的媳婦。後面的老三、老四還早著呢，暫時不著急。也是咱老季家的根好，窮是窮了點，孩子一個個都挺有模有樣。」

「定在十八啊？日子也近了，娘得有不少瑣碎事要張羅吧？」季歌想，待明年自己這邊穩定了，琢磨一下，能不能想個妥當的法子幫一把娘家。說來，重男輕女本就是這時代的風氣，季母也不是多壞，走動多了，雖說話不中聽，對她卻多有關懷。到底是娘家，斷了骨頭還連著筋呢，能好好處著，也算是宗喜事；再者，幾番接觸之後，她看出季母是個拎得清的，不會得寸進尺，也不是會豬油蒙了心的人。

季母道：「還好，九月裡就開始陸陸續續著手準備著，也沒差多少，三兩下就能拾掇妥當。」二兒子的事說完，她看向大女兒，又想起剛剛的話題，眉頭一下就擰緊了。「對了，妳還沒告訴我，大郎他們跟著商隊跑商是個什麼情況，別想著忽悠我，妳個傻孩子，怎麼就同意了這事？」

不等季歌接話，她絮絮叨叨地開始碎碎唸。「妳都嫁進劉家兩年多了，肚子還沒動靜，還好劉家兩老走得早，否則沒妳好日子過。眼下不緊著孩子的事，還放著大郎出遠門，就算真掙著錢，日後發達了，妳連個傍身的孩子都沒有，人家手裡有錢，黃花閨女一抓一大把，到時候有妳哭的時候！妳個憨傻子，我說妳的話妳就左耳進、右耳出，真不懂事！」

「娘，這話說得都沒影了。」季歌哭笑不得，趕緊阻止。「我懷著孩子了，八月裡懷上的。大郎跟著商隊跑貨，也是為了這個家著想，見我風裡來、雨裡去地擺攤，他覺得太累；且在縣城裡，他掙的錢不算多，就想著跟商隊跑貨，不多，也就兩、三趟，攢了些錢，再買個帶鋪面的宅子，往後他看著鋪面，我在家裡帶孩子、忙些瑣碎活，就輕省多了。」

季母瞪圓了眼睛。「這、這、這是幹什麼事啊？來錢這麼快，不會是什麼見不得人的勾當吧！我跟妳說，可不能為了錢就沒了良心啊，舉頭三尺有神明呢，咱們做點啥老天爺都在上面看著，會遭報應的。」就算再怎麼不懂縣城裡的事，可基本的還是知道，在縣城裡買個帶鋪面的宅子，那得多少錢啊？她這輩子怕是都掙不到這麼多錢，跑個兩、三趟商就成了？真這樣，不得人人都幹這勾當了。

「怎麼會？娘您想到哪裡去了？」季歌忙進一步解釋著。「是正經的買賣，就是比較危險，得跟著商隊天南地北地走，有些山頭裡窩了土匪，會攔著要過路錢，倘若商隊的主事給的過路錢不夠，就會起禍事。另外還得先有幾十兩的本錢，不僅這樣，還要有門路才能進去，須得人高馬大的青年等等，要求挺多的，但來錢快，就是要冒險。」

見季母聽得認真，季歌又道：「大郎覺得，有這機會試一試也是好的，因著花大娘的兒子和女婿跟著跑了幾趟，跟著的商隊還是很靠譜的，才放心讓他們也一併出去見見世面，走得遠了、看得多了，有了足夠的經歷，手裡攢了錢，等回了縣城，做起買賣來就會更得心應手些。」

「喔。」季母本來有點心動，等話都聽完後，她立即就蔫了，原來是這麼回事。「那成，妳心裡有數就好。」頓了頓，又瞄上季歌的肚子，沈默了會兒，問道：「真懷上了？」

季歌笑得一臉柔和。「嗯，懷上了，快兩個月了。」

「懷上了就好，這女人吶，有個孩子傍身總是好的，甭管是男是女，都比沒有孩子要強。」季母看著大女兒，難得語重心長。「妳嫁人後，就越發有主意了，既然妳心裡有數，我就不在妳跟前嘮叨了。只是，有一樁事我得問問妳，前段時間，一朵和有倉過來，是不是發生什麼事了？」

聽著季母的問話，季歌抿嘴垂眼，過了會兒開口道：「是發生了點事。」想起一朵離開前的悔意，囁嚅著問：「一朵她在家裡怎麼樣？」

「沈穩了不少，說話做事也踏實些，沒了那股浮勁看著順眼多了；現在肚子裡又懷上了個，明年初夏生，就是不知道是男還是女，別又蹦個賠錢貨出來。」嘀咕著，季母看著季歌。「妳懷了娃，大郎又不在家，怕是不能回家吃喜酒吧。」皺了皺眉頭。「來來回回也麻煩，就別回了，時間都耽擱在了路上，等我回去的時候，直接把妳的禮帶回去，交代幾句這事也就妥了。」

季歌稍稍猶豫了下。「那，那我就不回了。」還沒滿三個月，回去的路不大平坦，坐著牛車搖搖晃晃到柳兒屯，人都得散架了；還有時間也是個問題，家裡也是個問題，一來一回少說也得兩天，聽著不多，可她卻放心不了。

「回什麼回，頭胎重要著呢，妳精心點。」季母說著自個兒倒了杯水，解了渴。「還沒說前些日子到底出什麼事，妳跟我簡單地說說。」

這事季母也是有權知道，季歌整理了思緒，把整個前因後果大概地敘述了番。

「一個個都不省心，真是造的什麼孽啊？」聽完後，季母發了兩句牢騷。「我來了縣城，人家花大姊幫了這麼大的忙，少說也得親自上門一趟，明兒個妳帶我過去認認門。」

「好，明天上午咱們就過去。」季歌覺得應該這麼做，二話不說就應了。

餘氏見屋裡氣氛緩和了不少，端著瓜子和果脯走了進來。「大嫂子，一路趕過來也怪累的，剛進屋又經了這麼一碴，快歇歇嚼點零嘴。」

「娘，這是餘嬸。她兒子阿瑋和大郎兄弟倆一併隨著商隊跑貨，住在隔壁胡同，這些日子搬過來一塊兒住著，也好相互有個照應。」季歌眉開眼笑地介紹。

季母起了身。「餘家妹子啊，我這大閨女平日裡就多虧妳顧著一二了。」

「哪裡話、哪裡話，是相互幫襯著呢。」餘氏把瓜子、果脯擱桌上，抓了把放季母的手裡。「大嫂子咱們邊嗑瓜子邊說話。」

「要得要得，柳兒屯離縣城有點遠，平日裡家裡瑣碎多，也難得過來縣城一趟。」季母隨手也抓了把瓜子給餘氏。

三個人就這麼和和氣氣地說起話來。

說著說著，季母忽地想起，剛進院落時遇到的那件事，頓時挑起了眉頭，一臉煞氣地道：「那賤蹄子是怎麼回事？想搶妳手裡的糕點方子呢？」

「對。她夫家姓嚴，估摸著家裡的店鋪離東市不遠，我這糕點攤子怕是讓他們丟了些生意，這才起了貪心。」季歌也沒瞞著，三兩句把事說了，又道：「我有點印象，前陣子她過來買糕點，隨口問起大郎他們，當時說是有活想找他們，我回答得含糊，現在想想，不會是過來摸底吧？」

季母連瓜子都顧不得嗑了。「八成就是這麼回事！見大郎他們久不出現就來問問妳，這是瞅準了大郎他們不在家，就剩下你們幾個小的小、弱的弱才出手的。」說著，一拍大腿，恨恨地道：「早知道就該把有倉、有糧喊過來，沒個男人支應著，這事真不好說。」偏偏和大女兒相熟的人家，家裡的男人都跟著商隊跑貨去了，就剩下婦孺能頂個甚事？怪道那般囂張，直接找上門來了！

「不行！」季母越想越氣憤。「這會兒時間還算湊合，我趕回柳兒屯，把妳爹、大哥、二哥他們都拉過來，把這事解決了再說。」放任著不管，誰知道會鬧成什麼樣？大女兒說不定會被啃得連渣都不剩。

季歌聽著一愣，而後一臉驚呆。

「還是大嫂子看得明白，想得周全妥當啊。」餘氏正揪心著這事呢，一聽季母的話，當下就拍手叫好。「貓兒胡同住不下，還可以住小楊胡同呢。」

「就這麼辦，我先回家了，明兒早早地就趕過來，妳倆莫慌，她剛剛被我嚇著了，一時半刻的怕是不會有什麼動作。」剛和餘氏交談了一會兒，季母已經看出來，這大妹子和自己的女兒一個樣，都是溫溫和和的性子，跟個大包子似的。

季歌回過神來，季母已經風風火火地走到大門口了，她忙追了出去，餘氏一把拉住她。「大郎媳婦啊，這事不是別的事情，我知道妳向來有主意，可妳得想想妳肚子裡的孩子，妳現在可不是一個人，可禁不得折騰。大嫂子說得對，家裡全是婦孺，這事合該由男人出面比較好，妳還得在縣城繼續謀生呢。」

「嗯，我知道了。」這麼一說，季歌也就明白了。只是，她向來都習慣有什麼困難自個兒解決，這會兒有娘家衝在前面，尤其是和這娘家的關係不算特別親近的情況下，這感覺真是……相當地微妙。

第五十章

嚴子懷在家裡等得甚是煎熬，站在店鋪裡遠遠地看見妻子的身影，頓時笑得合不攏嘴，見牙不見眼。

嚴子懷暗暗地想著，雖說一下子花了三十兩有些肉疼，能買下劉家的秘方卻是相當地值！他敢肯定三個月內，能把花掉的三十兩掙回來。

「相公。」嚴氏垂頭喪氣地走進鋪子，蔫蔫地喊了聲。

正作著白日夢的嚴子懷見到妻子這模樣，心裡咯噔一聲，有種不好的預感。

「方子呢？」嚴子懷問道。

「劉家媳婦不肯。」沒有完成丈夫給的任務，嚴氏說話特別虛弱。

嚴子懷惱怒得直跳腳，指著妻子的鼻子開罵。「得不到劉家的秘方，咱們就得喝西北風了，得灰溜溜地搬回村裡去！妳個蠢婦這點小事都辦不好！」罵了兩句仍不覺得解氣，狠踹了兩下桌子，甩了衣袖大步走出店鋪，他怕自個兒會忍不住踹老妻兩腳。

嚴氏見丈夫走了，她在店裡也待不下去，直接關了鋪子，匆匆忙忙地追著丈夫回了家，端茶倒水好聲好氣地問：「咱們接下來要怎麼辦？」她可不想搬回村裡。

「妳問我我怎麼知道！」嚴子懷這會兒心特別亂，聽了妻子的話，心就更亂了，煩躁地低吼了句，拍著桌子直嚷嚷。「都怪妳這個蠢婦，連這點事都做不好！拿了三十兩銀子出門，竟然買不到一個方子。蠢婦！」罵完，他深深地吸了口氣，眼裡閃過一絲陰狠。「這劉家的秘方一定要得到！」

敬酒不吃偏要吃罰酒，就別怪他心狠手辣了！

中午沒能稍稍地歇會兒，向來睡午覺成了習慣，又是懷著孩子，比平日更要嗜睡些，下午擺攤時，季歌就覺得腦袋昏昏沈沈，整個人蔫蔫的，很是提不起精神。

「大郎媳婦，妳可不能在這裡睡。」餘氏走過去，溫和地提醒著。這可是十月初的天，深秋了呢。「容易著風寒。」

「我知道。」季歌揉了揉額角，秀氣的眉宇微微蹙著，聲音懶懶的。

「攤位上也沒多少糕點了，一會兒賣完了，妳直接回家躺著，就甭等我了。」餘氏指了指攤位。

「一會兒再看看吧，興許過了這睏勁，人就精神了。」季歌輕輕地拍了拍臉，起身走了兩下。

餘氏見狀，扯著話話家常。「我剛聽對面攤位聊的八卦，有人上吳家提親了，小夥子還不錯，家裡開了個酒坊，堂堂正正的模樣，家裡人口也簡單，就一個大姊。」

「然後呢？」季歌隨口問了句。

「喔，沒同意。」餘氏抿了抿嘴。「不知吳家到底是咋想的，這戶人家還是滿不錯的，竟然沒有同意。隱約聽說，是吳家姑娘沒同意，說要替未婚夫守三年。沒看出來，這姑娘也是個傻的，三年一過，她就是二十歲的老姑娘了，哪還嫁得出去啊？」說著，一臉的唏噓。「吳家大姊也不知道勸著點，哪能由著孩子亂來，說甚就是甚，後面路還長，得多難走喲。」

季歌想了想。「我記得吳家姑娘是在常青街的葉氏花卉當學徒吧，曾見過兩回呢，瞧著那眉宇沈靜了好多，跟以前都大不相同，怕是有自個兒的想法吧。有老話不是說，生活如人飲水，冷暖自知。」

「啊，這話說得在理。」餘氏還是頭一回聽見呢，細細地琢磨了兩下，直點頭。「也對，確實是這麼回事，剛聽她們八卦說，那小夥子就是去買了兩回花，然後就相中了吳家姑娘，哪知道又是個落花有意、流水無情嘍。」她學著戲文裡的調調，輕哼兩聲。

季歌噗哧一下笑了出來，經這麼一閒嗑，倒是精神些了，兩人換著話題，左一個、右一個地絮叨著。

「來一份果脯蛋糕。」

說著話呢，攤子前站了個婦女，季歌對著餘氏笑了笑，走到攤位前，做了這樁買賣。

餘氏瞅了眼，笑呵呵地說：「妳的糕點快賣完了，我那還得有一會兒呢。」

「現在不睏了，等都賣完了咱們再收攤，不急這一時半刻的。」季歌笑著接了句。

堪堪進了酉時，餘氏攤子上的吃食也賣完了，季歌賣完糕點後，就把攤子推回了寄放處，這會兒幫著餘嬸收攤，兩人推著一個攤子，有說有笑地回了家。

晚飯過後，三郎並沒有急著溫書練字，繃著個小臉，嚴肅地看著季歌。「大嫂，聽三朵說，今天有人上門來鬧？」

季歌還沒來得及反應，身旁的三朵眼巴巴地看著她。她有些害怕，三郎平日裡懂事像個小大人，她下意識地就把這事跟三郎講了。

「姊姊，我和三朵把下午發生的事情都告訴三郎了。」阿桃接著話，不著痕跡地握了握三朵白胖的手，三朵膽子可真小，讓人發愁。

三郎見大嫂看著阿桃和三朵，又道：「大嫂這到底是怎麼回事？妳告訴我吧。」大哥走的時候，認真地叮囑過他，年歲小也要當個男子漢，得顧好家裡，真出了什麼事，他沒法解決，可以求助元小夫子。

大郎是知道的，元夫子父子倆對三郎很是看重，甚為喜愛他。他想，倘若真出了什麼棘手的事，三郎去求助，元家應當會搭把手，待他回來後，再親自上門道謝，並牢記這恩情。

「嚴家想買下蛋糕的製作方法，我沒有同意，氣氛正僵時，我娘衝了進來，三兩下把嚴娘子給嚇走了。沒多久，我娘就趕回了柳兒屯，準備明兒個一早把我爹和兩個大哥拉來松柏縣，把這事給徹底解決了。」知曉三郎的性子，季歌也沒多隱瞞。「就是這麼回事，你好好讀書便好，這事啊，有大人們在呢，能妥當解決的。」

三郎皺緊著小眉頭，老氣橫秋地問：「是看著大哥和二哥走了，嚴家才乘機上門嗎？」

「對。」季歌應了聲。心想，三郎小小年紀心思就這般重，長大後不得早早地就成小老頭了？「其實還有一個原因，咱們搬來松柏縣未滿一年，根基還淺，加上家裡的男子出了遠門，這才激起了嚴家深藏心底的貪念。若我們在松柏縣有些年頭，和左右鄰居都相熟、關係也好，那些個眼紅的就不敢起么蛾子。」

「說到底還是大哥和二哥沒在家的原因，我還小，頂不了用。」三郎硬邦邦地說著，低頭瞅著自己的小身板，很是不滿，默默地握緊了拳頭。「大嫂，我去學個一招半式行不行？」等他有了些力氣，身板小又如何？照樣能把人揍一頓。

「啊？」季歌瞪圓了眼睛，有點跟不上三郎的思維。「你現在最緊要的是讀書，年歲小，不能三心二意，得專注一方才行。還記得我跟你講的小猴子的故事嗎？三郎是個好孩子，可不能學小猴子，撿了西瓜、丟了桃子。這樣不好，太浮了。」

三郎抿著嘴答。「我沒有，我不會學那隻小猴子，我就想學個一招半式增強身體。」頓了頓。「大嫂也說，多運動才會長個頭，學武也是運動。」

「拿著我的話來堵我的嘴，三郎你可真會舉一反三。」季歌忍不住笑出了聲，過了會兒，正兒八經地問：「三郎真想習武？」其實習武這事，她是贊同的，只要三郎能守得住心，把讀書和習武平衡好。自古書生就體弱，只比那閨閣千金好上一點點，還比不得一個農家婦呢！

三郎一聽這話眼睛就亮了。「對！大嫂妳放心，我不會耽擱學業的！」

「我還沒答應你呢。」季歌故意虎著臉。

三郎咧嘴嘿嘿地笑。別說，這孩子笑起來的時候，憨憨的，跟大郎特相似，好不容易養出來的書生氣息，瞬間就沒影了，完完全全就是個六歲的小屁孩，還挺憨萌的。

季歌看得手癢癢，伸手捏了捏他的臉。「行，我可記住你的話了，哪天你要是沒有做到，我就要生氣了。」
「大嫂不會的，我說到做到！」三郎答得鏗鏘有力。
三朵拍著手直笑，笑得眉眼彎彎。「三郎要學武了，武松打虎。」有些戲文很紅火，從街頭傳到街尾，孩子們也就聽了一耳朵。
「學武好。」阿桃也覺得會點兒拳腳安全些，就是幹活都要輕省點。
餘氏拾掇好廚房，樂呵呵地走了進來。「你們說甚呢，一個個笑得這麼開心。」
拾掇廚房、清洗碗筷這事，先前是季歌和餘氏一併做著，後來季歌懷了娃，餘氏就不讓她碰了，說守了一天的攤，回了家好生歇著就好。阿桃和三朵覺得總讓餘嬸一個人忙活也不成，便說輪著來幹活，也不是說要分這麼清楚，只是覺得這樣一來，會更自在些。
季歌心裡是清楚的，再好的情分，有些細節不注意，大剌剌地這麼對付著，時日久了，難免會覺得是理所當然，可以說，這是人的劣性之一，不注意著，再好的情分也會有淺淡的一天。女人心，海底針，最是細膩敏感，當時看著不顯，時間長了，總會生些小疙瘩。
「三郎說想習武。」季歌笑著回道。
餘氏愣了愣。「習武啊，三郎不是要讀書嗎？習什麼武，沒得分了心。」小孩子家家最是活潑好動的時候，也就三郎懂事乖巧，能安安分分地跟著上學。
「不會分心，會努力讀書，也會努力習武。」三郎認真地應著。「大嫂這事我跟元小夫子說就好，元小夫子也習過武。」
這孩子不會早就生了習武的心思吧？季歌嘀咕著。「那行，你自個兒看著辦吧，到時候要多少錢，你跟我說。」小小年紀就這麼有主意，且讓他去吧，看看能飛多高。

「好。」三郎見沒什麼事了，便坐到桌邊，開始練字。

餘氏拿出針線笸籮，拿著一針一線遞給身旁的季歌。「幫我穿一下，人老了，眼睛就不中用。」說著，又小聲地道：「真讓三郎去習武？」這讀書就夠燒錢了，又習勞什子武，唉！也是大郎媳婦心地好，五根手指還有長有短呢，人心就是偏的，倘若不是最愛的那個孩子，一般的父母哪會捨得這麼燒錢。

「我覺得習武好，都說考試的時候，可嚴格了，沒個好體質，也是不成的。」季歌倒是沒把錢財放心上，她想的生活品質只求愜意悠閒，吃喝穿戴方面沒什麼太多要求。她又有掙錢的能力，家裡的幾個孩子，她是真心真意地待著，自然想讓他們有出息些。

餘氏接過穿好的針線，把今兒早晨劃破的衣裳拿在懷裡，在燈光底下細撚了會兒，才著手打補丁。「說得也對，老話說書生裡頭，十有九個能被風吹跑，如今在城裡住著，比不得在村裡，還能時不時地幫著幹農活、練力氣。習點武也行，也算強身健體，好在習武這事，跟讀書沒法比，應當要省錢些。」

「家裡還算寬裕，錢財方面倒是不大緊手。」季歌說著，把話題給擱了，免得打擾到三郎練字，那小傢伙耳朵豎得可真直，看得她直想笑，真想時光快點走，看看幾個孩子長大後會是什麼模樣？嗯，還有肚子裡的小寶寶呢，想像著他奶聲奶氣地喊自己娘，心頭就軟得一塌糊塗。

餘氏抬頭瞅了她一眼。「妳笑甚？笑得可真甜，牙都酸了，想大郎了？這信快送來了吧。」

「就是這幾天吧。沒想大郎，我想著肚子裡的寶寶，想著他會走、會說話時的情景，心裡熱呼呼的。」季歌伸手摸摸自己扁扁的肚子，眼底堆滿了柔和與期待。

三朵扔了手裡的絡子，湊到季歌的身旁，盯著她的肚子，眨巴眨巴眼睛。「寶寶都沒長。」說著，伸出小手摸摸大嫂的肚子，抬起漂亮的杏仁眼看著大嫂。「還是扁扁的。」

「呸呸呸。」餘氏擱了手裡的活，把三朵拉到了懷裡。「好孩子，話可不是這麼說的。寶寶啊，在妳大嫂的肚子裡長著呢，就是太小了，等過了三個月，妳大嫂的肚子才會慢慢大起來。」

「對，姊姊的肚子才一個多月呢，早著呢。」阿桃笑嘻嘻地說話。

四人圍著寶寶的話題嘻嘻笑笑地說著話，三郎專心地練著字，練了一會兒，就停下筆，側頭看著不遠處的笑鬧，眼裡也有了笑意。

次日一早，季歌和餘氏擺攤時，仔細叮囑著三朵和阿桃，聽見敲門聲時，一定要問問人才能開門。估摸著季母今兒個上午就能到貓兒胡同，那時她們在東市擺攤還沒回來呢，開門的就只有三朵和阿桃。

「知道了姊姊，妳放心吧。」阿桃點著頭應。「住了半年多早就養成了習慣。」

季歌對阿桃還是很放心的，伸手揉了揉三朵和阿桃的頭頂。「嗯，我相信妳們，關好大門吧。」說著便出了院落。

等到大門關緊了，兩人才推著小攤子往東市趕。

第五十一章

十月初深秋，空氣裡透著薄薄的寒涼，清晨籠了層霧並不濃，飄著各種香味，說話聲、馬蹄聲、爭吵聲，甚是熱鬧，進了東市就更嘈雜了，花樣百出的吆喝聲此起彼伏，有些關係不好的攤位隔得又近，便起了鬥志，扯著嗓子一聲高過一聲。

季歌將攤子自寄放處推進小販道，把做好的糕點從餘家的攤子裡拿出來，慢條斯理地擺弄著攤子，這其間有熟客來，做了樁生意。

進辰時後，就是東市最熱鬧的時段，也是生意最好的時段，來來往往的人潮很是擁擠，小販道裡熱氣騰騰，就算晨風拂過，也覺察不到冷意。

「一共十二文錢。」季歌笑著把油紙包遞給了買主，接過她手裡的小碎銀子，做久了生意，手感也出來了，惦一惦便知是幾錢銀，麻利地找了零頭。「慢走，吃得好，歡迎下次再來。」

買主把糕點放進了菜籃裡，笑著和和氣氣地應了兩句。

「劉家糕點攤可真是黑心爛腸，那糕點裡不知添了甚玩意兒，我家兩個孩子昨兒個吃了後，拉了一宿的肚子，可憐見的，才堪堪五歲啊，硬生生地拉虛了身子骨，大清早的被送進了醫館裡。怪道，人人都說劉家糕點做的糕點味道好，原是使了些上不了檯面的小心思，可憐我的兩個孩子啊，丈夫說，沒個一年半載的是養不回來的。」

隨著這嚎啕的哭聲響起，一個臉色蠟黃、面容憔悴的婦女，邊抹著淚邊在人群裡擠著衝向劉家糕點攤。

季歌聽著這沒頭沒尾的話，只消瞬間就猜測出，難不成這就是嚴娘子說的後果？竟是想陷害她？她認得這婦女，昨兒個晚上快要收攤時，她過來買了份果脯蛋糕，當時只道尋常，並沒有放心上。

婦女衝到劉家糕點攤前，十分氣憤地撲向攤位，一臉的凶惡。「妳個毒婦，沒心沒肝的毒婦，為了掙錢良心都被狗吃了，做出這等下作的事情來，妳賠我兩個兒子，我好端端的兒子，昨兒個還活蹦亂跳呢，今兒個就躺在床上奄奄一息了。好狠的心吶！就為了掙幾個錢，連人命都不管不顧了，可憐我的兩個兒子。」

在婦女衝過來時，季歌就機靈地往後退了數步。看著那婦女推倒了攤子，整個人倒在了攤子上，糕點都被摔壞了，爆米花也撒了一地，那婦女拍著大腿一個勁地哭著，哭得特別地悲痛絕望，甚至還甩自己巴掌，滿滿的全是悔意。「都怪我，想著劉家的糕點要便宜實惠些，為了貪那點便宜，才買了糕點回家給兩個兒子吃，沒想到，差點要了兩個兒子的命啊！」說完，又是一頓大哭。

真真是聞者傷心、見者流淚。季歌想這婦女的演技可真好，不知道嚴家出了多少錢給她。「各位，」她看都沒有看地上痛哭的婦女，神色坦然、泰然自若地對著人群道：「劉家糕點也擺了大半年，來來回回多少老顧客，劉家糕點到底怎麼樣，我想，眾位心裡都是有數的。為什麼偏偏就她買了糕點，給孩子吃就出了事？」

正在指指點點討論的人群，一下子就安靜了，很快又起了另一波議論聲，這個時間點，還是有不少老顧客在的。

「這事確實透著古怪呢。劉家糕點做得好，這幾個月內，我隔三差五地買些糕點回家當早飯吃，沒見出什麼事啊，家裡人也都好好的。」

「對，我家三歲的女兒也愛吃呢，我也常常過來買，她一點事都沒有。」說著，這人樂呵呵地笑。「吃了近一個月，小傢伙還長胖了些呢，瞅著肉嘟嘟的，我公公、婆婆可喜歡她了。」

「就是就是，這到底是怎麼回事啊？這位大姊妳莫哭了，說不定裡頭有什麼誤會呢，妳家孩子莫不是吃了旁物？得好好地查查，劉家糕點還是很好的，這媳婦子性子也好，溫溫和和的，妳這樣冒冒失失地衝過來，把人家的糕點攤給砸了，就算是擔心妳兩個孩子，這樣也不大好呢。」

那婦女哭哭啼啼地接話。「哪有什麼誤會？昨兒傍晚我那兩個兒子不想吃飯，就吃了劉家的糕點，還喝了點水，那水大人都喝了，半點事沒有，就兩個孩子出了事，壓根兒就是糕點出了問題。妳們都說這糕點沒事，我哪裡知道，反正我家孩子就是吃了劉家的糕點才壞了肚子，這會兒還在醫館裡躺著呢。都說糕點沒問題，為什麼早不出事、晚不出事，偏偏就是吃了糕點後，沒兩個時辰就拉肚子了？」

「這位嬸子既然您這麼說，我倒還想問問您，我擺攤大半年，多少新、老顧客都好端端的，為什麼獨獨您買了我家的糕點，就出了事？」季歌輕聲細語地問著，眼睛看著那婦女的眼睛，溫和甚至還隱約含了些笑意。她面上不顯，心裡則在暗暗琢磨，如果這是陷害，實在是漏洞百出，手段也太稚嫩了些，倘若重點不在陷害兩個字，那嚴家的目的是什麼？

不等那婦女說話，季歌繼續開腔問道：「嬸子口口聲聲地說您兩個兒子是吃了劉家的糕點，拉了整整一宿的肚子，正在醫館裡躺著，就這麼一口斷言地指著我的鼻子罵，二話不說衝過來推倒我的攤位。」說著，頓了下，冷著臉接道：「嬸子這麼大張旗鼓、不分青紅皂白毀我名聲，在沒有任何證據的情況下，僅憑一己猜測，這叫誣陷！

「我能體諒嬸子的心情，可我不能容忍您毀我糕點攤的名聲，我劉氏身正不怕影子斜！嬸子這般認定是我劉家糕點攤黑了心腸，那麼，咱們就到衙門裡去，請縣老爺來主持公道，看到底是哪裡出了錯，好還我劉家糕點攤的清白。」季歌說得鏗鏘有力，一臉的嚴肅。

不管嚴家是腦殘地陷害也好，抑或是另有其他目的也罷，她都不怕！等到了公堂上，誰黑誰白立見分曉。

「劉家媳婦說得對，吃食這行當，最怕的就是壞名聲，名聲壞了，就等於斷了財路啊！這事得好好尋摸尋摸，可不能白白地擔了罰。」

「唉！這年頭啊黑心鬧人比比皆是，為了掙幾個錢，連良心都能扔水裡。也不能怪這婦人，那種情況下，懷疑劉家糕點是人之常情嘛，愛子心切。」說著，這婦人看向季歌，和和氣氣地道：「劉家媳婦向來溫婉和善，妳剛也說能體諒這婦人的心情，話說出來了，就要做到嘛，不能光嘴上說說博了大夥兒的好感，行動上卻冷血無情。我看吶，這事，用不著上衙門，咱們就是一群平民百姓，鬧大了也不好看，平白添了飯後笑料。」

這話剛落音，就有一老婦點著頭出聲，一臉的憐憫。「誰家的孩子不是寶，我看這媳婦子說得對，這衙門可不是說上就能上的，這麼多人圍著，正好可以把事情搞清楚嘛。」

季歌眼睛微微瞇起，不著痕跡地打量著剛剛說話的婦人，這位說話可真夠毒辣，棉裡藏針、心思不純，難道是嚴家雇的水軍？真是她想的這樣，這事就熱鬧了。她倒是不急著跳出來辯駁，這會兒局面有變，先把這渾水瞅明白了再開口也不遲，越是這種境地，就越要冷靜不能亂了陣腳。

周邊人群裡左一言、右一語的議論著這事，倒在攤子上的婦女，用袖子抹了抹眼淚，搖搖晃晃地起了身，很誠懇地對著季歌行了個大禮，嗚嗚咽咽地道：「劉娘子是我錯了，兩個兒子折騰了一整宿，我心裡慌啊，就怕出什麼事，一整宿都沒有合眼，見天色大亮，氣沖沖地就跑過來砸妳攤子，是我對不住妳，請妳多多原諒。我、我看著我那兩個兒子奄奄一息的模樣，我就心如刀割地疼著，腦子裡亂糟糟的。」

說著說著，她開始抽泣，低垂著頭，顫抖著身體，拿著袖子一個勁地抹眼淚。「昨天晚上，兩個孩子除了喝口水，就只吃了從妳家攤子裡買來的糕點。這事實在是太明顯了，因著妳家的糕點比旁人的要便宜些，明明這麼好吃，這價格卻又便宜些，容不得我不多想，怕是往裡頭添了什麼不好的玩意兒，成本低才會價格實惠。

「我這麼一想，心裡怒火翻騰，連兒子都顧不上，就這麼冒冒失失地跑過來尋妳麻煩；現在聽著大夥兒這麼一說，我清醒了不少，我知道錯了，對不住、對不住、對不住。只是想想我那可憐的兒子啊，我這心，恨不得把那些罰都落到我身上來，我寧願是自己整宿地拉肚子，也不想看兩個兒子遭這大罪啊！」說完，那婦人又開始嚎啕大哭起來。

「劉家媳婦啊，妳別怪我說話不中聽，我一直挺納悶的，妳家的糕點味道新奇，價格又這般便宜，這裡頭莫不是真有什麼貓膩不成？別說咱松柏縣了，就連鄰縣都沒有這味道的糕點呢，也是挺奇怪的，不怪這大姊見兒子出了事就這般想。」

這說話的媳婦子季歌認識，就是前面不遠處擺攤的，也是賣糕點的，不過，她家沒有家傳手藝，糕點都是在西市商行裡進的貨，就掙個差價，一個月的純利，連溫飽都顧不上，還得搭上她丈夫掙的錢才勉強夠，日子過得很緊巴，兩人曾說過幾句話，這媳婦子甚是刻薄，一臉的嫉妒藏都藏不住。

見這媳婦子開了口，那些個平日裡眼紅、眼饞的攤主，都紛紛說話了，有些甚至起鬨說道：「劉家媳婦，依我看吶，不如妳現場做一份果脯蛋糕給大夥兒瞧瞧，再讓大夥兒嚐嚐味道，這樣一來，不就一清二楚了，那些說妳黑心腸、潑髒水的也就沒話可說了。」

「我看這主意不錯，劉家媳婦妳這攤子確實奇怪啊，解釋得再清楚、說得再仔細，還不如直接用行動證明，多直接啊，又省事。」

餘氏聽不下去了，虎著臉，指著那幾個攤主。「妳們一個個趁火打劫，真夠不要臉的，人家的家傳手藝憑什麼露出來？白白讓妳們這群人給學了去，往後還拿什麼來維持生活？要說黑心腸、爛心肝，我看吶，妳們才是呢！不要臉！當著這麼多人的面也敢把這話說出來，呸！」

「怎麼不能說了？這話說得很有道理好嗎！」有人跳了出來，一臉的浩然正氣。「都說了是家傳手藝，要是看一遍就能學會了，還叫家傳手藝嗎？咱們這條小販道，十有六家都是現做現賣，照妳這麼說，那他們一個個不都得要飯去？」停了會兒，又道：「妳看見他們要飯了嗎？還不是一樣好好地過著日子，也沒見妳餘氏去討飯啊。」最後一句話裡帶了諷意。

「說得對！劉家媳婦不想現場證明給大夥兒看，是不是心裡犯虛啊？八成是這樣！我看啊，她這糕點攤定是有甚貓膩，就怕大夥兒一眼看出來。」這位說得有鼻子有臉，語氣甚是篤定。

那婦人這時很適時地站了起來，一臉憤恨地看著季歌，手指哆嗦得厲害。「是妳，真的是妳的糕點害了我兩個兒子，我兩個兒子若是出了什麼事，我非得跟妳拚命不可！殺千刀的毒婦啊，為了掙錢，心腸都被狗吃了啊，連這昧心錢都掙，就不怕半夜睡不著嗎！」說著，她轉過身，對著大夥兒連連鞠躬，哀聲道：「請大夥兒為我作主啊，這喪盡天良的毒婦啊，太不是人了，根本就是畜牲！連畜牲都不如的東西！」

原來重點是在這裡嗎？這嚴家夫婦真是好算計。季歌垂眼默默地想，然後，抬起頭看著那些新、老顧客。「多餘的話我劉氏也不說，是黑是白，公堂上自見分曉！本來，剛剛聽了這大娘的話，我是不準備上衙門，免得有人說我只會嘴上說著博人好感，事卻做得甚是冷血；可到了這地步，容不得我不冷血了，家傳手藝的重要性，我想大夥兒心裡都是有數的，就為了這莫名的誣陷，我絕不會丟了名聲又丟了手藝。」

「幹什麼、幹什麼，都讓一讓，都讓一讓，這是我家閨女的糕點攤，讓我進去，那殺千刀的又使出什麼么蛾子欺負我閨女了？」季母匆匆忙忙地跑過來，帶著一額頭的汗水，剛走近就聽見閨女的聲音，她急啊，忙扯著嗓子高喊，順便對著身後吼。「孩他爹，你們仨快點過來，杏丫被欺負了！真當老娘只是嚇唬呢，昨天沒一椅子劈下去，今兒個我再來一椅子，看妳這賤蹄子往哪裡逃！」

這裡三層、外三層地圍著，還不得乖乖地受她一椅子，不出點血真當她是紙老虎不成？還好她天微微亮就駛了隔壁的牛車趕來縣城，再晚上一步，杏丫不知道得被欺負成什麼樣？

一開始圍觀的眾人都沒有搞清狀況，過了會兒才反應過來，齊唰唰地讓出條道。

真出事了！季父一看這架勢，又聽著老伴的話，抹了把臉，下意識地舔了舔乾澀的唇，三步併成兩步地跟了過來。心慌慌地想，真出事了，真出事了，也不知道出什麼事，圍了這麼多人，早知道，就該把老莊他們都喊過來！不知道那邊是多少人，就算老伴的戰鬥力一個頂倆，加上他們父子仨，好像有點懸。唉！這縣城怎麼就離柳兒屯這麼遠。

村裡但凡和外村起了什麼糾紛，都是拉著一個村的壯力過去，也不是說非要打起來，只是助陣而已，瞅著好看些，讓對方畏懼，鎮住了敵方，才能坐下來有說有聊嘛。

聽見季母的聲音，餘氏狠狠地鬆了口氣。早在事情鬧起來的時候，她就悄悄地喊了個相熟的婦女，給了二十文錢讓她去貓兒胡同報個信，說劉家糕點攤有人來鬧事，讓阿桃和三朵在家裡等著，等季家人來縣城後，領著他們趕緊來小販道。

「不是那賤蹄子？妳是誰，憑什麼砸我閨女的攤位啊？妳今兒個不說出個子丑寅卯來，就別怪我下手重。我一鄉下來的婆子，向來就撒潑慣了，從出生到現在，活了大把年歲，別的毛病沒有，就是有些護短；妳要有理有據也就罷了，要是上下嘴皮子動著潑我閨女髒水，咱們的仇可就結大了！」季母氣勢足，好不容易擠進了圈內，立即就對著那婦人開罵。

心裡氣得不行，她生的閨女，她把閨女賤養，那是她的事，可其他不三不四的敢隨意欺負，那就不行！

更何況，閨女現在嫁人了，可是劉家的媳婦，季、劉兩家是親家，出嫁後閨女對自個兒也挺孝順，從各方面來說，這事她都得管到底，不能讓閨女白白受了委屈、壞了名聲，往後日子還長著，還得在松柏縣立腳呢！

那婦女看著季母結實的身板、滿臉的煞氣，心裡直發緊，緊接著，又看見季父領著兩個青年站到了季母的身邊，她臉色頓時就有些白了，垂著頭，緊緊地捏著衣袖，這會兒身體是真的哆嗦了。

第五十二章

嚴子懷仗著沒在人前露過臉，便躲在人群裡偷偷地看著自己一手策劃出來的鬧劇，心裡甚是歡喜痛快。

劉家敬酒不吃，給臉不要臉，活該！正看得起勁時，看到季母氣勢十足地出場，整個人一下就傻了。這是哪來的潑婦？

「這位大娘您說話也太過分了點，抬頭不見低頭見，都是街坊鄰居，就算不認識也能混個面熟，您這一口一個賤蹄子，是傷人了點呢！再說，您一來連事都沒有搞清楚，就這麼說話，就有點過分了。」

「這位嫂子也知道自個兒錯了，很誠心地道了歉，您一跑來劈頭蓋臉地一頓亂罵，可不能這麼做事，大夥兒都在這兒呢，前因後果都是知道的，都想著和和氣氣地把這事解決，別留什麼不好聽的話，您這麼一攪和，我聽著就有點不對勁了。」

「話也不能這麼說，有些人說話也太過分了些，家傳手藝哪能當眾拿出來，就是想證明清白，也沒有這麼個說法啊。有些人，這心思也太髒了些，乘機起鬨把事攪亂，真是世風日下啊！」

季母才不怕這些，她瞪圓著眼睛，氣沖沖地說：「說我口氣太衝的人，都是站著說話不嫌腰疼，換成妳家遇著這麼個糟心事，我看妳能不能如嘴裡說的那般大度。我家閨女就是性子太好，才讓這些不三不四的人隨意踐踏欺負了！我說話就這樣，就這脾性，看不慣的給我閉嘴！別在我跟前囉囉嗦嗦，我維護我閨女怎麼了？天經地義！

「妳！別在那兒裝可憐、抹眼淚，說什麼吃了我閨女做的糕點，兩個兒子進了醫館，到現在還躺著，妳什麼意思啊？這麼多人在呢！個個都能作證，我閨女家的糕點沒有問題。笑喔，就妳家那兩個兒子嬌貴柔弱了，吃了一塊糕點還能拉一宿肚子，還是頭一回聽見呢！笑死人了。妳這種人我見多了，是想詐我閨女的錢財替妳兒子付醫藥費吧？想得真美，作夢吧妳！」季母嗓門大，尤其是吼的時候，能震得人耳膜生生發疼。

那哭哭啼啼的婦人被她一身氣勢給嚇懵了，連連後退，整個人哆嗦得特別厲害。心裡恨極了，嚴老闆這個殺千刀的，說什麼劉家媳婦是個溫和柔弱的性子，這事一點難度都沒有，看看這算什麼事？她可不想為了那一兩銀子連命都搭進去。這時，婦人已經隱隱有了想狼狽離開的心思。

季母氣場太足，說話聲音又大，跟河東獅吼似的，圍著的群眾聽完她的話後，硬是半會兒都回不過神來，捂著耳朵都不敢接話了。

有一個例外，就是嚴子懷請來攪渾水的婦人，她夫家也姓嚴，別人喊她嚴二娘子。這嚴二娘子有一個最大的愛好，就是喜歡跟人吵架，鬥嘴皮子，活了三十多個年頭，娘家也好、夫家也好，周邊的鄰村也罷，一點雞毛蒜皮的小事就吵，搞得別人見到她就躲得遠遠的，生怕被揪住了。

正當婦人摩拳擦掌想火力全開對上季母時……卻聽見有人失聲喊著。「有官差過來了，有官差過來了！快讓道，有官差過來了！」

所有人幾乎都是同一個表情，張著嘴一臉的目瞪口呆。好不容易遇著這麼個樂子，上了公堂哪有私下這麼熱鬧，戲就不好看了。哪個叛徒！是誰！把官差給喊過來了！站出來，絕對要打死他！

吳氏本來是不想插手這事，可見事情越鬧越大，明顯是有人想坑劉家糕點攤，她想起自家的寶貝閨女在娘家和劉二郎私下見面的事，劉家二郎是半點口風都沒露，保全了閨女的名聲。她心裡是清楚的，這事啊，做得很上得了檯面。

眼下閨女恢復了正常，在葉氏花卉當學徒，日子過得很好，狀態也很好。只要不涉及寶貝閨女，吳氏還是拎得清的，想著終歸是欠了劉家二郎一個人情，如今劉家兄弟出了遠門，劉家糕點攤遇上這事，她就伸手幫一把吧，算是還了劉二郎的人情。

鬧事的婦人聽見有人喊官差來了，臉上浮現驚慌，她傻傻地怔了會兒，才反應過來，眼底閃爍著害怕和恐懼，哆嗦著身板跌跌撞撞地往後退。

季歌一直盯著這個婦人，見她想要逃離，忙拉著季母的手。「娘，快抓住她，這婦人想逃跑。」

「果然是作賊心虛！」季母恨恨地罵了句，怒氣沖沖地揪住了想要逃跑的婦人，惡狠狠地看著她慘白的臉。「想逃？遲了！敢訛詐我閨女，使這等陰險手段，妳就等著坐牢吧妳！」

「不，不。」鬧事的婦人滿臉的驚恐，額頭冷汗直流，邊掙扎著邊高聲嚷嚷。「不，不是我，是嚴老闆指使我過來的，是他！全是他讓我這麼做的！我只是收了點銀子而已，跟我沒關係，真不是我！」

鬧哄哄的人群，聽了這話，剎那間，如同被按了暫停鍵般，都定在了原地。

直到有人驚訝地道：「咦，這不是嚴老闆嗎？」

嚴子懷聽到官差來了，正想著逃離人群呢，奈何裡三層、外三層圍的人實在太多，官差往這邊來，引起了不小的騷動，想要擠出人群，還真不是件容易的事；又碰到鬧事的婦人竟因太過害怕，直接把他給抖出來，讓他整個人僵住，恐慌似潮水湧上心頭，就在這呆滯的瞬間，身旁的人一句話把他抓了個現形。

「爹、大哥、二哥，快抓住他，別讓他跑了！」季歌相當敏銳。

季家父子三人仍在失神中，聽見季歌的話，下意識地就執行她的命令，朝著嚴子懷衝去。圍觀的人群這會兒紛紛回過神來，因怕惹事上身，都沒有擋道，齊唰唰地讓出一條路，季家父子三人，就這麼輕巧地抓住了呆滯中的嚴子懷。

這時兩個官差正好走到跟前，掃了眼現場，其中一個繃著臉問：「怎麼回事？鬧什麼鬧？」

季歌從容地往前走了兩步，很鎮定地道：「見過兩位官差大人，婦人夫家姓劉，經營著劉家糕點攤。」說著，她指了指被季母抓住的婦人。「半個時辰前，這位婦人突然跑到我家攤位鬧，說昨天傍晚買了我家的糕點，兩個孩子吃完後，拉了一宿肚子，這會兒還在醫館躺著，口口聲聲地誣衊於我，壞我糕點攤的名聲。」

「不是我，不是我！是嚴老闆給了我一兩銀子，讓我過來說這些話的，跟我沒有關係，我只是受了他的指使。」鬧事的婦人因掙扎太過，頭髮披散，眼淚、汗水糊了一臉，模樣甚為狼狽。

嚴子懷梗著脖子嚷嚷。「官差大人，這婦人瘋了，她瘋了，自己起了貪心，想訛詐劉家糕點攤的錢財，這會兒見事情敗露，就推我身上，我真是太冤枉了！」

「拉扯一陣後，見兩位官差大人出現，這婦人因太過害怕，便說了這麼一番話。」季歌頓了頓，坦蕩地看著兩個官差。「兩位官差大人，我要上公堂，請縣老爺為我作主，洗清冤屈，還我劉家糕點攤的名聲！」

到了這地步，這事就算不進衙門也是一目了然，兩位官差心裡有數，走到了嚴子懷和鬧事婦人的跟前，很不客氣地一人給了一腳，兩、三下就捆綁妥當，喝斥道：「老實點。」一人拎著一個，路過季歌時，那官差道：「既然要上公堂，就隨我去衙門。」

「官差大人我是冤枉的，全是這瘋女人想銀子想瘋了，想訛詐劉家糕點攤，不是我指使的，我完全是被冤枉的。官差大人，官差大人，嗷……」嚴子懷被重重地踢了一腳。

「這事跟我沒關係，真不是我，是嚴老闆出的銀子讓我過來鬧事的，真不是我啊，真不是我啊！不要抓我，跟我沒關係……」鬧事的婦人見嚴子懷被踢了，她的臉狠狠地抽搐了下，嘴裡的話戛然而止。

季母緊跟在季歌的身旁，眉峰擰得緊緊，小聲地嘀咕。「真要進衙門啊？杏丫這衙門可不是那麼好進的，都知道妳進過衙門，往後誰還願意來妳攤位上買糕點？這買賣就做不成了。依我看，那婦人都承認了，又有這麼多人圍觀，咱們就在這裡了了這事吧。」

「對，大郎媳婦，一旦進了衙門，好事不出門、壞事傳千里，明兒個一早全縣都得知道，東市的小販道有個劉家糕點攤昨兒個上了公堂，被人當成飯後說料，一時半刻停歇不了，站到了風口浪尖處，日子可就難過了。」餘氏心裡特擔憂，見季母說了這番話，她連忙附和。

季歌心裡有成算。「沒事，鬧到了這地步，照樣是別人飯後的說料，還不如索性鬧大些，總得讓一些人明白，我劉氏不是那麼好惹的，鎮一鎮這些么蛾子。再說，官差都過來了，想要私了也不成了；最重要的是，我吞不下這口氣，怎麼著也得讓嚴老闆脫一層皮。」語氣森冷陰寒。

聽著季歌的話，季母和餘氏想想，也確實是這麼個理。可這進衙門，唉！她們都是小老百姓，別說接觸，以往是連想都沒有想過，冷不丁地就要面對縣老爺，心裡甚是怯懦敬畏。

雖說進了衙門這戲就沒那麼過癮熱鬧，可圍觀群眾還是亦步亦趨地跟了過去。剛進小販道，街道兩旁的路人和鋪子裡的店家、顧客，見這陣勢都停了手裡的事，瞧了會兒，便跟進了人群裡，挑了個面善的問著，這到底是怎麼回事，得到答案後，一臉的興致勃勃，直接跟著人群往縣衙走。等到衙門時，後頭的尾巴足有幾百人，場面甚是壯觀。

兩位官差把人帶進了後堂，稟明了縣老爺，緊接著就是開堂問話。

縣老爺見衙前烏壓壓地站滿了人，嘰嘰喳喳很是吵鬧，一拍驚堂木，嚴厲地道：「肅靜！」

驚堂木甚是駭人，立即就把人群給震懾住了。

縣老爺很是滿意，威嚴地道：「堂下何人，有何冤屈？」

季歌雖是跪著，腰板卻挺得筆直，不卑不亢地接話。「回大人，民婦劉氏，要告這兩人聯合誣陷民婦。」緊接著，她把事情的起因經過清清楚楚地說了遍。

嚴子懷和鬧事婦人早在驚堂木響起時，都癱軟在了地上，瑟瑟抖動著，處失魂狀態中。

等季歌快要說完時，兩人才堪堪回過神來，那婦人尖著嗓子，淒厲地道：「大人，我是冤枉的！這事跟我沒關係，全是嚴子懷指使我幹的。昨天下午他找到我，說讓我去劉家糕點攤買一份果脯蛋糕，第二日稱吃了果脯蛋糕後，我家的兩個兒子拉了一宿肚子，正在醫館裡奄奄一息地躺著。都是嚴子懷，是他讓我鬧的！他說，事成後給我一兩銀子。大人我知錯了，我不該貪這不義之財，我知錯了，全是嚴子懷指使我幹的！」

「嚴子懷你可認罪？」縣老爺一拍驚堂木大聲問道。

嚴子懷打了個哆嗦，正欲狡辯時，抬頭卻撞進了縣老爺的視線裡，他忽地心裡一寒，只覺褲襠升起一股溫熱的濕意，整個人如攤爛泥倒在地上，沒了聲音。

縣老爺瞥了眼地上的痕跡，眼眸裡的寒意重了兩分。「嚴子懷可知罪?!」驚堂木拍得更加凌厲。

「認！認！知罪，罪民錯了！」嚴子懷使勁地吞著口水，舔著乾澀的唇，哆哆嗦嗦地說著。

「來人！」縣老爺一聲大喝。「罪民嚴子懷故意造謠陷害民婦劉氏，此等行徑極度惡劣，判杖刑二十，罰錢二十兩補償劉氏。」又是一驚堂木。「行刑！」接著又道：「速去嚴子懷的家中，通知其家人帶錢過來領人。」

一個官差接了這差事、行了禮，匆匆忙忙地出了衙門。另有兩個官差，把嚴子懷拉到一旁，就地行杖刑。

肅靜的公堂上，立即響起了嚴子懷殺豬般的淒厲叫喊。鬧事的婦人聽著這聲音，心裡顫得慌，忍不住往另一側挪了挪位置。

縣老爺看著這婦人，道：「堂下罪婦可認罪？」

「大人，我錯了，我錯了，我真的錯了！我不該這麼做，不該貪嚴子懷的錢財做這等喪盡天良的壞事，我錯了，我錯了，我錯了！」婦人一個勁地磕著頭，磕得特別用力，很快額頭就青紫了。

「念妳有心悔改，只是從犯，罰銀五兩補償劉氏。」縣老爺說完，對著右側瞟了眼。

那官差機靈地行了個禮，領了差事大步出了衙門。

嚴子懷的杖刑剛剛打完，官差便領著嚴氏進了公堂。

嚴氏看著出氣多、進氣少的丈夫，哭著撲了過去。「相公，相公，你沒事吧？你醒醒，相公。」

「堂下嚴氏，將罰銀交給民婦劉氏，便可領著罪民嚴子懷歸家。」縣老爺提醒了句。

「快……」嚴子懷忍痛擠出一個字。

嚴氏慌慌張張地掏出一個錢袋子，朝著劉氏扔去，正好落在季歌的身旁，發出一聲不大不小的悶響。季歌平靜地撿起錢袋子，對著前方的縣老爺，恭敬地磕了頭。「謝大人為民婦主持公道、還我清白。」

很快，鬧事的婦人也拿了罰銀過來，季歌接過罰銀再一次對著縣老爺道謝。

「退堂！」見事情解決了，縣老爺拍了驚堂木起身離開。

季母和餘氏立即衝到了公堂上，身後跟著季家父子三人，以及阿桃、三朵和肚子微凸的一朵，把季歌圍成一團。

季歌聽著他們的話，等他們說完了，才笑著道：「我沒事，很好，特別地舒暢。咱們先回家吧。」

「回，今兒個不擺攤了。老伴你帶著大兒和二兒去把攤子收拾收拾。」季母還記著這事呢，雖說被推倒了，修修補補還是可以用的。出了這檔事，雖說得了二十五兩罰銀，還不知道往後的生意如何呢！能省著點就省著點，晚上得跟大女兒好好地說說。她這大女兒啊，手頭就沒個把門，日子才剛好點就拎著葷腥上門，都不知道為自個兒先打算打算。

餘氏聽著便道：「我也一併去，我把我的攤子也收了，今兒個咱們歇歇。」

「大嫂妳仔細地感覺一下，尤其是肚子，真沒什麼事吧？也跪了小半個時辰呢，要不，咱們順路去醫館看看吧。」一朵是懷過孩子的，知道頭三個月比較脆弱，得注意些。十月的天，地上涼寒得緊，也沒個墊子就這麼跪著，她心裡著實擔心，這可是大哥的頭個孩子，聽說頭個孩子沒保住，後頭就有些難了。

季歌自個兒覺得挺好，可想想還是點了頭。「好，一會兒順路去醫館看看。」別說，這膝蓋還挺冷、挺疼的。

餘氏和季家父子三人返回小販道，季母和一朵扶著季歌帶著三朵和阿桃，在回來的路上，進了一間頗有名聲的醫館，大夫仔細地把了脈，說脈象很好，又叮囑了幾句注意事項，並沒有收錢。

第五十三章

回到家後，火塘裡燒著壺熱水，季歌想敷敷膝蓋，一朵忙進廚房拎了半桶熱水回屋。「想著妳要敷膝蓋，水有點燙手，我來給妳敷。」

「大嫂，我來吧。」阿桃在旁邊說著。

一朵頓了頓，抿著嘴看了眼季歌，垂眼緩緩地說：「讓我來吧。」從前做的那些事，她都沒臉面對阿杏，這回是聽著糕點攤出了事，她才不管不顧地跟了過去。

「我來我來，妳也懷著娃，老實點坐著吧妳。」季母進了屋，見氣氛有些古怪，挑著眉一把拿過一朵手裡的布巾。心想，這姑嫂間的疙瘩也得趁這次好好解決，換親的姻親，比一般的娶妻嫁人要複雜多了，牽扯甚深，這關係不理妥了，彆彆扭扭的，往後有個啥事都張羅不開，白白少了個臂膀。

「一朵姊有幾個月了？」季歌笑著看向坐在一旁的一朵，主動開口說話。

劉一朵聽著，笑著道：「三個月了，前幾天還不顯，一個沒留神，就長得飛快。」說著，又道：「妳胃口如何？愛吃些什麼？睡得好不好？我吃得可多了，天天得吃三碗飯。」

「我還好，比較愛喝些湯湯水水，一頓一碗飯、一碗湯，有時會嚼些零嘴。」說著，看向阿桃。「阿桃去堂屋把攢盒拿過來，進來後，把這事給忘了。」

阿桃脆生生應了句好，三朵也跟著顛顛地出了屋，自堂屋端了個攢盒過來。

就著孩子的話題，娘仨有說有聊，兩個小孩偶爾天真無邪地插一嘴，室內氣氛溫馨。

沒多久，餘氏回來了，後面季家父子三人幫著推小攤車。餘氏泡了幾杯茶進屋，季家父子三個待在屋前修補著季歌的攤子。

花大娘和花伯聽到消息，前腳剛進院落，後腳花瑩帶著楊婆子抱著亮亮也過來了，不大的屋子，很快就顯得有些擁擠。

季歌突然想起還沒有買中午的菜呢，還是餘氏和她處久了，頗有些默契，隱約猜到了些，跟她嘀咕了句，拿錢出了貓兒胡同。

「嚴家的糕點鋪我知道在哪裡，就在槐花路那條街道上，那嚴氏看著是個面善和氣的人，沒想到，背裡這麼噁心！」花瑩一臉氣憤地罵著。「阿杏做得好，這種人，就該送進衙門，好好地吃頓苦頭。」

「說話沒個把門！」花大娘年歲大些，見得多顧及頗多，看著季歌，輕聲道：「出了這事，妳心裡可有章程？」

季歌想了想，道：「我問心無愧，明天一早照常擺攤。」像這樣的事，越是躲著避著，反倒增加了別人的談資，不如像個沒事人似的，照常過日子。

「事都已經發生了，妳這麼做也是最恰當的。」花大娘先前還沒想到這法子呢，大郎媳婦比她想像的還要周全些。

正說著話呢，又聽見了急急的拍門聲，伴著一朵的焦急嗓音。「開門，快開門！」

這丫頭怎麼跑回來了？季歌正琢磨著，坐在門口的阿桃已快快起身，三步併成兩步地開了大門，二朵忽地衝了進來，阿桃忙道：「都在東廂的屋裡。」

「阿桃。」後面的餘秀秀要穩重些，對著阿桃笑著打招呼。

阿桃也笑著回了句。兩人進了屋，聽見二朵在急急地說話，季歌拉著她的手，輕聲細語地安撫著。

過了好一會兒，二朵仔細看了遍，見大嫂真沒事，提到嗓子眼的心才放回去，這時，才注意到屋裡有一堆人，紅著臉逐個喊人。

「妳們聽到消息就跑回來了？」季歌問道。

餘秀秀道：「嗯，聽到消息後，我們特意跟師傅說了聲，才跑回來的，師傅允了一天休息。」

午飯過後，一屋子的人移坐到了堂屋，堂屋還算敞亮，恰是深秋，稍擠些反倒要更熱鬧、更暖和些。

說了會兒家常，花伯老倆口以及花瑩母子和楊婆子起身告辭。主要是見季歌沒事，他們也就放心了，暫且先回家，留些空間讓她和家人相處。

季母還說得尋了空親自上天青巷和花氏道謝，這會兒見花氏過來了，拉著她兩人親親熱熱，說了好一會兒的話，儼然成了對感情深厚的老姊妹。走時，眾人送著他們到大門口，站在家門口，又細細地說了幾句窩心話，才笑著出了大門，慢悠悠地離開貓兒胡同，待人都走沒影了，立在門口的眾人才重回堂屋裡。

「我啊，去小楊胡同把屋子拾掇拾掇。」餘氏樂呵呵地說著，又對著女兒道：「秀秀啊，難得妳倆能歇一天，領著三朵和阿桃好好玩著，教她倆識識字、走走針。」

關於大姊和大嫂兩人間的嫌隙，二朵回家住時，曾聽大哥跟她略略提過。她在錦繡閣待了大半年，早已脫胎換骨，心裡自是有桿清晰的秤。這會兒聽著餘嬸的話，立即就猜測出她話裡的深意，麻利地接了話。「難得休息一日，要不，咱們到街上逛逛吧。」

「好啊好啊。」聽到逛街，三朵眼睛頓時就亮了。街道人來人往，很是繁華好看，她最喜歡逛街了，就是大嫂沒什麼時間，她和阿桃還小，只能偶爾在周邊轉悠。

季歌看著餘氏道：「這會兒時辰還早，不緊著拾掇屋子，幾個孩子都想逛街的話，餘嬸就帶著她們逛逛吧，也高興高興。」

「我看行。」餘氏點著頭，對著四個孩子調侃道：「玩歸玩，回頭得幫我拾掇屋子啊。」

四個孩子二話不說就應了這事，別提有多興奮激動。

季母和季父嘀咕了兩句話，走出屋遇見餘氏領著四個喜氣洋洋的孩子，笑著問：「遇什麼好事了？一個個笑得跟朵花似的。」

「說是難得歇一天，正好領著她們逛逛街。」餘氏眉開眼笑地應。

「逛街好，把錢袋看牢了。」季母叮囑著。

二朵認真地答。「大娘我們會看牢錢袋的。」

送著五人出了院落，季母關上大門，進了堂屋。「杏丫妳要不要回屋躺會兒？」

「還不睏呢。」季歌懶洋洋地靠著。「爹他們也出門了？」

「對，頭一回來縣城，沒錢也能到處看看嘛。」季母坐到墊了毯子的竹榻上。「等這事過了，我們準備明天回家，妳三弟、四弟還在妳嬸子家呢。」

季歌想著娘家人大清早地特意趕來縣城給她撐腰，雖說感覺有些微妙，到底還是挺開心，胸膛暖暖的。「農閒的時候，手裡頭沒什麼事，娘也帶著三弟、四弟過來玩玩。」

「不成。」季母搖著頭。「那兩個小子比潑猴還要調皮好動，真來了縣城，不知道得折騰出什麼么蛾子，就讓他們在村裡待著，反正那一畝三分地，也出不了什麼亂子。」

聽著這話音，敢情娘自個兒也知道，把兩個兒子給寵過頭了？季歌暗暗想著，忍不住說：「三弟和四弟年歲說小也不算小，娘就不打算好好管管？」

「管什麼？」季母抬頭看了眼大女兒。「用不著管，大事上懂就成了，旁的隨著去，男娃管多了，推一步他就動一步，像妳爹，就跟個木頭樁子似的，妳大哥跟他十成十地像，妳二哥多少要靈活點。」

還有這說法？對女兒是賤養，對兒子是放養？娘這母親當得還挺輕鬆的，季歌腹誹著，眼裡的笑意加深了兩分。

「笑啥？」季母瞅著她問道，擰了擰眉。「妳說妳吧，說妳隨妳爹，也不像，說隨我就更不像了，也不知道隨了誰，神神叨叨的。」

「哪裡神神叨叨了？」季歌哭笑不得。

「看哪兒哪兒都像。」季母回了一嘴，沈默了會兒，忽地換了語氣。「妳啊，真隨了我倆，也就沒如今這麼出息了。」頓了頓，又說：「妳跟一朵閒的事，總不能揪一輩子吧，彆彆扭扭地處著，也不是件事。」

「沒啊。」季歌垂眼斂了笑意。

季母伸手戳了一下她的額頭。「還說沒，老娘可不是這麼好忽悠的。」乾咳了兩聲，繼續說：「不管心裡怎麼想的，面上得過得去，平日裡沒事各過各的，逢年過節、紅白喜事走動走動，哪天真出了事，該幫的還是得幫一把，總得全了這份親情。妳這點做得不錯，就是有時倔了些，裝個和氣有多難？莫讓外人看了笑話，俗話說家醜不外揚。」

「欸，我知道了娘。」季歌乖乖地應著。

季母看著她，眉頭擰得緊緊。「妳這性子真要命，妳和一朵的關係，從開始妳就弄錯了，熱乎得跟親姊妹似的，我就知道會出事。」

「……」早就猜到了，也沒見提醒一二。季歌幽怨地瞄了眼季母。

「別這麼看著我。」季母說話特直白。「在我眼裡，女兒都是賠錢貨，養大了好給兒子換親，我才懶得費神管這些。」

季歌默默地被噎了口。「那，我攤子出事了，您怎麼就管上了？」

「說妳聰明轉眼妳就變蠢了。」季母恨鐵不成鋼。「我剛剛怎麼說的，妳嘴裡應得好，左耳進、右耳就出了。」說著，深吸了口氣，平了平情緒。「妳和一朵間是妳們的私事，妳攤子出了事，是劉家出了事，懂了沒？劉、季兩家是姻親，倘若擱著不管，是會被戳脊梁骨的！妳和一朵鬧翻了，性質就變了，會影響到劉、季兩家的情分，妳啊，該拎清的不拎清，不該拎清的拎得倒是清清楚楚。」

看著鬱氣滿滿的季母，季歌真是不知道要怎麼來形容她此時的情緒。「說來，倘若娘當時就提醒我，或許就不會有後面的事了。」嗯，她就是故意想氣氣季母。

「我說個屁啊我，妳倆好得跟一個人似的，把我這當娘的都擱一邊了，我腦子又沒有被門夾。」季母翻著白眼。

「……」好吧，她認輸。季歌抿著嘴笑了笑。

季母沒好氣地道：「笑得真傻，果然是個憨的，往後別是個人就對她掏心掏肺，得把關係理清了，把握好分寸才行，沒得又出么蛾子。還有啊，妳跟一朵間，記住了沒？我說的話。」

「記住了。」季歌笑著點頭，看著季母重複著道：「不管心裡怎麼想的，面上得過得去，平日裡沒事各過各的，逢年過節、紅白喜事走動走動，哪天真出了事，該幫的還是得幫一把，總得全了這份親情。娘，我沒有左耳進、右耳出，我都記著呢。」

季母斜斜地看著她。「莫誆我就成。沒多久妳二嫂也要進門了，妳自個兒看著辦，私下我不管，面上得把碗端平了，別因著些雞毛蒜皮的瑣碎，壞了她倆妯娌情分。換親就是麻煩，我是沒有想到，妳還惦記著娘家，早知道，臨出嫁那兩年，我就該跟妳說說這些人情世故。」老話說傻人有傻福，現在想想真沒錯，在家的時候她沒管，成了別人家的媳婦，她倒是操起心來了，唉！

「娘您話說得這麼直白真的好嗎？就不怕我心裡頭怨您？」季歌幽幽地道。娘這嘴，真跟把刀似的。

「妳怨嗎？」季母反問著，不等她回答，又道：「嫁出去的女兒潑出去的水，養得再好也始終是別人家的，妳也別糾結這事，以前就跟妳說過，我也沒想過，往後要從出嫁女身上得到什麼。」

再繼續扯這話題，就有些傷感情了。季歌暗想，笑著道：「我知道了。回季家時，我是大姑子；一朵姊回劉家，她是大姑子，絕對會拎清。」

「對，就是這麼個理。」季母應道。

這話題就這麼揭過，母女倆說起了日常瑣碎事，以及懷孕要注意的事項等等。

傍晚三郎在回家的路上，聽見路人討論著小販道發生的官司，可把他嚇壞了，揹著藤箱，不管不顧地往家裡跑，壓根兒就忘記了藤箱裡擱的物品禁不得顛簸。待他跑回家時，身後滴了一路的墨汁，衣服都沾染上不少，藤箱裡更是一片狼藉。

「大嫂，妳沒事吧？」三郎喘著粗氣，滿頭大汗，紅著眼睛問。

季歌忙拉著他的手。「沒事，我好著呢，你這，快去洗個澡、換身衣裳。」說著，細心地取下他背上的藤箱。「是不是聽見什麼話了？嚇壞了吧？其實沒事，你先洗個澡、換身衣裳，我再細細說給你聽。」

「大嫂先說給我聽。」三郎一臉的固執。

見他這模樣，季歌沒法，只好拉著他往堂屋走。「我先簡短地跟你說說，成吧？你這一身的墨汁，也不好坐著，會髒了椅子。」

「不坐，大嫂細細地說給我聽。」三郎繃著臉。

這孩子……季歌不知道說什麼好，妥協地道：「好，細細地說給你聽。」她理了理思緒，儘量長話短說，但是不減內容豐富性。

待她說完話還未落音呢，那邊二朵就扯著嗓子喊。「三郎你聽也聽完了，快洗澡去，衣服和熱水都擱著了，別磨磨蹭蹭啊，等大哥和二哥回來了，我準會告狀！」

「我去。」三郎抿著嘴應著，對季歌道：「大嫂我先洗澡了。」

「欸，去吧。」季歌笑著拍了拍他的肩膀。

季母走到大女兒的身旁，笑著道：「劉家的孩子都顧著妳，不錯不錯。」還真是傻人有傻福，百般好意沒白費，換她她就做不到這程度。

「他們都是好的。」季歌心裡也高興。

次日一早，吃過飯後，季家眾人準備回家。

昨兒下午知道爹娘明兒個一早就走時，說完話後，季歌特意出了趟門，買了兩塊尺頭，棗紅色和天藍色的，想著離二哥成親，還有段日子，正好讓爹娘拿著這尺頭做身喜慶點的衣裳，到時候穿著也精神些。又買了點果脯、糖果、瓜子等，還有兩樣寓意好的糕點，都包得嚴嚴實實，眼下是深秋，離好日子也就十來天的時間，妥當擱著也行。

至於未過門的二嫂，她幾番思索，決定問問季母。本來她想買對銀耳墜，有便宜的只要三百文，樣式特簡單的。這次二哥也幫了忙，她想給二哥撐撐面子。可當她把這話跟季母一說，就被季母敲了腦袋，毫不留情地罵了她一通，最後一錘定音給一百文錢就行了。

「我們走了，妳也甭站著，忙自個兒的事去。」季母說著。

季父看著閨女。「有什麼事，就回柳兒屯，妳娘話說得不中聽，可真遇著事了，她也會管的。」

「欸，我記著了。你們路上當心些，待大郎回來了，尋個好天氣，我倆會回去走動的。」季歌輕聲應著，又看向另一旁道：「大哥和一朵姊得了空把妞妞帶過來吧，好些日子沒見著，怪想她的。」想著上次回柳兒屯，見到妞妞時的情景，她給妞妞也買了塊布，是喜慶的大紅色。許是懷了孩子，想起妞妞時，心裡軟得一塌糊塗。「二哥，待成親後，記得帶二嫂過來坐坐。」

一朵眼眶有些泛紅，心裡酸酸的，忍不住拉住了季歌的手。「大哥和二郎不在家，妳多注意著些。爹說得對，有什麼事，一定要告訴我們，再遠、手裡事再多，我們也會趕過來的。」她豬油蒙了心吶，好好的情分給折騰沒了，好在還醒悟得不算晚。

季有倉正兒八經地說：「待二弟過來時，讓他們把妞妞帶過來，她會說話了，就是不大清楚。」

「就是大妹不說，我也會帶著妳二嫂來縣城轉轉。」季有糧樂呵呵地應著。

季母擰著眉。「別囉嗦了，還要不要走了？就這麼著吧，過不了半個月又得來，杏丫妳別站在門口，該忙啥就忙啥。」說著，大步走了。

季父匆匆地跟了過去。一朵臨走時，握了握季歌的手。「天冷，就別擺攤了，自個兒的身子骨要緊，不顧著妳也要顧著孩子，頭胎是很重要的，得仔細些，我說的話妳要記著，莫忘了。」

「媳婦，走了。」爹娘都快走沒影了，季有倉提醒了句。

「會仔細的，妳放心吧。」季歌輕聲細語地接話。

一朵抿了抿嘴，又看了眼季歌，鬆開了手。「我們走了。」牽著丈夫的手，急急地跟上爹娘。

「這樣挺好的。」餘氏在旁邊感嘆著。「過去的事就讓它過去吧。」

季歌轉身回了屋，對著餘氏笑。「對啊，這樣挺好的。」

第五十四章

雖有心理準備，可當攤位前空無一人時，季歌還是受了些打擊。

那些老顧客，圍觀時還願意替她說話，為什麼今日卻不來買她的糕點？還真有些想不通。進了衙門就這麼可怕？明明她都洗清被潑的髒水，都知道她是被冤枉的，是嚴老闆起了貪心，才會出這麼個么蛾子，怎麼就避她如毒蠍了？

季歌坐在攤前，微垂著眼，面容平靜，內心卻翻江倒海。她突然想起，季母昨天下午跟她的談話——

「妳這性子真要命，妳和一朵的關係，從開始妳就弄錯了，熱乎得跟親姊妹似的，我就知道會出事。」

為什麼她和一朵姊熱乎得跟親姊妹似的，季母就猜到她倆之間會出事？季歌不大明白。在她看來，倘若當時一朵姊遵守了自己說的承諾，那麼，她倆的關係只會越來越好，而不是如今這般模樣。

餘氏見季歌怔怔地呆坐在攤前，垂著眼看著很是落寞，心裡有些不是滋味，趁著沒生意時，搬了個凳子挨坐到她身旁，輕聲地喊著。「大郎媳婦。」

「欸。」季歌自思緒裡回神，側頭看著滿眼關懷的餘嬸，話未經腦子便脫口而出。「餘嬸，為什麼我娘說，最開始見到我和一朵姊熱乎得跟親姊妹似的，她就猜到，我倆早晚會出事，這是為什麼？」

「啊？」完全沒有想到，大郎媳婦會問這麼個不著邊際的問題，餘氏愣了會兒，思索了下，便道：「因為妳們是姑嫂關係。」

姑嫂，這點季歌還是清楚的。「我知道是姑嫂關係，可除了姑嫂關係，我倆還是很好的姊妹。」當初在她看來姑嫂只是一種官方關係，可以不用太計較的。

「妳還是沒明白。」餘氏才發現，大郎媳婦想得有點天真了，這孩子啊，就是心眼太實。「妳倆是姑嫂，所以，妳們才會處得好，先姑嫂，後才會有情分。人和人相處啊，都是先有因才會保住這情分，牽絆夠深，才會用心經營，懂了吧？

「妳娘說得對，妳和一朵之間，從開始就弄錯了。妳覺得妳倆是姊妹情誼，妳是因她本身才會對她好；可一朵她不同，因妳是大郎的媳婦，她才會和妳處著。」餘氏儘量說得委婉些，有些心疼這個孩子。大郎媳婦跟她相處過的任何一個人都不一樣，她只看人，若合了她的眼緣，她就對誰好，不會想其他，很純粹，像個孩子。

季歌忽地就明白了，她看向餘氏，吶吶地道：「這就是觀念嗎？」古今觀念的差別？她頓時明白了季母昨天下午說的話，大膽地設想，如果季母身在現代，沒了舊時觀念的束縛，大約會更自私些吧？現代社會普遍現象，親情早已淡薄如水，更別說旁系親戚，反倒是一些經常聯繫的朋友更為熟悉，更覺踏實和心安。

「觀念……」餘氏呢喃了句。「許就是觀念吧，妳想的和旁人想的不大一樣。」

季歌看著空無一人的攤子。「餘嬸，大抵是我想錯了。」古時的衙門相當於公安局，眼下的社會，對衙門的敬畏比她想像中要嚴重多了。

「想錯了什麼？」沒頭沒尾的一句話，餘氏沒聽懂。

「我以為，就算是進了衙門，可我是被冤枉的，正好讓縣老爺還我個清白，這樣一來，別人就不敢胡亂八卦；卻沒有想到，進了衙門洗清了被潑的髒水，可旁人卻不願意靠近我的攤位，更別提買糕點。」季歌千想萬想，獨獨沒有想到，因著觀念的不同，反而搬了石頭砸自己的腳。

這事，實在不知道要怎麼安慰她，餘氏沈默了下，便笑著說：「沒事的，妳的糕點攤名聲很好，等風頭過去了，慢慢的就會恢復生意。」

季歌聽著笑了笑，沒有接話，有些鑽死胡同地想著。明明知道糕點攤是好的，怎麼就不來買糕點？就因為進過衙門？這算什麼想法？真是愚昧！

就在這時，一個嬌滴滴的女童音響起。「娘，我要吃果脯蛋糕，您給我買果脯蛋糕。」說著，女童使勁扯著母親往糕點攤靠近。

「囡囡妳不聽話，娘要打妳了啊，跟妳說了多少遍，這糕點攤的東西不能吃，攤主進過衙門。衙門知道是哪裡嗎？那是犯了罪才會去的，只要進過衙門名聲就毀了，妳吃了這糕點，妳的名聲也毀了，大家都會不喜歡妳，妳想要一個人孤零零地待在家裡嗎？哪兒也不能去。」婦人一把將女兒扯到了懷裡，連連往後退了幾步。「妳乖點啊，妳乖乖的，我帶妳去別的糕點鋪買糕點，想吃什麼就買什麼。」

「……」聽到這話的季歌，特別地無語，這算什麼邏輯？

餘氏自然也聽了一耳朵，她下意識地看向身旁的季歌，見她神色莫名，有些心急。「大郎媳婦，不如別擺攤了，先回家吧。」避避風頭再說，事都是一陣一陣的，過了就好了，她現在還懷著孩子呢，別被影響了才好。

「餘嬸，真的有這麼嚴重嗎？」季歌仍有些不大相信。

餘氏搖著頭，立即回道：「也不是，就是有些人對這個比較忌諱。」說著，又說了句。「我就覺得妳做得好，就這麼私了了，還真吞不下這口惡氣，進了衙門多好，讓那人吃吃苦頭也算是洩憤了。」

「欸，等會兒，我去買些糕點，我家小子早飯就愛吃蛋糕。」說著，婦人就往劉家糕點攤這邊走來，她身旁的媳婦子猛地拉住她的手臂，嫌棄地道：「嫂子妳在這兒買什麼糕點，滿大街都有糕點鋪子。妳沒有聽到這外面都傳瘋了，劉家糕點攤的攤主，做為一個女子竟然大剌剌地上了公堂，也太丟人了些。」

婦人納悶地看著媳婦子。「這事我聽說了啊，是那嚴老闆貪心故意抹黑劉家媳婦。」

「對啊，那嚴老闆是有錯，可這劉家媳婦也太不守婦道了，就這麼進了衙門，這是她男人不在家，她男人若在家，還不得打死她？真丟人，現在不只滿城都知道了，連周邊的村子也知道了，妳還敢買她家的糕點啊。」

聽到這裡，季歌真是忍不住想要衝過去反駁一二，可理智壓住了衝動。這裡是古代，有些觀念已經根深柢固，怎麼可能是她一、兩句話就能改變過來的？真衝過去辯駁，說不定會傳出更不好聽的話來。得忍住，目前這局面，只能委屈著點；而且她有些陰暗地想，說不定滿城的流言，還有嚴家夫妻的功勞在裡面呢！

「大郎媳婦咱們還是先回家吧。」餘氏憂心忡忡地說著。

季歌搖著頭。「不回，餘嬸我沒事，您放心吧。」她會記住這教訓，絕對不會犯同樣的錯誤。她現在是古代人，古代人，古代人，一天默唸三遍！

無奈的餘氏正欲起身時，卻見不遠處花大娘正匆匆走來，她心裡一喜。「花大娘過來了。」

「大娘。」季歌側身看去，心裡激動不已，很是開心。

花大娘看了眼糕點攤，笑著說：「我在家裡悶得慌，就過來走動走動，咱們說說話、打發打發時間。」

「正好，三人湊一塊兒就有話可聊了。」餘氏忙完了一樁生意，又拿了個凳子坐過來。因她坐在劉家糕點攤這邊，生意也受了些影響，多也好、少也罷，她都沒擱心上，眼下還是大郎媳婦重要些。

一整個上午，季歌就做了兩單生意，是很熟悉的老顧客，還安慰了她兩句。季歌心裡挺感動的，送了些小糕點。生意比想像中的還要艱難，做出來的糕點也別浪費，給人些贈禮很合適。

下午餘氏見季歌面色好了很多，心裡想還是花大娘有法子，坐了一上午大郎媳婦就恢復得差不多了。「依我看吶，用不著十天，生意就回溫了。」

「對，慢慢會好的。」季歌笑得眉眼彎彎，她已經想到解決的好法子了，再細細地思量思量，明兒個著手佈置。

未時初，花瑩帶著亮亮過來了，由楊婆子抱著，到攤子前落坐後，楊婆子笑著說了幾句寬心的話，就張羅著自個兒的瑣碎事去了。

「阿杏我抱著亮亮來蹭吃的。」花瑩樂滋滋地說著。

滿八個月的亮亮，白白淨淨，不是很胖，也有些小肉肉，坐在花瑩的懷裡，就開始不老實了，左挪右動，嘴裡哼哼唧唧的，圓溜溜的大眼骨碌碌地亂轉。

季歌笑著問：「亮亮能吃蛋糕了嗎？」

「不能，還小著呢，別給亮亮吃。」餘氏是養過孩子的，很是清楚，忙出聲提醒著。

花瑩也是知道的。「不給亮亮吃，就讓他在一旁看著我吃，饞死他。」頓了頓，笑哈哈地說：「亮亮饞吃食的時候，也特別好玩。」說著，迫不及待地對季歌道：「阿杏妳給我拿塊蛋糕。」

「瑩姊妳別這樣，亮亮多乖啊。」季歌不忍心，如果不是懷了孩子，她真想把亮亮抱自個兒懷裡。

亮亮聽見娘在說他的名字，以為是在喊他，扭著小脖子看著娘，眨巴眨巴眼睛，季歌的心瞬間軟到一個不可思議的程度。

花瑩逗了兩句兒子，對著季歌說：「瞧妳這饞的，明年妳也有孩子了。」

「是啊，明年就能生了。」季歌低頭摸了摸自己扁扁的肚子，心裡甜滋滋的。

趁著天光尚早，早早地就把晚飯吃了，三郎溫書練字，順便教著三朵和阿桃，季歌和餘氏拾掇著瑣碎家務。

門外響起二朵的喊門聲，三朵邁著小胖腿顛顛地跑了出去，打開大門，笑得跟朵花似的。「二朵。」

「二朵妳怎麼回來了？」季歌站在廚房門口納悶地問。昨兒個歇了一天，按著日子來，也該明兒個才回家住一宿。轉念一想，有些明白了。「莫不是牽掛著家裡？」

餘氏邊撫平著挽起的袖子邊問：「二朵啊，秀秀呢，咋沒一塊兒回來？」兩個姑娘同進同出，她都習慣了，冷不丁的只瞧見一個，一顆心下意識地提到了嗓子眼。

「秀秀手裡有活，她好著呢，今兒個得了賞，師傅又給了個活。我手裡的活做完了就跟師傅說了聲，她同意我回來的，不僅沒有生氣，還誇我是個好孩子，大嫂妳放心吧。」二朵笑嘻嘻地進了屋，隨手關了大門，拉起三朵的手，捏了捏她胖胖的手背，觸感好極了，笑得就更開心了。「大嫂，今兒個生意還好嗎？」

不知道二朵會回來，季歌心裡很是驚喜，輕聲問道：「吃飯了沒？如今晝短夜長，家裡早早地就吃了飯，妳若沒吃，想吃點啥，我給妳張羅。」

「不用不用，我在繡閣裡吃了飯才過來的。」二朵連連搖頭。「大嫂今兒個生意不大好吧？」雖是問話，語氣卻很篤定。

季歌笑笑。「還行，就當剛剛搬來松柏縣，重新開始奮鬥，這點承受力還是有的。」

「大嫂妳後悔嗎？」二朵微仰著頭問。

在錦繡閣待了半年多，吃好睡好，穿戴得體，修飾了眉目，原是清秀的面容，現在看著，多了兩分精緻白皙，明亮的眼眸漸變柔和，朦朧了眼底深處沈澱出的些許穩妥，宛如一朵嬌花緩緩綻放。

滿了九歲就是十歲的姑娘，幾乎可以用一夜蛻變來形容。季歌伸手撫著二朵的頭頂。「不後悔。」

「我也覺得大嫂做得對！」二朵眼睛微微發亮地說著。

季歌想到白天思索的種種，略顯無奈地道：「咱們覺得對，可旁人卻覺得不對，嚴格來說，這事確實是有點衝動魯莽，往後遇著類似的事，二朵可不能這麼興沖沖地來。」

「怕啥？」二朵抬著下巴。「憋著會氣壞自個兒的，還不如發洩出來，旁人願意咋地就咋地。」

「剛還想著，滿九進十了到底不同，看著沈穩些了，沒想到，一下就露出本性來。」季歌調侃了兩句。「天都暗了，有些寒涼，咱們進屋說話。」

二朵笑笑地道：「我三十歲了也是這樣。」

「小孩子家家還能猜測到二十年後的事呢。」餘氏笑著打趣。

二朵哈哈地大笑著，跟個小瘋子似的，三朵見姊姊笑，有些不明所以，憨憨地跟著笑了起來。

「笑什麼呢？」阿桃站在堂屋門口抿著嘴問了句。她挺羨慕二朵，每次她回家後，家裡總會特別熱鬧，她很喜歡笑，撒嬌逗樂氛圍格外地好。她想和二朵走近些，不知道是她想多了，抑或其他，總覺得二朵和她隔了層什麼，那感覺沒法形容，就是有些不同。

她心裡是清楚的，在劉家，姊姊和三朵待她最好，劉大哥他們三兄弟會稍客氣些，二朵待她看著很親暱，說話也不客氣沒什麼差別，可她卻知道，是不一樣的。她隱約猜到些，姊姊跟她說過，二朵和大嫂的關係很好，因為二朵在懵懂的年紀，劉家父母先後離開人世，她是由大嫂養大的。二朵對大嫂的感情，比父母還要來得深，如同她們兩姊妹。

換著想想，阿桃是理解二朵的，在她心裡啊，這世上，再也沒有誰比姊姊更重要，往後也不會有。說來二朵還要好些，大嫂和姊姊起了爭執，可她卻只是對自己有些生疏，這樣已經很好了；倘若換成了她，不管對與錯，在她的心裡，都只會站在姊姊這邊。

三朵湊到了阿桃身旁，牽著她的手，嘰哩呱啦地把剛剛的對話脆生生地重複了遍，說完，咧著嘴樂哈哈地笑。

「這個小沒良心，有了新歡忘了舊愛。」二朵掏出手帕，假兮兮地抹著眼角，還翹著蘭花指，嗲著嗓子嚶嚶。

三朵沒聽明白，眨巴眨巴眼睛，茫然地看著阿桃，一臉的求救。

阿桃笑著伸手拉過二朵的手。「二朵姊這是媚眼拋給瞎子看了，三朵她不懂呢。」

「往後妳當我的心肝可好？」二朵輕捏了下阿桃的鼻子。

「大嫂，大嫂。」見阿桃和二姊湊一塊兒，三朵急了，扯著大嫂的衣袖。

季歌把三朵拉到身旁。「莫理那兩個瘋子，跟大嫂玩，大嫂和妳講故事。」

「錦繡閣裡全是小姑娘，住一塊兒旁的沒學會，就學了這麼些風流話。」餘氏坐在竹榻上嘀咕著。
阿桃笑著接話。「我瞧著好玩呢。」
「就是就是，還是阿桃懂我。」二朵一把抱住阿桃的肩膀，兩人親親暱暱地進了堂屋。
季歌道：「在錦繡閣也不容易，累了一天，放鬆放鬆，圖個好玩罷了，心裡頭啊，都是有數的。」處得久了，生了默契，聽了這麼一句，便懂餘氏心裡的擔憂。
「對啊，湊個趣，傻樂一會兒，就躺被窩裡睡覺了，一天天的，也就睡覺前，能說說閒話、增進感情。」二朵正兒八經地應。
餘氏想想也對。「秀秀今兒個得了什麼賞？為著啥事啊？」
一屋子人，除了正在努力練字的三郎，都聽著二朵說起錦繡閣的各種趣事，她會說話，誇張又搞怪，逗得大夥兒笑聲不斷，連向來定力不錯的三郎，都連連被吸引住了。
有了這麼個活寶在，晚間的氛圍相當好，到了睡覺的時辰，一沾枕頭就這麼睡著了。次日醒來，季歌躺在床上看著床帳失神了會兒，失笑著想，二朵這個鬼精靈，還挺細緻貼心。
早飯過後，季歌眼瞅著離擺攤還有些時間，便和餘氏說了聲，拿了小楊胡同的鑰匙，拿著大郎最小、最破爛的一身衣裳到餘家，等到出了小楊胡同，她早已喬裝打扮一番，整了個乞丐模樣，臉上也抹得黑糊糊；又找到附近的乞丐窩，挑了兩個機靈些的，故意壓著嗓子粗嘎地如此這般吩咐著，且聽他們又複述了遍，才給出一兩銀子的訂金。剩下的一兩銀子，得看效果如何，若效果好，會再獎勵五百文，務必要表現得自然，不能隨意添加句子，只能按著她說的來。

多難得的掙錢機會，那兩個乞丐小雞啄米似地點著頭應好，他們機靈、年歲也合適，十四、五歲的樣子，散布謠言這事，不是頭一回，他們做得輕車熟路，最喜歡的就是掙這樣的錢了，來得容易、風險也低。再說這回的任務，壓根兒就沒有難度，在他們看來，這事啊，那嚴家做得太不地道，依著他們的經驗，這滿城的流言顯然有人暗中搗鬼，眼下接了這樁生意，讓他們隱約有種伸張正義的俠士快感。

堪堪兩刻鐘，季歌就佈置妥當，回了小楊胡同，換了裝扮，把髒污都清理了，才若無其事地回家，和阿桃、三朵叮囑了幾聲，便與餘氏推著攤車去東市做生意。

餘氏心裡清楚，大郎媳婦定是偷偷摸摸地做了什麼事，詢問過她，見她沒有答，又見大郎媳婦平安歸來，再知她是個主意正的，沒有跟自己說，應是有什麼原因，她也就不好再問。就算是最親近的夫妻，有時候也會揣著明白裝糊塗呢。

劉家糕點攤的生意還是很差，一整個上午就賣了一份糕點。有了昨天的經驗，季歌今日只做了一份果脯蛋糕、一份玉米發糕和一份爆米花，倒是輕鬆得緊。沒生意，她也不著急，從容地守著攤位，心裡其實是有些忐忑的，也不知那兩個乞丐能不能成事。

到了下午估摸進了未時，餘氏敏銳地感覺到風向變了，察覺的瞬間，她拎了個凳子，湊到季歌的身旁，小聲地道：「大郎媳婦，大夥兒都清楚著呢，剛剛我就聽到有人在反駁。」

「公道自在人心。」季歌鬆了口氣，笑著接了句。還好，算是初步成功了。

到了第二日風向徹底地變了，越來越多的人站出來為劉家說話。這事本來就是嚴家不對，想強行購買蛋糕方子在先，接著又誣衊在後，被縣太爺懲罰了還不知悔改，竟然暗地裡造謠生事。劉氏為自己洗清名聲有什麼錯？憑什麼讓她來擔這後果?!再者劉氏還懷著孩子，頭胎未滿三個月，好在她心志堅強、身子骨也硬朗，要是換個弱點的，一不小心就是一屍兩命的事情了。

太毒了，太歹毒了！真是畜牲不如啊！

嚴家的院落和店鋪都是租來的，房主得知了這事，也不敢再留他們，連忙上門退了租，讓他們趕緊拿了家當滾出去。

嚴子懷的傷都還沒有好，就這麼被扔到了大門口，有不少人圍了過來情緒很是激動地罵著，甚至還有扔爛菜葉子和泥巴的。

第五十五章

「餘嬸，一會兒我去趟小楊胡同。」臨近午時，寄放好攤位，剛進家門，季歌就對著身旁的餘氏說。

上午的生意有了明顯的轉變，有不少老顧客路過，買糕點的時候順便安撫了她幾句，也有些心腸好的婦人，會走過來淺淺地與她說兩句話，走時會買點糕點。這是她沒有料想到的，才一個上午，就有了這變化，後面的情況想來會越來越好，她這也算是因禍得福了吧？

餘氏想起她昨天大清早的也去了趟小楊胡同，今天又去小楊胡同，想了想道：「去做甚？妳去吧，午飯我來張羅，有阿桃和三朵搭把手，省事得很。妳別耽擱久了，我們吃飯可不等妳。」後面是故意調侃的，也暗含提醒關懷。

「不會太久，兩刻鐘內必會回來。」季歌心裡敞亮，又道：「回來後，我再跟您細說，我先過去了，阿桃和三朵那邊，您看著吱個聲。」

這是要告訴她實情了？餘氏心裡鬆了口氣，眉開眼笑地說：「去吧，阿桃和三朵妳莫掛心。」她搬來貓兒胡同住，自是清楚，做伴是其一，重要的還是真有個什麼事好照看一二，畢竟她年歲擺著，早年喪夫也算有些經歷。欸，大郎媳婦瞧著年歲輕，卻極有主見，倒是襯得她白活了這麼些年頭，想想還真有點哭笑不得，也不知是誰照看誰呢。

「姊姊又去小楊胡同了？」聽見門外有說話聲，阿桃迅速走了過來，微蹙著眉頭。「餘嬸我姊姊有說什麼嗎？」正懷著寶寶呢，總往小楊胡同跑，真令人擔心。

餘氏笑著拍拍阿桃的肩膀。「咱們張羅午飯去，妳姊姊啊，一會兒就回來了。」這孩子把大郎媳婦是放心坎裡了。

「去做甚？」阿桃邊進屋邊問：「小楊胡同有什麼事嗎？」

「我也不大清楚，等妳姊姊回來了，她會告訴咱們的。好孩子莫多想，妳姊姊知道了，又該念叨妳。」餘氏說得溫和。

好吧。阿桃抿了抿嘴，沒有再說話。

季歌喬裝打扮一番後來到老地方，扔了好幾個小石子，有不少乞丐被吸引了注意力，伸長著脖子瞄了兩眼，又縮回窩裡繼續打盹。

很快，那兩個乞丐出來了，走近後，其中一個小聲嘀咕著。「我猜，妳今兒個下午該過來了，要不就是明天上午。」

季歌沒有接這話，垂著頭、縮著肩膀，往一旁的牆角走，步履蹣跚，宛如一個行將就木的老人。兩個乞丐在後頭看著，相視一眼，笑得一臉賊兮兮。個頭略矮些的乞丐出聲道：「別裝了，我倆又不傻，這事猜都不用猜就能知道妳是誰了。我們做得不錯吧？」

「揭發嚴子懷一事也是你們做的？」季歌裝著沒有聽懂乞丐的話，繼續壓著嗓子粗嘎地問，說完悶悶地咳了兩聲。

個頭稍高的乞丐道：「不是，我們正想著，要抓出那個放謠言的人，然後再揭發這事。

沒料到有人快我們一步，是個十二、三歲的少年，對他有些印象，在一家鐵匠鋪當學徒。他跳出來說了一通，昨兒個晚上被人圍著暴打了頓，我們兄弟正要回窩，看見了順手救他一把。他家開了間火鍋店，生意很紅火，他娘是個好的，請我們吃了回火鍋，他那大嫂就差多了，眼睛不是眼睛、鼻子不是鼻子。」

「明晃晃地嫌棄我倆，我還看不上她呢。沒我倆搭把手，那小子不死也得去了半條命變成廢人一個，吃回火鍋怎麼了？這是應該的！讓她在旁邊嘰嘰喳喳個屁。」矮個兒的乞丐陰險地道：「等我倆揪著那婦人的短處，回頭看不整死她！」乞丐也是有尊嚴的。

個頭高的乞丐推了把矮個兒的乞丐。說話歸說話，咋啥話都往外扯，都告誡多少遍了！這個蠢腦殼！「那小子是不是和劉家有關係？他也是個魯莽的，不知從哪兒聽來的消息，就這麼大剌剌跳了出來。這裡頭水深著呢，都是有規矩的，他這麼不懂事，哪能有好果子吃，要不要我倆去幫著通一通？」

柳安！季歌怎麼也沒有想到，揭發嚴子懷是柳安出面的。她對柳安印象不深，是個沈默寡言的少年，身板有些單薄、清清瘦瘦的，胳膊的力氣很足，估摸跟打鐵有關。「這裡有三兩銀子，你們看著辦。」幸好她身上多帶了些錢，就怕出什麼特殊情況。

「好哩！」個頭稍高的乞丐笑嘻嘻地接過銀子，覥著臉問道：「要不要隔三差五的請我們兄弟倆吃點糕點啥的？平日裡沒事我們多去東市轉轉，有個什麼風吹草動就給妳吱個聲。」頓了頓，又說：「別看我們是乞丐，也是有原則的，做點啥心裡都有個數，不會胡亂來。」

他們兄弟倆都打聽清楚了，劉家媳婦是個很不錯的人，趁著家裡男人出遠門，又出了這事，此等千載難逢的機會，自然要把握，真能搭上這個劉家媳婦，也能改善改善伙食了。同時，心裡也挺敬佩這女人，看著柔柔弱弱，骨氣倒足得很，比一般的男子還要有氣勢，怎一個「好」字了得啊！

個頭略矮的乞丐聽著這話，連忙接道：「對！我們還會幾個把式，力氣也是有的，有些苦活、累活也能做，不方便出面的事我們也能做。妳看，妳昨兒個交給我們的事，我倆就辦得妥妥的。」聽說劉家糕點攤的果脯蛋糕特別好吃，全縣城獨一份，旁的地方都沒有，也不知是個什麼神仙味。

季歌靜立在角落裡，身形紋絲不動，如同老僧入定般，心裡實則在細細思量著兩個乞丐說的話。家裡沒個男人支應著，確實有些不大方便，但若就這樣應下這事也是不行的。且不說這兩個乞丐人品性情如何，就這樣輕易地點了頭，不知道這兩人心裡會怎麼想，一波剛平別又招了事。

兩個乞丐也沒有再說話，心提到了嗓子眼，忐忑地等著她的答案。

過了一會兒，季歌緩緩地抬起頭，視線對上個頭稍高的乞丐。「那三兩銀子的事，你們看著辦。」說了句沒什麼差別的話，仍是刻意壓著的粗嘎嗓子，說完，她垂下頭，慢吞吞地離開。

「她、她沒答應？」個頭略矮的乞丐吶吶地嘀咕著，又覺得好像不對，哪裡怪怪的，只好把目光放在身旁的兄弟身上。

另一個乞丐伸手摸了摸下巴，笑得一臉痞氣。「走了。」

「欸，欸，你還沒回答我，她到底同意了沒有？」

「同沒同意不重要，記得咱們往後有免費的蛋糕吃就行了。」

季歌飛快地竄進了餘家，三兩下恢復了原貌，把身上一些髒污都拾掇妥當了，才走出院落，回了貓兒胡同。家裡正炊煙裊裊，飄著濃濃的香味，季歌沒有著急敲門，就站在原地，聞了聞這飯香，好心情地猜測著，應該有道酸溜土豆絲、芋頭燉骨頭、小炒青菜，還有個什麼……聞不出來了。

「姊姊，妳怎麼不進來？」阿桃心裡一直念著姊姊，冷不丁冒出個直覺，她試著打開大門，一看，姊姊果然站在外面，頓時喜笑顏開。

季歌的眉眼瞬間轉柔，走進了院子裡。「聞著飯香，我就走不動了，先猜猜今兒個中午吃什麼。」

「都聞著什麼出來了？」餘嬸站在屋簷下笑。

三朵樂滋滋地跑了過來。「大嫂，吃飯了，有妳愛吃的肉！」

「我知道了！有個雞脯肉對不對？酸溜土豆絲、芋頭燉筒子骨、小炒青菜。」季歌報了一堆菜名。

餘氏直笑著道：「這鼻子太靈了，全都對了！淨淨手，咱們吃飯。」

午飯過後，三朵和阿桃待在東廂下屋，餘氏和季歌窩在東廂上屋的竹榻裡。今兒個天氣好，有陽光，暖暖的很溫和，透過窗戶灑落在屋內，竹榻就擱在窗戶下，上面墊著軟軟的毯子，歪歪斜斜地窩著，滋味甚是舒坦。

「妳這兩天幹啥去了？」自搬來貓兒胡同後，餘氏的作息時間跟季歌一樣，早上也是辰時正擺攤，睡眠時間很足，中午就不需要補眠了，趁著空閒做兩雙棉鞋，待進了冬穿。

季歌整理了下思緒，把事情前前後後說了遍，只說到柳安出面揭發嚴子懷被暴打的事，後面那乞丐的提議，她隱去沒說。

餘氏手裡的針線活忽地停住了，詫異地看著季歌。「那咱們得去看看小安，欠了他好大的人情呢。這孩子看著不聲不響，怎麼突然地就炸起來了。」

「上柳家去看嗎？」季歌更想單獨到鐵匠鋪去看看柳安。

「好像不妥。」想起前些日子柳家來送錢的事，餘氏皺了皺眉。

季歌想到一件事。「咱們真要去看柳安，會不會太明顯了點？這事少有人知道呢，倘若那兩個乞丐沒告訴我，我也不會知道。」

「那該怎麼辦？」餘氏想想也對。「不能就這麼擱著吧？」

「得想想。」季歌秀眉微微蹙著，許久，說道：「還是單獨去看看柳安吧，關於怎麼知道他受傷這事，故意略過不提就是了。」

也只能這樣了。餘氏點著頭。「準備送些什麼？依我看吶，這個得好好琢磨，免得柳家那邊又起什麼么蛾子。」說起來，她有些不滿。「最近兩天鬧得滿城風雨，柳家那邊硬是一點動靜都沒，想想也夠寒心。」

「直接給銀子怎麼樣？有那麼個大嫂在，火鍋店的生意又好，日後不知道得多鬧騰，給旁的都打眼，倒不如給銀子，讓他好好攢著捂嚴實了。」季歌越想越妥。「柳安說到底也只是個十二歲的少年，就不用顧及太多，給銀子還直白點。餘嬸您說呢？」

餘氏琢磨了下，嘴角漸漸揚起。「妥！就給銀子吧，上回他們給妳五兩銀子，我看，就送五兩銀子吧。」說著，又感嘆道：「這孩子是個好的，心眼實在，就是家人有點糊塗了。」

「好，就這麼辦，我再去醫館問問，買點可靠的膏藥一併送給他。」季歌本來有些犯睏，這會兒卻精神了。「餘嬸咱們這會兒就去吧？時間還來得及。」

「嗯，莫耽擱了，過去看看他傷得怎麼樣，好在年紀輕，身體撐得住。」餘氏將做了一半的針線活擱進了笸籮裡。

兩人出了屋，稍稍地收拾了番，和三朵、阿桃說了幾句就走了。先去了最近的普濟堂，這醫館名聲好，光松柏縣就有四家店面。買好了藥膏，她倆往鐵匠鋪去，好在之前有一段時間三家關係極親密，倒也知道鐵匠鋪的具體位置。

鐵匠鋪生意不錯，師傅正在熱火朝天地忙著，柳安認真地在旁邊打下手，師徒倆默契很好，鋪子裡靜悄悄的，只有那打鐵的聲響，以及街道熱鬧的喧囂。

「李師傅。」季歌走進鋪子裡，溫和地喊了句。古時的店鋪一般都直接用姓氏取名，一眼就能瞅準了。

李師傅頭也沒抬，悶聲道：「有甚事？直接說，想要買日常用品自個兒在屋裡轉轉，想要訂製個甚物，先說說要求和模樣，等我忙完手裡的活再細說。」

「喔，不是，我們是來看柳安的，聽說他傷著了，趁著這會兒有空閒，就過來看看。」季歌說著，把手裡的糕點擱到了木桌上。「李師傅這裡有些糕點，過一會兒你歇手了，嚐個味道。」

「小安，找你的。」

剛剛季歌開口說話時，柳安就知道了，直到聽見了師傅的喊聲，他才停了手裡的事，抬起頭走過來。「劉姊，餘嬸。」

「聽說你傷著了，我倆過來看看你，這裡有些藥膏你拿著。」季歌將手裡的藥膏遞了過去。還好，傷得不是很重，就是有些鼻青臉腫，瞧著精神還好。

餘氏在旁看著都心慌，慈祥地問：「身上傷哪兒沒?有沒有進醫館看?大夫怎麼說的?這藥膏在普濟堂買的，很管用，你記得塗抹，別仗著年紀小就不當回事。」

「沒什麼，就是些皮外傷。」柳安拿著藥膏平靜地答著。

季歌看著他冷冷清清的模樣，心裡有點不是滋味。「往後別這麼魯莽了，我記得你中午是在鋪子裡吃飯，這裡離貓兒胡同也不遠，可以過來玩玩，我們中午都回家吃飯的。你看，明兒個中午過來吃飯怎麼樣?」都說懷了孩子情緒波動會比較大，有時的舉動會異於平常，她沒有誇張到這樣的地步，卻也受了點影響。

柳安垂著眼沈默了會兒，才點頭。「好。」

「那行，明天中午記得過來，你還有事要忙，我們就先走了。記得啊，別忘了。」季歌再三叮囑著。

柳安點著頭，送著她倆出了鐵匠鋪。

「她就是劉家媳婦？」李師傅隨口問著。「先別忙，把你的傷塗點藥。」

「嗯。」柳安應了個鼻音，也不知是應第一個問題，還是第二個問題。

李師傅卻是習慣了徒弟一棍子打不出個屁來的性子，這孩子還是幼童年歲就跟著他學打鐵，朝夕相處、日積月累的感情自是深厚，他就是亦師亦父般。「她消息倒是靈通，這是知道你的傷是怎麼來的，巴巴地過來看你。你家那事做得確實不厚道，這劉家媳婦性情不錯。」

柳安沒吱聲，抿著嘴一絲不苟地給自己塗藥，模樣相當地認真專注。家裡送五兩銀子給劉家，是什麼意思他心裡清楚，覺得這行為很可恥，對劉家甚是內疚。這次劉家出事，他能盡點力，心裡是高興的。

李師傅瞅了徒弟一眼，忍不住又道：「我看吶，你家遲早得鬧騰起來，你娘壓不住你爹，你大嫂管住了你大哥，你又跟個透明人似的，不如和劉、餘兩家處好了，將來他們比你那兄弟更管用。」劉家媳婦是個重情義的，他能看出來。

「不是。」柳安皺著眉吐了兩個字。

「我知道你不是打的這個算盤，就是心裡過意不去才幫一把的對吧？這個兔崽子，我這是在提醒你。」李師傅有點恨鐵不成鋼。

柳安聽著這話不吭聲，塗好藥，走到了師傅身旁，繼續幫著打下手。

季歌和餘氏回了貓兒胡同，由三朵和阿桃搭把手，將下午的糕點做了出來，然後拎著熱騰騰的糕點和餘氏去了東市。

下午的生意比上午要好多了，甚至可以用紅火來形容。有些人，雖沒什麼主見，可性情卻很直白，覺得不對就罵罵咧咧，發現自己錯了，又會心生愧疚。其實生活裡這樣的人很普遍，顧著自個兒的小家，已經累死累活，哪來的精力琢磨其他，聽到什麼就信了什麼，反正跟自己沒關係，聽個熱鬧罷了，發發牢騷，串門子時再拿出來說說八卦，打發一下時間。

劉家糕點攤出了這麼戲劇性的大轉變，有部分人覺得挺愧疚，就是繞了路也三三兩兩地結伴過來看看，意思意思地安撫兩句，再順手買些糕點，走時一臉唏噓，說肚子還揣著個呢！還好有人跳出來說話，又有人揭發了嚴家的真面目，否則，只怕會鬧出人命來呢！可憐見的，這人心吶，真歹毒，為了錢財真是什麼事都做得出來，太可憎了！

說來也是托嚴家的福，他們不來這麼一招，任流言自然發展，可能仍有些人會對季歌心生唾棄，畢竟她的行為在這時代算是比較另類。眼下這局面，嚴家把仇恨值全拉住了，季歌順利地躲開風口浪尖，經了這麼遭事，她也算是有所成長，有所收穫。

——未完，待續，請看文創風451《換得好賢妻》3（完結篇）

2016年9月出版

公子有點忙

文創風 445～448

陌上人如玉，公子世無雙——
他習文從武，從來不是為了名揚天下
只是想要有足夠的能力守護身邊的人！

字裡行間　道盡百味人生／佑眉

元宵節那一夜，是陳毓所有惡夢的開端。
先是遭拍花子擄走，吃盡苦頭，顛沛流離了年餘才輾轉返家，
迎接他的，卻是家破人亡的悲劇……
家產遭佔，父親亡故，姊姊更是不堪受辱投繯自盡，
他本是手無縛雞之力的書生，卻被逼得手刃仇人後四處流亡，
最終落草為寇，做了個匪首軍師，落拓一生。
沒料到一場大醉後，他竟重生在一切悲劇發生前！
哪怕當下正身陷險境，陳毓也是甘之如飴的。
要知道，家人從來都是他的軟肋，
這一世，他不惜一切，也要護得親人個個周全。
首先，踏上孤獨的旅途便是要解決那些覬覦陳家家產的無良親戚，
而後，擋在父親仕途上的阻礙，他也會一個個清掃乾淨！

2016年9月出版

夫婿找上門

文創風 442～444

這世道，雖說寡婦難為，
可若撿到一個好男人回家當夫婿，
再憑著她這雙會蒔花弄草、種菜養果的好手，
日子還不經營得有滋有味？

筆鋒溫潤似玉，情思明媚若春／微雨燕

她一穿越就成農家寡婦，還附帶兩支拖油瓶在身旁，
上有婆婆要逼嫁，下有小叔在覬覦，
唉，這世道可真艱難唷！
可自從她救了這來歷不明的男子「溪哥」，風水就輪流轉了──
他自願做上門女婿，她又有發家致富的本領，
兩人攜手合作便能讓一家四口過上好日子。
無奈好景不常，堂堂郡主親臨便攪亂了一切，
更令她詫異的是，這枕邊人原來竟是名震西北的小將軍！
照常理說，從鄉里寡婦晉升為小將軍夫人應是喜事，
可她偏偏只想帶著孩子在村中過自己的日子。
如今兩人是道不同不相為謀，
既然能做半年開心的夫妻，和離時應該也能好聚好散吧？

2016年8月出版

文創風 439～441

一妻獨秀

重生於他的意義，只有一個——
再好好愛她一次，絕不錯過有她的每一天！

你儂我儂　唯愛是寶／芳菲

前世從小婢女升級許國公世子最寵愛的姨娘，卻糊裡糊塗死在世子夫人手中，
今生再次被賣為奴，阿秀忍痛決定——慎選主家，保住小命優先！
但她左挑右選，居然還是進了一心想把女兒送進許國公府當世子貴妾的商戶，
主子正是被寄予厚望的大小姐，萬一事成，她這個貼身丫鬟不就要跟著陪嫁？!
那遠離國公府、遠離世子爺、只想過平安日子的願望，豈不全化作泡影……

哭棺竟哭回了八年前，蕭謹言還顧不得驚嘆自己的神奇遭遇，
如今的當務之急，是依照記憶尋找讓他又疼又憐又不捨的阿秀，
上輩子沒能護住她已經大錯特錯，這輩子哪還能讓她「流落在外」、「無家可歸」？
雖然此時的她仍是個小姑娘，他也心甘情願養著她、等她長大！
可他來不及阻止她當別家丫鬟了，現在該怎麼把人帶回許國公府啊……

文創風 450

換得好賢妻 2

國家圖書館出版品預行編目資料

換得好賢妻 / 暖和著. --
初版. -- 臺北市 : 狗屋, 2016.09
冊 ; 公分. --（文創風）
ISBN 978-986-328-639-4（第2冊：平裝）. --

857.7　　　105012850

著作者	暖和
編輯	王佳薇
校對	沈毓萍　黃亭蓁
發行所	狗屋出版社有限公司
地址	台北市104中山區龍江路71巷15號1樓
電話	02-2776-5889～0
發行字號	局版台業字845號
法律顧問	蕭雄淋律師
總經銷	知遠文化事業有限公司
電話	02-2664-8800
初版	2016年9月
國際書碼	ISBN-13　978-986-328-639-4
原著書名	**《穿越之长嫂如母》**，由北京晉江原創網絡科技有限公司授權出版

定價250元

狗屋劃撥帳號：19001626

網址：love.doghouse.com.tw　E-mail：love@doghouse.com.tw